老马说道

高明光 著

重庆出版集团
重庆出版社

图书在版编目(CIP)数据

老马说途 / 高明光著. —重庆：重庆出版社，2021.12
ISBN 978-7-229-16147-7

Ⅰ.①老… Ⅱ.①高… Ⅲ.①散文集—中国—当代
Ⅳ.①I267

中国版本图书馆CIP数据核字(2021)第222199号

老马说途
LAO MA SHUO TU
高明光 著

责任编辑：林　郁
责任校对：何建云
装帧设计：蒋忠智　刘沂鑫

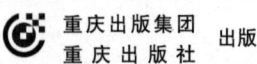出版
重庆出版社

重庆市南岸区南滨路162号1幢　邮政编码：400061　http://www.cqph.com
重庆出版社艺术设计有限公司制版
重庆天旭印务有限责任公司印刷
重庆出版集团图书发行有限公司发行
E-MAIL:fxchu@cqph.com　邮购电话：023-61520646
全国新华书店经销

开本：720mm×1000mm　1/16　印张：23　字数：280千
2021年12月第1版　2021年12月第1次印刷
ISBN 978-7-229-16147-7
定价：56.00元

如有印装质量问题，请向本集团图书发行有限公司调换：023-61520678

版权所有　侵权必究

自序

我属马，年届八十，也算得是一匹老马了。

成语有"老马识途"，是对老马的称赞、褒扬。据说，老马识途之说源于《韩非子·说林上》，"管仲、隰朋从桓公伐孤竹，春往冬返，迷惑失道。管仲曰：老马之智可用也。乃放老马而随之。遂得道"。老马走过的路多，而且可能走过多次，便记下了走过的路，故老马识途。后人以此比喻那些人生经历丰富、有经验，熟悉人间风雨和诸般情况，能对他人的人生和工作起引导作用的人。

但是，我以为，并不是所有的老马都识途，我这匹老马就不识途。老伴儿常说我是"路盲，不记道儿，分不清东南西北"。是的，除非艳阳高照，或明月当空，我确实分不清东南西北，故也记不住路。不知道是天生如此，还是由于我从小就习惯于记前后左右，而不分南北东西。不过，我虽然不记路，但对走过的路上的坡坡坎坎、风风雨雨，还能依稀记得一些。

我们这代人，"生在旧社会，长在红旗下"，应该说经历了到目前为止影响、改变、决定中华人民共和国命运的重大事件。我们虽然不像前辈们那样,冒枪林弹雨,爬雪山、过草地,出生入死,却也经过生活的轰轰烈烈、社会的急风暴雨,政治、思想上的"生生死死"。我不是这些"威武雄壮"活剧的主角,只是剧中千千万万普通的"路人"之一,没做出什么成绩,更谈不到成功,但毕竟在剧中,难免有些经历、见闻,有些思考、感慨!

我走过的路,对于我来说,已经成为历史,但我们这一代的朋友们可能还在反思。有些路,今天的中青年朋友未来可能会走。所以,我决定来一个"老马说途",把我走过的路、路上的一些状况、当时和现在的一些想法,写出来,虽然零零星星、点点滴滴,但希望与同代人交流,相互启迪;在路上印下浅浅的一道辙,给未来的行路人留下点"前车之鉴"。

书中的小文章,绝大多数是新写的,少数几篇在《小康》杂志发表过,或在我其他几本书里用过。因为这几篇文章的内容涉及我这次想说的话题,又"江郎才尽",无新话可说,只好原样搬来。我再次感谢《小康》和有关出版社的编辑朋友,也请读者朋友见谅。

目 录

一、归去来兮

1	自序
3	此生不来可否
7	生身柴门中
11	何以为人
14	既然来了人世，焉可虚走一遭
18	来时懵懂，去时明白
22	谈死说生
26	能上天堂吗？
29	清风明月是归途

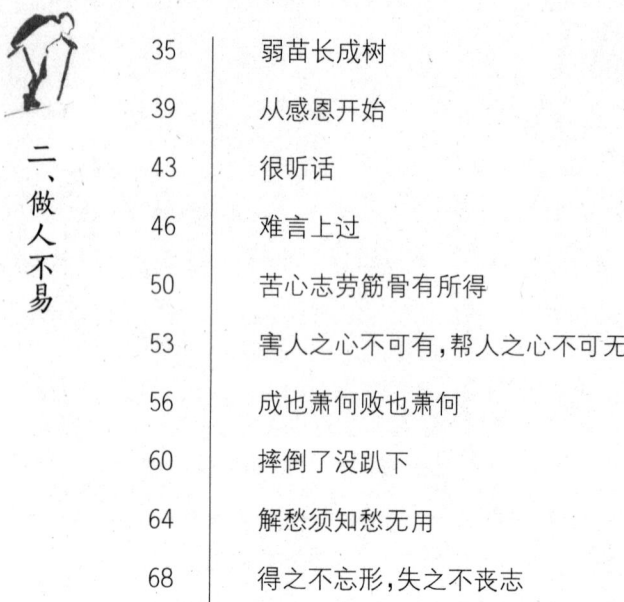

二、做人不易

35	弱苗长成树
39	从感恩开始
43	很听话
46	难言上过
50	苦心志劳筋骨有所得
53	害人之心不可有，帮人之心不可无
56	成也萧何败也萧何
60	摔倒了没趴下
64	解愁须知愁无用
68	得之不忘形，失之不丧志

三、花开花落

73	最难是夫妻
77	不信缘分天注定
81	我不是最好的男人
85	男人就得有个样儿
89	好歹是你选的
93	只有爱情是不够的
97	夫妻无是非
101	知道珍惜晚了
105	再找伴儿，想好了吗？
109	婚姻也需要经营

四、血脉绵绵

- 115　是遗传吗?
- 119　"养育"二字重如山
- 123　三句经
- 127　血缘亲情与理智亲情
- 131　"复制"与"强制"
- 135　儿女不永远是小孩儿
- 139　母亲更伟大
- 143　怎样把钱给孩子
- 146　"隔代亲"与"隔亲代"
- 150　留点时间给自己

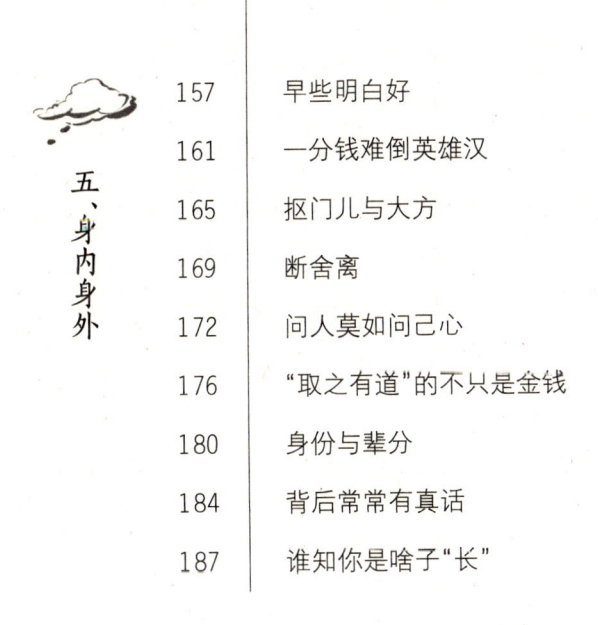

五、身内身外

- 157　早些明白好
- 161　一分钱难倒英雄汉
- 165　抠门儿与大方
- 169　断舍离
- 172　问人莫如问己心
- 176　"取之有道"的不只是金钱
- 180　身份与辈分
- 184　背后常常有真话
- 187　谁知你是啥子"长"

六、恋旧喜新

193	"想当年"与"等将来"
197	记远忘近
200	"恋旧"之我解
203	"人是旧的好"
206	老骥伏枥
210	近"青"者青
213	"老不正经"
217	钥匙在自己手里

七、友情朋道

223	不可没朋友
227	给朋友扒个堆儿
231	儿伴无猜
235	求完人者无友
238	甘苦见友情
241	朋友不可无是非
245	不是一群难为友
249	聚散随缘

八、桃源何处

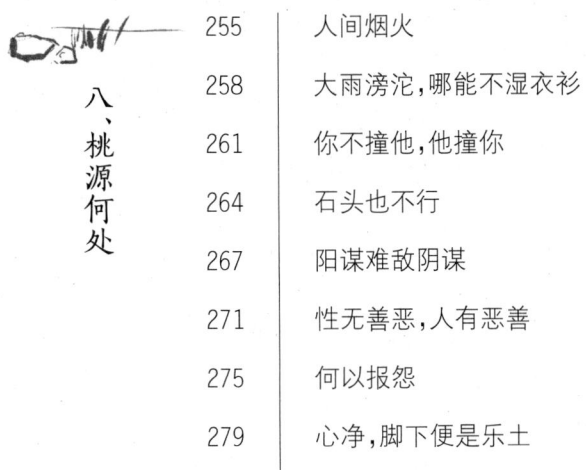

255　人间烟火
258　大雨滂沱,哪能不湿衣衫
261　你不撞他,他撞你
264　石头也不行
267　阳谋难敌阴谋
271　性无善恶,人有恶善
275　何以报怨
279　心净,脚下便是乐土

九、信念如灯

285　佛在你我中
289　有点敬畏好
292　拜佛莫如别作恶
296　净心以净行
300　啊,救世主
304　说命道运
308　赤条条来去
313　善不思报为上善
317　我信共产党

十、晚霞绚丽

323	乐要自己找
327	无奢望少烦恼
330	养生无经,三分傻气难得
335	仁者寿
339	珍惜每一天
343	群居与独处
347	莫把衰老当疾病
350	来一台精彩的"压轴戏"

一、归去来兮

此生不来可否

据说,"我从哪里来,我到哪里去",是一个千百年来困扰人类的问题。我儿时懵懂,没有想过这个问题。长大了,特别是上了大学,渐渐觉得这个问题很简单:人嘛,从母腹中来,到黄土中去,如一位古希腊哲人所说,人的生死不过是一些元素的化合和分解。老了本应更知"天命",没想到对这个问题反而感到有些困惑。回答这个问题,并不像我想的那么简单。

我这个人,儿时,父母说我不爱哭、不晓得愁;上学了,不少同学觉得我有点儿缺心眼儿;工作了,好多同事认为我乐观;老了,老伴儿常说我老不正经。寒来暑往,岁月悠悠,一不小心已年届八旬!现在想来,我这几十年,用老百姓的大白话说,就是有点儿大大咧咧、没心没肺、胸无城府;用有点自诩的文明语讲,大概还算得上豁达乐观吧!

这种乐观,不知道是遗传使然、性格使然,还是别的什么使然,总之,让我受益匪浅。出身寒门,我心未寒,寒窗苦读,终于识了些字,成为一个"知识分子"。走上社会,用一位老同学的话说,我"赤裸裸地扑向生活"。这既得到一些朋友、同事"襟怀坦白,一眼就能从头到脚看个透"的好评,也曾经因此被丛生的荆棘刮得伤痕累累。

但是，我不久便好了伤疤忘了疼，依旧我行我素。几十年走过的路，既有春风拂柳、阳光鲜花的坦途，也有风风雨雨、坎坎坷坷的曲径。我在风雨中有过迷茫，在山路上摔过跟斗，但是，我擦了擦被雨水模糊的双眼，爬起来又往前走。

几十年了，这种状况已经融入了我的身体，成了"禀性"。俗话说"江山易改禀性难移"。老了，退休了，清闲在家，一天到晚基本上仍然是诸事走嘴不走心、嘻嘻哈哈、心安理得。但是，不知为何，偶有一丝惆怅袭上心来。

有时闲来无事，有时辗转难眠，一种莫名的念头飘然而至。人这一生，儿时的头脑中一切很简单，饿了求食，冷了寻衣，疼了哭叫，有那么多无忧无虑的欢乐，也不乏"成长的烦恼"。上学了、工作了，有那么多"春风得意马蹄疾"的喜悦，也有跌倒的彻骨伤痛。家、孩子从无到有，花前月下的甜蜜，哺育儿女的艰辛，儿孙绕膝的天伦之乐……人生丰富多彩、美好温馨。可人终归要死呀！人死了，这一切……

人为什么要死呢？经历了无尽的艰辛，创造了眼前的好生活；可是"死去元知万事空"，死时还可能经受很大的痛苦。如此，艰苦奋斗几十年的意义何在，人生的意义何在？于是，一个怪念头闪过心头：一生拼搏，无论成就多么辉煌，将在离去时化为"空"，留给自己的只是对人生无限留恋的苦、被疾病折磨无尽的痛，实在有些悲哀；既然如此，还不如不来人世走一遭了，既无欢乐也无痛苦，一切都没有发生过。

可是转念一想，来不来人世是你说了算的吗？一个人的生命萌动时，混沌一团，头脑尚未形成，思维无从谈起，就更别说选择了！当你还完全不具备选择能力的时候，上天就已经把你送上了去人世的路。一个人来到这个世界，完全是被动的、"被迫的"。

如此看来，一个人"生"不由己，死不可免，剩下可以自己做主的，就是"我这一生怎么度过"了。想到这里，我倒觉得有些轻松、释然了：何必去为自己做不了主、老天爷说了算的"生与死"纠结呢！且不说母亲生子的痛苦，父母养育的艰辛，即使用佛家的话说，在"六道轮回"中化作人，也是有功德方能实现的。来世上走一遭不容易，人生是值得珍惜的。那么，最现实的是把自己可以支配的人生"活好"。

至于人的一生应该怎么度过，回答和选择就很多了。年轻的时候，奥斯特洛夫斯基的一段话对我影响很大：人最宝贵的是生命，生命属于人只有一次。人的一生应当这样度过：当他回首往事，不因碌碌无为而羞耻，也不因虚度年华而悔恨，也不会因为人卑劣、生活庸俗而愧疚，那么他就可以说：我已把自己的整个生命和全部的精力献给了世界上最伟大的事业——为全人类的解放而斗争。

当年的毛头小伙儿，如今已成白头翁。静来回想往事，我当然无法与保尔·柯察金相提并论；不过，虽然有不少遗憾甚至悔恨，更谈不到有什么成就，但我觉得自己一生与人为善，学习、工作努力了，对家庭、亲人尽心了，还算没有虚度此生。想到这里，有几分欣慰。

进而又想，我一个贫寒人家的孩子，为何还能念几十年书，做一点事情，过上丰衣足食的生活？那是因为我长在新中国，又赶上了改革开放的好年月。新中国是怎么来的？改革开放为什么成就巨大？那是前人艰苦奋斗甚至流血牺牲的结果，有前人的付出才有我今天的舞台和境遇。一代又一代人的奋斗，推进了社会的进步，创造了今天的文明。我总不能坐享前人的"阴凉"而无所作为吧？如果人人都坐享前人成果，自己无所作为，那社会还能进步吗？我们的子孙会过什么样的日子呢？高尚的人，应该把生命和全部精力献给世界上最壮丽的事业。我算不得高尚，但我聊以自慰的是，一生没有完全为自己活着，也为社会和他人做了点事，没有枉来人世一遭。

想到这里，我对"我从哪里来，我到哪里去"，似乎有了一点新的理解。"我从哪里来，我到哪里去"，不仅是对人来路和归宿的追问，也是对人生价值的追问。

生身柴门中

在这个世界上，有好多人认为人是生而平等的。西方资产阶级思想家在启蒙时期提出天赋人权学说，主张人天生享有生存、自由、平等、追求幸福和财产的权利。佛家主张人人生来都有佛性，都可以成佛。基督教说人人都是上帝的子民，都有原罪……

老汉在滚滚红尘中摸爬滚打了几十年，对人生而平等的说法，有了点自己的想法。人有生有死，无人可以避免，是生而平等的；人生下来，都有一颗可以为善也可以为恶的心……但是，我认为人生来就有不平等之处：有人出身富家，生下来就锦衣玉食；有人生在寻常百姓家，粗茶淡饭、棉麻布衣；有人生在赤贫人家，食不果腹、衣不蔽体……都是人，生而平等吗？佛性也好，天赋的人权也罢，人生下来在精神上可以是"平等"的；但在物质上，除了人人都有生老病死，其他的就不平等了。只要社会生活中还存在财产、地位、权力的不平等，人生下来就是不平等的。

我的观点也许在学理上并不完善甚至难以成立，但是，人生下来就不平等，这是我切身的感受。也许，这与我的出身、成长环境有关。

我出生在川南长江边的一个小镇上，父亲是个手艺人，斗大的字不识一个,一辈子靠做竹器为生。母亲目不识丁,除了做家务,还帮父亲打打下手。父母亲风里来雨里去,没白天没黑夜地操劳,只换得一家几口勉强度日。我们家的邻居几乎也都是穷人,穷人家的孩子在一起,打打闹闹、嘻嘻哈哈,光屁股、打赤脚,菜当三分粮,大家差不多,倒也没想过什么。稍微大了一点,看到有钱人家的孩子白白胖胖的,穿着漂亮的衣服,衣兜里总装着零食,面黄肌瘦的我眼里馋馋的,心中闪过一丝念头:他们为啥跟我们不同呢?

再大些,上学了,家庭贫富不同给孩子造成的境遇上的差别,越来越大了! 随着年龄的增长,我慢慢明白:我们这些穷孩子,生活、读书处处艰难,不是我们的过,也不是父母的错。老天爷要把我们送到穷人家,不是我们自己做得了主的! 一个人,无法选择自己生在什么样的家庭。同时我也发现,我们这些穷孩子的脑袋瓜,并不比那些有钱人家的孩子笨。我们和他们,生活水平可以天上地下,但头脑都在一个起跑线上。

后来,上了大学,我更懂得了一个道理:一个人生在什么样的家庭,自己无法选择;而努力不努力、走什么样的路,是自己可以选择的。回首往事,我不怨自己出身柴门,甚至庆幸自己生在贫家。因为,这种出身虽使我吃了不少苦,可使我受了更多益。

早早地学会了生活。俗话说"穷人的孩子早当家"。这并不是因为穷人的孩子有特殊的才能,而是为生活所迫。我的父母整日为一家人的温饱忙碌、操劳,有时候到几十里以外的山里干活,一去就是十天半月甚至几个月。记得那时,我十多岁,妹妹还不到十岁。我们要上学,只好自己在家过日子。挑水、买菜、买油盐酱醋……妹妹还没有锅台高,就站在小板凳上做饭了。我们长大了,在生活的道路上遇到过很多不小的困难,我们没倒下,自己能生活。盖土房、打家具、做工作、成家立业、生儿育女……我们上得了厅堂下得了厨房。老了，自己料理生活不犯愁。现在想来，不能不说得益于出身穷人家。

争一口气。家庭是孩子生长的土壤，出身贫家的孩子就像长在瘠薄土地上的苗，生活、读书比富裕家庭的孩子难得多。我曾经为家庭的清贫自卑过。但是，我没有泄气，而且渐渐坚定了一种信念：都是一个脑袋两只手，别人能做到的事，我经过努力也应该能做到。于是，决心要争一口气。条件差怎么办？多下苦功夫，以勤补"缺"。经过艰苦努力，念书终于未落人后。走上社会，几十年的人生路并不都平平坦坦，甚至摔过大跟斗，但我虽然有过痛苦、迷茫，最终没有停下向前的脚步。我这一生，不服输的脾气在儿时就开始逐渐形成了。坊间说"柴门出公卿"，大概就是说贫家子弟多不甘于现状，会发愤图强吧。当然，我算不上成功，更遑论"公卿"，但说的是这个理儿。

懂得感恩。从上学开始，邻居、老师都说"这个娃儿很努力"，我也自认为读书比较刻苦。其实，那时候我并不懂得多少道理，也没有想过将来长大了要做个什么大事之类，只是觉得父母亲让我上学读书太不容易了，我不能对不起他们。每当我想多玩玩儿、偷点懒的时候，眼前就晃过父母在灯下熬夜做活的情景。当我遇到困难想放弃的时候，就想起父母不舍得吃、不舍得穿供我读书多么不容易。几十年，我孝敬父母，疼爱亲人，除了血缘，还有感恩。人说"贫家多孝子"，大概是因为穷孩子早早知道生活的艰辛，更懂得感恩吧！

我家几代人没有进过学校门，我成了家乡新中国的第一代小学生。减免学费、政府为我买到北京上大学的火车票、享受助学金……使我从小学念到大学毕业。后来，我选择做一名共产党员，决心一辈子跟党走，应该说源于对党感恩。

容易知足。出身柴门,儿时开始便粗茶淡饭、棉麻布衣,直到上大学,打赤脚、穿补丁衣服也是常事。渐渐习惯成自然,安于一般的生活,容易满足。有人认为很艰苦的时候,我觉得好像还行。工作了,成了"知识分子"、当了干部,生活条件有了很大的变化,我仍以有吃有穿、不冷不饿为满足,没想过大富大贵。几十年不贪不占、两袖清风,我以为与容易知足不无关系。

老来想想,人生来的不平等,不能完全决定一个人一生的境遇。我以为,人的出身也要"扬长避短"。出身富家,若能发挥经济条件好的优势,可能学得更好、更容易做成些事情。出身书香门第,若能借助家中来往多"鸿儒"、父母有文化、家里有藏书的长处,也许更可能成就一番事业;出身寻常百姓家……

何以为人

老来无事,思绪信马由缰,就好闲想:过去、眼下、将来,天上、地下、水里……忽有一日听人争论什么是人,我不禁不屑地一笑:作为人,活了几十年,难道还不知道人是什么吗?可后来仔细一想,"人是什么"这个问题,心里好像都明白,但是真的要说清楚似乎并不那么容易。少年成了白头翁,又读过点书,还说不清楚人是什么,真有点太难为情了。于是,我就开始想这个问题。

人是什么?或者说怎么给人下一个定义?上中学时老师讲过,念大学时哲学老师讲过,阅读书籍又见到过一些说法。

有人说,人是有思维的动物。可又有人说,这还不能把人和一般动物完全区别开来。据说大猩猩也有思维,成年大猩猩的智力相当于两三岁的孩子。海豚也有思维,能把不同形状、颜色的物体区别开来。我亲眼看过海豚的这种表演。

有人说,人是有亲情的动物。可也有人对此提出异议。牛马的舐犊之情,算不算亲情?牛犊、马驹降生,母牛、母马不顾分娩的痛苦,用舌头一点一点地把小崽身上的黏液舔干,直到小崽慢慢站起来。其情让人动容,故人们常用"舐犊之情"来比喻母亲对孩子的深情。另外,"羊羔羔吃奶眼望着妈",幼小动物对母亲的依恋,算不算亲情？

有人说，人是会使用工具的动物。这个定义近乎经典，我上中学时老师就是这样讲的，我曾经对此深信不疑。可是，后来我看了一部科教片，使我对这个定义产生了一点疑问。在一根管子里放一根香蕉，猴子闻着香蕉味儿想吃，可管儿太长，猴子的手够不着。有人折了一截树枝把管子里的香蕉捅出来，然后扔了树枝，把香蕉又放回管子里。人走开之后，猴子居然捡起树枝，把管子里的香蕉捅了出来。猴子的行为算使用工具吗？

有人说，人是有理智、伦理的高级动物……

如此等等，还有不少说法。说法众多，说明人与一般动物有本质上的区别，但与其他动物之间的界限也有比较模糊的地方。

先人和今人给人下的定义，大多是对人做过一番研究后作出的，自有一定的道理。我对人类学毫无所知，不敢妄评这些定义的得失。不过，这并不影响我可以有自己的想法。关于人，在我的心目中最看重的是：人可以制作、使用工具，改善、创造生存条件和环境。

在我看来，所谓工具，不是天然的一块石头或一根树棍，而是为了某种用途经过加工的东西。当猿人开始打磨石块、削尖树枝为己所用，开始钻木取火的时候，才真正脱离了一般动物界而成为"人"。人用工具获取食物、搭建居所、取物避寒……不断改善、创造生存条件；在此过程中，因为需要，又不断改善和创造工具；工具改善了，新工具创造出来了，人又可以更好地改善、创造生存环境……如此循环往复，人不但改变了生存环境，也同时改变了人自己。今天的人的身体状况、技能技巧、智力水平不仅远远优于原始人类，也优于古人——正是这种改变的结果。

而一般动物则不然，它们只能依赖天然条件生存，不能改变生存环境,也没有改变自己,所以千万年过去了,它们还是老样子。

制造、改善工具,用工具改善、创造生存条件,这大概就是我们常说的劳动吧。说劳动创造了人,大概也就是从这个意义上讲的。

我们今天的生活条件、生活环境是从哪里来的?无疑是前人劳动积累的结果。如果前人每个人都仅仅满足于自己能够勉强活着,人类恐怕还仍然处在原始状态,能有今天的物质、精神文明吗?从人类的进化、进步想开去,我以为,人之所以为人,是不仅仅为自己活着,还要为他人、后人(也就是社会)做点什么,留下点什么。

据专家研究,从原始人类开始,人就是群居的,因为单独一个人无法抗拒大敌、抵御灾难。群居,不仅使人类生存下来,而且使人类不断进步、发展。但是,我产生了一个疑问:其他动物也有群居的呀,为什么没有形成人类群居的效果呢?我想,其他动物虽然群居,但均是各自为政,自己只顾自己,不顾他者,遇到灾难"作鸟兽散";而人类则不同,人类有协作和互相帮助,互相帮助使人类渡过了一个个难关,协作使人类做成了许多"个体单独"无法做成的事情。人个休的生活条件和环境,从一般意义上讲是随着社会的进步而改善的。纵然是秦皇汉武,也坐不上汽车,唐宗宋祖也看不上电视……如此可以说,他者、社会,是一个人生存、改善不可或缺的条件。这就是说,即使为自己的生存、改善考虑,一个人也不能只顾自己,也应该为社会、他人做点什么。

我所想的也许有点离题了,也许并不严谨,但我坚信一点:人类社会之所以有今天的文明,是因为个体不仅仅为自己活着;故人之所以为人,就要为社会、他人做点什么。看来,要想使自己不仅在身体上,而且在精神上区别于一般动物,成为真正的人,是不能只为自己活着的。

既然来了人世，焉可虚走一遭

一个人来到人世，并不容易。佛家有六道轮回之说。六道分别是天道、人道、阿修罗道、畜生道、饿鬼道和地狱道。六道，其实就是六条路。灵魂因其前世的修为，按因果报应规律分别进入不同的道转世。人道，属于"善道"，前世未作恶、守了"五戒"，灵魂方能获得"六根"人形，转世为人。人道虽然未入"天堂"，却已经很不容易了！

我对佛学有些兴趣，钦佩佛学中的许多智慧，但我并不信佛，当然也就不相信灵魂之说、"六道"之论。不过，我认同做一回人的确不容易！母亲十月怀胎，受"以命换命"的分娩之苦；哇哇落地，便开始了生老病死的折磨；成长的烦恼，失意、挫折的难过；亲人生离死别的彻骨痛楚……做一回人不容易，恐怕是绝大多数人的共识。

做一回人不容易，而且只此一次没有下次，人生弥足珍贵。最珍贵的人生当然不可虚度，那么这来之不易的人生怎样度过？对于这个看似简单、实则很复杂的问题，大家都在想、都在问，也都在用行动做出回答。

有人认为，既然做一回人不易，那就应该充分享受人生，美味、美酒、美人、天上、地下、人间……

有人认为,"太上有立德,其次有立功,其次有立言",以立德、立功、立言为目标,追求人生的"三不朽"。

有人认为,人生一世,应该干一番轰轰烈烈的事业,"人过留名,雁过留声"。

有人认为,应该把一生献给人类最壮丽的事业——共产主义。

……

看来,人的一生,各有各的活法。我也是年近八十的老翁,已经走了人生的大部分路程。回想往事,我这一生是怎么过的呢?

儿时,懵懵懂懂,饿了找吃的,渴了找喝的,吃饱了、喝足了就想着法子玩儿,高兴了哈哈大笑,疼了痛了哭闹一阵。那时候根本不知还有人生一说,当然也就没想过我这一生要怎么过。上学了,慢慢开始懂事。看见父母没日没夜地干活,风里来雨里去地四处奔波,中年就已雪染双鬓,于是渐渐形成了一个想法:努力读书,长大了学点手艺或者做点别的什么工作,让父母过上不愁吃穿的舒心日子。

大了些,我不经意间开始想一个问题:我们家为什么几代没有人进过学校门?是爷爷奶奶、先人们不努力干活挣钱让孩子读书吗?不对呀,父母亲常说他们的上辈如何发奋、艰辛,如何羡慕识文断字的人。我明白了,我之所以能上学读书,除了父母的心意,更重要的是我成长在共产党建立的新中国。我感恩党,思想上渐渐与党亲近起来。我还想,自己享受了党领导人民奋斗的成果,如果只是坐享其成、不为党的事业出点力,那也太不对了。初中二年级,我加入了共青团,开始接受党的知识教育。

高中时期,我们学校先后有三名同学(应该说是校友,他们的年级比我高)入了党,他们都是学生中品学兼优的佼佼者,后来两位考入了清华大学，一位考上了四川大学。从他们的身上我感到：人中的优秀者应该成为共产党员。我高中的班主任是党员。学校、团组织、老师的教育培养，加上我学了党章、看了些书，逐渐产生了一个强烈的愿望：我要做一名共产党员。

高中三年级的时候，我向学校党支部递交了第一份入党申请。班主任老师跟我谈了话，说上级有指示，困难时期暂停在学生中发展党员，鼓励我继续努力，"有志者事竟成"。到北京上大学，我学的就是马克思主义哲学，读书使我对党、对共产主义有了更进一步的了解。我再一次向党组织写了入党申请。

由于种种原因，特别是"文革"的灾难，我直到1975年初才成为一名共产党员。回想起来，入党几十年，我没有高大上的理想，也没有那么纯粹，但我始终抱定一个信念：听党的话，绝不玷污共产党员的称号，尽心尽力为党和人民做点事。

大学毕业，分配我到离家几千里的边疆，我毅然前往。种地、做工，"劳动锻炼"十分艰苦。我有过苦闷，但我总觉得这不是党的本意，党花了那么大的代价、付出那么多心血培养我，这只是暂时的锻炼。我坚信有云开日出的一天，没有消沉。后来进入中学当教师。在那个极为特殊的年代，顶着"臭老九"的名声去教"革命小将"，那个难，非亲历不能想象。但我认为，无论谁怎么讲，不管别人怎么做，既然做老师，就不能在我手里误人子弟。我认真备课、讲课。

进了机关，还在"文革"时期，面临的事情错综复杂。遇到难事，我努力想党会希望我怎么做，尽力按照我认为正确的去做。我报考研究生，想离开"是非之地"。

研究生毕业，我进了大机关。几十年，有按部就班的平常工作，也有几番急风暴雨。我有过成绩，也犯过错误；有过欣喜，也有过痛苦、委屈。但是,我从来没有与党离心离德,始终尽心尽力地工作,不贪不占、两袖清风。

回想往事,我这一辈子,和许多人一样活得实在是平平常常,不过还算充实,没有虚度此生,虽然离保尔·柯察金说的"把一生献给了人类最壮丽的事业"相去甚远,但我自认为始终没有忘记入党时的信念:听党的话,绝不玷污共产党员的称号,尽心尽力为党和人民做点事。

来时懵懂，去时明白

生老病死，是人生之大苦。我以为，生死之所以为人生之大苦，不仅在于肉体上的痛楚，更在于精神上的折磨——来时懵懂，去时明白。

谁能说清楚自己是怎么来到人世的？恐怕无人能说清楚，因为一个人来到人世时，全然不自主，无知不觉，懵懵懂懂，犹如天地混沌未开。人，出生之苦主要是母亲分娩之苦；人降生即使有苦，因为自己浑然不知，实等于无。痛苦是一种感觉，懵懂无知，痛苦何存！人去时却大不同了：一切都明明白白。明明白白地走，痛苦之甚矣！

无助无奈。今天，科学技术有了很大的进步，诊断、医疗水平有很大提高。许多当年的不治之症，如今治愈已经不成问题。但是，总会有治不了的病，即使无病，天年尽后也会无疾而终。人有生就有死，长生不老只是人们的一种愿望，古今无一人如愿。人到临死时，有强烈的求生欲望。可到了此时，逝者无奈，医生、亲人无力回天。人明知将死而求生无望的那种折磨，无法想象。八年前我爱人临去世时说的最后一句话是："我要死了！"她心里知道就要离开人世、离开亲人，她不舍得走，我们不愿她走，可又有什么办法呢！那种无奈、那种无助，我都肝肠寸断，何况她呢！

太多留恋。人生一世,虽然有诸多不顺心、痛苦和磨难,但有更多欢欣、乐趣和幸福。父母的疼爱,童年天真无邪、无忧无虑的生活;花前月下的卿卿我我,初为人父(母)的兴奋激动;成功的喜悦;儿孙绕膝的天伦之乐……燕子衔泥似的垒起来的窝;一颗汗珠摔八瓣儿挣下的钱……这一切将永远与己绝缘,不舍呀!

生离死别。父母或许已经先你而去了。爱人与你共同生活几十年,有春风花丛共享甜蜜的爱,有急风暴雨相濡以沫的情,早已是你中有我、我中有你,无法分开。儿女从无到有。经历无数艰辛把他们从"小小红虫"养大成人……如今一别阴阳相隔,永远不能再见。这种分别就像用刀一块一块地割下人身上的肉,鲜血淋漓。

不知前途。人死后是怎样一种光景?活着的人不知道,死了的人即使知道也无法告诉活着的人。故人死之后如何,永远是个谜。不知前面是何光景而又必须前往……

明明白白地走有这么多的痛楚,人何以自处?佛家说,别执着,要放得下;六根清净,烦恼、痛苦自无;只要一生行善,丢掉"臭皮囊"去西方极乐世界,何乐而不为!果能这样当然很好;可这要有相当修行的人,甚至大彻大悟之人方能做到,大多数人是做不到的。

这个问题,对于我这个年近八十的老翁来说,已经不完全是一个理论问题。面对这个问题,我想过不少。如果能大彻大悟当然好。作为一种目标,我当尽力参透生死,明明白白地坦然面对。不过说实在的,我对自己不那么有信心。虽然我读过些书,明白一些道理,有几个高僧曾经说过我具慧根,但我自认肉眼凡胎、血肉之躯,无法完全摆脱七情六欲,做到面对死亡脸不改色心不跳。

在我心中,对于明明白白地走,更多的是一种无奈。人,有生就会有死,而且懵懵懂懂地来,大多明明白白地走,是一条铁律。古往今来,无论是唐宗宋祖,还是贩夫走卒,无一人能够幸免,任何纠结、恐惧、不愿意都是没有用的。明知不可避免,明知纠结无用,又何必以此来折磨自己呢!随大流,顺其自然吧!早年,老父亲在世的时候,我曾经和他聊起人要明明白白地死,实在有点悲哀。老父亲淡淡一笑:"娃娃,人怎么死,那是老天爷的安排,我们说了不算,何必去操那个心呢!"我想,老人信命,大概也是一种出于无奈而随大流吧。

有人说得好,对于老年人来说,过去的已经成为往事,今后的事不可知,最重要的是过好当下。我以为此言有道理。世间的东西为何有贵贱之分?一般来说,贵重的东西之所以贵重,是因为它"稀少"。对于老人来说,未来的岁月已经不多,就算十年、二十年、三十年,也是很有限的。有限的、不多的岁月,于我们老年人是十分珍贵的。用十分珍贵的时光去纠结那些我们无法左右的事,是不是有点太不值得了!为什么不把珍贵的光阴用来做些我们自己说了算的事呢!我们能做主的,是如何过好当下。

晚年生活应该怎么过?答案林林总总。世间的事纷繁复杂,各人的情况千差万别,很难有一个统一的标准答案。我以为,无论做点什么,你觉得开心、充实,没有虚度时日就好。但我觉得有一点很重要:为了活得有质量、延长寿命,不可懵懵懂懂,要明明白白度时光。有一个词叫"生命力"。那就是说生命的诞生、成长、延续有一种内在的力量。我把这称为"生命需要动力"。力有方向才能成为动力,目标决定力的方向,这就是说活着有目标,生命才有动力。生活中不乏活生生的事例。

我认识一位同志,五十多岁被确诊为肝癌晚期,医生说他已经时日不多。他觉得自己有好多研究成果、见解要写成书,时日不多更需抓紧。于是辞掉了工作,专心写作,关于"灰色学"的著作出了一本又一本。几年过去了,仍然很精神地活着。我问他有何治病绝招,他笑笑说,哪有什么绝招,就是一本书还没写完,就又酝酿下一本了,书写不完命也未绝!

还有极端的事例。某某人眼看就要不行了,可想见见远在外地的子女,闭不上眼。等呀等,十天半月过去了,见到子女后便溘然而逝。是什么支撑他熬了这十天半月?是想见子女最后一面的动力。

这样的事实,生动地证明了物质可以变精神,精神也可以变物质。

要想生命有动力,就得生活有目标。浑浑噩噩混日子,一天到晚茫茫然不知其可以,坐吃等死,哪来目标?目标来自明明白白。我们已经退出大舞台,晚年生活当然没有什么轰轰烈烈的大目标,有的是我今天要做点儿什么、这个月要做点儿什么、今年要做点儿什么……目标无论大小,有目标就会有动力。

我告诉自己,既然明明白白地走不可避免,那晚年我就要明明白白地过。

谈死说生

我以为,常人是怕死的。

有人可能会说:"这是懦夫的逻辑。"我说的是常人。

为了信仰、理想、气节,有视死如归的烈士;为了匡扶正义、扶危济困,有赴汤蹈火的英雄;为了亲人、朋友、他人,有甘愿牺牲自己的义士,为践山盟海誓、为解相思之苦,有慷慨赴死的痴情者……这些,乃非常情态之下造就的非常之人。我说的是常态、常人。

我曾经说过,宗教为什么会存在?原因之一是人对死亡怀有恐惧。只要人对死亡还怀有恐惧,牧师就会说,不必害怕,有上帝怜悯、护佑,你的灵魂将升入天堂。在人临终时,《安魂曲》响起,祷告声传来:主呵,请接受你的孩子吧!高僧会给人送来临终关怀:安息吧!消失的是"臭皮囊",你的灵魂将进入西方极乐世界,那里是琉璃世界,佛乐悠悠,莲花盛开,只有欢乐,全无生老病死之苦。

有人说,死过的人就不怕死了。可《此生未完成》的作者于娟是"死"过的,她告诉我们:"其实作为人,并不是死过一次就不怕死了,而是越死越怕死。所谓更怕死,无非是对这个世界的留恋越重而已。"还有人的确表现出不怕死。不过据我观察,这种"不怕",实际上是"无奈"的代名词,怕也无用,只好"不怕"。

怕死,或曰对死亡的恐惧,是常人之常情。我当然是常人之一。

儿时,见人死了,怕。人死了要装进棺材,牢牢地钉上大铁钉,深深地埋在土里。我就想,要是埋在坟里又活过来了怎么办?透不过气,多憋呀!钉得那么结实,也爬不出来呀!喊,荒郊野外的,土埋得又那么厚,谁听得见!我曾经对母亲说,我要是死了,求你把我在家放三天再埋,不然埋了又活过来了多难受呀!母亲给我一巴掌,别瞎说!小孩子,说什么死!

长大了,慢慢懂了些事。怕死,是对黑暗的恐惧。人死眼闭,永远不再睁开,周围是一片黑暗。就像掉进漆黑、无底的深渊,往下落呀、落呀,永无休止,前后左右、上上下下,触摸不到任何东西,永远不能再见光明。永恒无尽、空无所寄的黑暗,实在太可怕了!

在生活中,人不能没有光明,走进黑暗便毛骨悚然。其实,一般说来,生命与光明是同在的。生物学认为,阳光、空气和水,是生命存在的三要素。没有阳光便没有生命,当生命失去光明会怎么样呢?对光明的热爱和追求,其实是对生命的热爱和执着;对黑暗的恐惧和憎恶,其实是对死亡的恐惧和拒绝。

怕死,是对"不可知"的恐惧。人死之后会是什么样?活人的回答无法在经验上具备说服力:"你又没死过,怎么会知道死以后怎么样呢?"死了的人,即使知道死、死后是怎么回事,可是,阴阳相隔,又无法将他的感受告诉活人。于是,人死之后怎么样,便成了一个不可知的问题。科学家、唯物论者说,人死了,灰飞烟灭,除了分解为一些元素,其他均为无。可总有许多人不信,也有许多人不愿意相信,他们宁可相信有灵魂。我以为,相信灵魂的存在,是人类追求永生愿望的一种表现,人类希望生命不要因肉体的死亡而完全消失。那么,既然相信有灵魂存在,就想知道灵魂怎样:能知活人世界之事吗?有天堂、西方极乐世界吗?有地狱吗……这一切,众说纷纭,但都是活人的说法,"真实情况"不可知。人总是追求认知,不知便心悬神迷。对身后事完全茫然无知,可怕!

对死亡的恐惧,是割舍的痛苦。人生一世几十年,有太多的经历,与太多的人和事有割不断的联系。几十年积累的学识和技能,辛勤一生所取得的成就,尚未做完的事情,特别是相依为命的、最亲爱的人,骨血相连的儿女、孙辈……这些,是心血所凝,是生命的一部分,是无法割舍的留恋。而死亡要与这一切一刀两断,无异于从人身上割下一块块肉,将灵魂血淋淋地凌迟!这样的痛苦是世间无与伦比的剧痛。剧痛,是让人生畏的!

对死亡的恐惧,是对一去永不复返的心痛。死亡,意味着人生的终结,与亲人诀别而永远不可再见,与一切幸福、快乐永远绝缘,遗憾将永远不可能再弥补……这一切是痛苦的。许多东西,当你拥有的时候,平平淡淡,理所当然,并不觉得它们珍贵;当你永远失去它们的时候,才会发现,它们原来是弥足珍贵的。当初不知珍惜的悔恨,如今知其珍贵而永远失去的绝望,交织成剔骨剜心的痛楚。

对死亡的恐惧,还因为人懵懵懂懂地来到人世,而要明明白白地离开。

因为对死亡的恐惧,对人生的留恋,人们便追求长生不老。一位哲学家说得好,人类是在自然界中产生,又从自然界分化出来的主体,因此,追求与自然界同在,是人类内心最强烈的愿望。青山不老,于是人类就希望寿比南山。可是,古往今来,有谁长生不老了呢?通过学习,我懂得了一个道理:物质是无限的,但物质的具体形态又都是有限的。一个人,是物质的一个具体形态,从有到无不可避免。于是,我便开始追求自己的"长生之道"。

追求理想和信仰。我年少加入共青团,青春年华入了党,献身为人类求解放、谋幸福的伟大事业。我为此虽然算不得"鞠躬尽瘁,死而后已",却也尽了力。如今,我们生活的空间几乎成了花花世界,金钱至上,物欲横流,醉生梦死,怪象丛生,"理想""信仰"成了一些人搞笑的词语。然而,年届八十的我冥顽不化!对于我一生的理想和信仰,不仅无怨无悔,而且仍然坚信这个事业是长存的。我为之贡献了自己的一份力量,为之奋斗了。那么,我的生命就融进了这个事业之中。事业长存,我的生命不也就享有了另一种永生吗!

看淡了身外之物。平日里我不求锦衣玉食,温饱而已。条件改善了,也有了些身份,可我仍如有的人所说,像个生产队长。对自己有点抠门儿,小家子气;可于亲友、他人,没把钱财当多大个事儿。对于名利地位,我的信条是"凡事尽力而也,得之不忘形,失之不丧志"。老了,退休了,我并不太失落,过得有滋有味。有人说,这是因为我出身寒门,容易知足。这固然是一个原因。但更重要的是,我明白了人"赤条条来去",这些乃"生不带来、死不带去"的身外之物。广厦百间,一床而已;沃地千亩,一抔黄土罢了。不舍得吃,不舍得穿,这个放不下,那个放不下,可眼一闭,一切怎么样了?风起云散,花开花落,只有太阳永耀苍穹。精神,是人生的太阳。人,总是要有点精神的。

抚育好子女。儿女是父母生命的延续。当年,艰辛地抚育儿子,认为他们是自己的骨肉,把他们培养成人,理所当然,一代一代就是如此,并没有多想。就连"养儿防老、积谷防饥"之类,我也想得很少。我端的是铁饭碗,生老病死有依靠。如今,我更关心儿子,疼爱孙女,少了功利,多了一份情感和理智:让美好的生命在儿孙身上延续。

北方的农民常说:"苞米熟了,苞米秆儿黄了。"过去闻此言,颇有几分伤感。于今想来,这茬苞米秆黄了,难道来年苞米种子发出的芽,没有今年苞米秆的生命吗?

25

能上天堂吗？

人死后去哪里？这个问题困扰了人类千百年,古往今来有好多说法。

有人说,人,生是一些元素的化合,死是一些元素的分解,如此而已。也许是那么回事儿。可是,这也太让人难以置信了！人的生死就那么简单？世界上有那么多元素化合,为何没有成为人？人是活生生的个体,是元素的分解造成了人的死亡,还是人的死亡形成元素分解？

有人说,人死如灯灭。人纵然有灵魂,也是形存则灵魂存,形灭则灵魂灭。人死了,死了就一切都了了,入土为泥,岂有它哉！

有人说,人有灵魂。人生,灵魂附体,有了灵性；人死,肉体消失,灵魂离开肉体或上了天堂,或下了地狱。

……

人死后有个去处,或上天堂或下地狱。时至今日,相信这种说法的人仍然不少。这种说法有一个前提：有可以脱离人的肉体而存在的灵魂。因为人死之后,肉体或火化为灰,或入土为泥,显然是无法上天堂下地狱的。所以问题的关键是有没有灵魂。

现代科学已经说明了很多问题,我不相信有离开人的肉体而存在的灵魂。但是,为什么有那么多人相信存在可与肉体合,也可与肉体分的灵魂呢?"存在的都是合理的。"我以为,灵魂说的存在是有原因的。

灵魂说表达了人们期求永生的愿望。人是从自然界产生而又独立于自然界的生命,期望与自然界永恒同在,是人类内心最强烈的冲动。即是说,人类内心强烈希望长生不老、永生不死。可是,人类也亲眼看到,一个个生命诞生,一个个生命消失。肉体不能长生,是一个谁也无法否认的事实。于是,人们便把追求长生的愿望,寄托于可以不随肉体的消失而消失的灵魂。

灵魂说表达了人们对生命的珍惜和敬畏。万物有灵,人更是众灵之长。因此,要爱惜生命,不可伤害。我以为,人们对"天"的崇拜和敬畏,原因之一是"老天爷"控制着人的灵魂,主宰着人的命运。人对神的崇拜和敬畏,实质上是对人自身灵魂的珍视和敬畏。

灵魂说表达了人们对精神的追求。人,如果仅仅满足于肉体的存在和延续,那与其他动物无大异。人类的独特之处还在于追求精神的存在和延续。灵魂,在许多人心中实际上是精神、心灵的代名词。人的品格、素质(身体素质除外)的高低,不是人的肉体而是人的精神(或也可以说灵魂)决定的。欲做一个高尚的人,那就要不断净化、升华自己的灵魂。人死了,崇高的精神可以长存、可以永生(其实精神是通过社会和他人的记忆留下的)。

灵魂说表达了人们惩恶扬善的愿望。人的灵魂,为什么有的上天堂有的下地狱?人活着的时候积德行善、敬老爱幼、扶危济困,死后灵魂就可以上天堂;活着的时候欺善凌弱、六亲不认、作恶多端,死后灵魂就要下地狱。地狱有十八层,作恶越甚,下地狱越深,十恶不赦者的灵魂将被打入十八层地狱,受尽折磨,永世不得超生。在现实生活中,一些善良的人常常生活艰难、命运坎坷,甚至处境凄惨;而不少恶人却锦衣玉食、专横跋扈,得以善终。"在生活中迷了路,就会到天堂寻找出路。"人们对人世间的这种不平,强烈不满却又无力改变,于是便寄希望于神:让善者的灵魂上天堂,让恶者的灵魂下地狱。

天堂地狱说,还有一个作用:安慰善者——不要为你眼前的痛苦和不幸伤心,你死后灵魂可以上天堂;威慑恶人——别得意,你死后灵魂要下地狱,"不是不报时候未到"。

我和很多人一样,自认是一个唯物主义者。前面已经说过,我不相信有灵魂,更不相信有可以与肉体分离的灵魂,当然也不认为有天堂和地狱。如果大家都能以科学的态度对待生死,当然好。不过,人死后去了哪里这个问题,无论在西方还是东方,还会在相当一个时期困扰相当一些人。在这样的情况下,我以为灵魂说、天堂地狱说的存在,有利无弊,至少利多弊少。

我并不是主张信仰宗教。我只是认为在这纷繁复杂、充满种种诱惑、奇谈怪论泛滥的滚滚红尘中,相信有灵魂、有天堂地狱,总比什么都不信好;有点对地狱的敬畏,比毫无敬畏之心好。灵魂、天堂地狱之说,是鼓励、提倡向善的。无论善来自何方,多一些善有什么不好?难道现实生活中,善太多了吗?对于那些缺乏良知,甚至丧了天良的人来说,给他们讲那些高大上的道理,恐怕还不如对他们大喝一声"你就不怕下地狱吗"管用。

我的这种想法,可能会被指责为有实用主义的嫌疑。这是我的真实想法,我自认为有道理,至于别人怎么看,就顾不得那许多了。

我不相信灵魂之说,但我希望自己心中有一个高尚的灵魂;我不认为有什么天堂地狱,但我希望自己心中有天堂,我向往天堂。

清风明月是归途

  人生就是一条路，一条只能走一次，而且只能向前无法回头的"单行道"。

  世间万物有生就有灭。人虽万物之灵，却也是有来处，就有去处。其实，当我们呱呱落地的时候，就已经踏上了归途，只不过刚迈出第一步，离起点近、离终点远罢了。初临人世，就像一轮朝阳在五彩云霞中冉冉升起，有的是新生的喜悦、成长的欢欣。待人过中年"日过午"，离起点渐远、离终点渐进，方觉日子过得太快了，开始谈起"老"字。到了七老八十，夕阳西下，"归途"不仅是话题，而且是一个必须面对的现实。

  说起老年，总免不了几分凄凉。对于老人，最流行的说法是"夕阳无限好，只是近黄昏"。前半句很阳光，让人温暖、惬意。可因为后半句的感慨，使整句话变得凄凉、伤感了。不少人把老年比喻为人生的秋天。这个比喻有与上面的话差不多的寓意：秋天是成熟收获的季节，一年辛苦换来果实累累，但是，秋日无边落木萧萧下，接着就是冬天了！我步入老年，也曾经有些伤感，大概这是人之常情，我也不能免俗。一些年过去了，想来想去，伤感情绪渐渐淡了些，多了一些坦然。想来想去，想过去、想现在……

人过六十,应该感恩。人过六十,花甲一轮,将迎来人生的一大转折:退休。回想我走过的路,六十岁我感恩。感谢父母给了我正常的遗传基因。几十年艰苦的学习,繁重的工作,没完没了的家务,到了六十岁我居然身体很好,说明遗传基因没有明显缺陷。感谢"命运之神"对我的眷顾。几十年,虽然风风雨雨、坎坎坷坷,但小有进步。感谢好年代,退休了,不工作,仍然衣食无忧。

古稀之年,值得庆幸。光阴荏苒,不觉已过古稀之年。俗话说"人生七十古来稀"。别说古时,就是几十年前,成为七十老翁的人也不多,故称"稀"。如今老人不再为生计奔波,生活大大改善了,衣食住行不仅不缺,而且讲究质量。许多当年的疑难病症,今天已成癣芥小疾,一些不治之症已不再难治。人均寿命大大提高。我赶上了好时代,不经意间轻松过了古稀,岂不值得庆幸!

七老八十,很欣慰。说实话,不是看儿子都已中年,孙女长成了大闺女,我根本没觉得自己已是年届八旬的老翁!"零件"虽有老化,但无大缺陷,运转正常。看书写东西,尽管不如当年快捷、可以连轴转,但一天做上三五个小时还不成问题。能吃能睡,腿脚灵便,开车、打太极拳、弹琴、钓鱼、游山玩水……朋友们说,你老兄是几十年一贯制,当年不觉得多年轻,今天也看不出怎么老! 我哈哈一笑,提前量打得多! 七老八十尚能如此,没有弯腰驼背、举步维艰,岂不很欣慰!

九十老者,真自豪。我想,到九十老翁那一天,我一定很自豪:瞧我! 虽不是人中豪杰,却也是人中寿星!

当然,我可能是幸运者,有一些老人没有我幸运。他们或处境艰难,或生活拮据,或疾病缠身……对于这些老人,我发表太多的议论,有"站着说话不腰疼"的嫌疑。我只想说,命运已经折磨我们了,不要再自己折磨自己。我这一生几十年,总的还算顺当,但也曾经陷入过困境,有过亲人的生离死别。人非神明,血肉之躯当然有喜怒哀乐,我愁过。然而细细一想,愁有用吗?关起门来愁几天难题就解决了吗?不,愁的结果不仅解决不了问题,还可能更伤身、伤神。所以,我的切身体会是:解愁最好的办法是知"愁无用"。直面难题,该求助的求助,该想法的想法,该尽力的尽力,尽快解脱、放下,才是良途。再说,谁都会有一本难念的经,若陷于难而不可自拔,那晚年的乐趣就无从谈起了。

"归途"可以是诗情画意的。人生之路,大家的起点和终点都是一样的,两点中间的路就千差万别了。所谓"殊途同归",人生的路就是如此。"殊途",当然包括"归途"。可以悲悲戚戚走向人生的终点,可以茫茫然地走向终点,也可以潇洒坦然地归去……各人有自己的选择。

我希望自己潇洒坦然地走完"归途"。这倒不是因为我有多高的觉悟、多深的修行,是因为我觉得人生就那么几十年,多一天烦恼、痛苦,就少了一天欢乐、幸福,为啥要为自己说了不算的事浪费光阴,不去多享受点欢乐幸福呢!人,有来就有往,不必悲哀;若七老八十之后方驾鹤西归,更是一幸事。在我老家,人们把古稀以上的老人西去称为"喜丧"。可见大家认为老人西归,人生得以善终,安然得最终归宿,从某种意义说是一件"喜事"。

人来时,朝霞满天,温暖、喜庆。不过我等初临人世,黄毛小儿,浑然不知。老了,红日西垂,有了"夕阳无限好,只是近黄昏"的感慨。其实,没有夕阳,哪有朝阳。一次次朝阳冉冉升起、夕阳缓缓西垂,于是有了世界,有了世间万物。可以为朝阳的升起欢欣鼓舞,但不必为夕阳的西垂伤感痛苦。更何况夕阳落了,还有明月哩。踏着明月乘清风而归,虽然少了些热烈,却也多了几分娴静安然。人生,朝霞绚丽是来处,清风明月是归途。

忽想了几句顺口溜:夕阳无限好,莫叹近黄昏。踏月乘风归,潇洒度人生。

知不易,行更难。能不能将自己的认识付诸今后的实践,那就要看我的修养和定力了。

二、做人不易

弱苗长成树

哲学上说，偶然性中有必然性，必然性总是以偶然性开路的。用一句通俗点的话说，必然性表现为无数的偶然性。当年我刚听这话，觉得有点玄玄乎乎的，似懂非懂。老来回想往事，其实生活中的事到处显出这个道理，我的出生、成长就是这样。

我出生在川南一个很贫寒的家庭，父亲是个手艺人，一辈子靠"削竹子"做竹板凳、竹车车求生活，母亲是个家庭妇女。他们就像连绵大山中的两棵草，平凡得不能再平凡了。但是，他们却有极不平凡的经历。他们都出生在大山里。我祖母生父亲时难产去世，父亲六七岁时，祖父也去世了。母亲几岁丧母，十多岁丧父。这一双孤儿历尽难以想象的艰辛，几次在鬼门关前晃悠，居然长大成人，走到一起结为夫妻（为了纪念，我以他们的经历为基本线索写了长篇小说《滴水岩》）。

那年月，"不孝有三，无后为大"，父母几经生死结为夫妻，更希望有自己的儿女。在我之前，他们有过两个儿子：一个孩子出生不久便抽"七天风"死了；另一个孩子长得白白胖胖、聪明伶俐，人见人爱，都说这孩子长大了一定有出息，父母更是视为眼珠子。可是，四五岁的时候出麻疹死了。我是父母的第三个孩子，所以他们总叫我

"三儿",弟妹们叫我"三哥"。

据亲友们说,我出生的时候好瘦,一身包着骨头的皮皱皱巴巴的,父亲看着我,笑笑又皱皱眉头,皱皱眉头又笑笑。我想,父亲笑笑,大概是因为又有了儿子;皱皱眉头,大概是担心这样瘦弱的小苗能长大成树吗?

果然,打从我出生起,三天一小病,五天一大病,不是拉肚子,就是发烧。我这样,急坏了父母亲,也让他们操碎了心。他们中年得子,前两个都夭折了,可不能再……那时候家乡没有医院,父亲上山扯点茅草根、折耳根、鱼秋寒煎水给我喝,母亲用鸡蛋给我刨刨风,邻居大婶儿给刮刮痧,就算是治病了。

家乡有个说法,给孩子找干爹干妈,可以减灾消病。父母亲给我找了"保保"。家乡把干爹干妈称为"保保"。

说来也怪,我这棵瘦弱的、病病恹恹的小苗,居然一天天长大了。我背起小书包要上学的那天,母亲给我整整衣服,轻轻地捏捏我的胳膊,又拍拍我的肩膀。父亲在一边站着,两眼直盯盯地看着我,我看见泪珠在他眼眶里转。大概他在心里说:"儿子,你可不要让我们失望呀!"长大些我才体会到,我瘦弱的肩上,担着父母亲多么沉重的希望。

当亲友、邻居们看见我干巴瘦、病歪歪的样子为我担心的时候,母亲常说一句话:"不怕,有了苗就不愁长!"母亲的话,父母亲的做法,使我体会到了"绝不放弃"的力量。只要不放弃,再弱小的苗,也能长大成树。

不过,今天想来,我能长大成人,不仅仅是父母的绝不放弃,我的两个哥哥,不一样是他们的亲骨肉吗!我比两个哥哥幸运。家乡解放不久,就有了医院。好多在旧社会让不少孩子丧命的疾病,在医院里已经不难治愈。可惜啊,我的哥哥没有赶上医院,我赶上了。

看着健康的孩子夭折了,而我这个大家都为之担惊受怕的病秧子却长大成了人。这是偶然的吗?是什么决定了我的"命运"?

我的家乡1949年底才解放。1950年春,挂着五星红旗的小学校开学了,我成为家乡新中国的第一代小学生,也成为我们家好几代人中第一个跨进学校门的人。听父亲说,我的祖辈是明末清初"湖广填四川"时,从湖北麻城迁来四川的,到我已经是第十一代了。我们家几代人都生活在山里,靠租种田地、在山林里砍柴为生。几代人,都没有人念过书。父亲不堪虐待,逃到长江边小镇,学了竹器手艺,落下了脚。我父母都目不识丁。解放后,不知道父亲用了什么办法,居然认识了几个字,勉勉强强可以翻黄历。母亲除了认识钱,仍然连自己的姓名都不认识。

我念完了小学,又上中学,后来居然考上了中国人民大学。我是家乡解放以来第一个考入这所学校的学生,这在小小的江镇,成了一个不小的新闻。邻居的大叔大婶甚至说:"鸡窝里飞出了凤凰,磨手板皮的手艺人的娃儿中了状元!"

几代人文盲,我居然上了大学,难道我的先辈们都不想读书识字?是他们不够努力?太偶然了,我觉得自己很走运。成人之后我才想明白,我为什么幸运。没有新中国我能上学吗?没有上小学减免学费、中学的助学金,没有政府掏钱为我买到北京上学的火车票,没有大学里的助学金保证我的一日三餐……我能大学毕业吗?

世间的事,有太多完全无法预料的偶然性,于是不少人信"运";一个人走什么"运",往往自己无法左右,好像有一种无形的力量决定着一切,于是,很多人信"命"。命运,决定了一个人的人生轨迹。我的父母信命运之说,我一段时间也有点信命。

念了些书,经历了一些事,我开始怀疑命运之说。我的命运为什么与前辈不同?是本来就不同,还是中间改变了?如果真有上天

37

安排的命运,那就是铁板钉钉,任何人、任何力量也改变不了的。为什么新中国一诞生,不仅我的命运变了,那么多人一下子都改变了?难道是老天爷一下子发了慈悲?慢慢地,我想通了一个道理:这就是说,上天注定的命运是不存在的,我们通常所说的命运,其实是指一个人或者一群人的人生境遇。而这种命运是可以通过努力、奋斗改变的。无数先烈、前辈的奋斗,不是改变了中国人的命运吗!

  弱苗长成了大树,是我个人的事;仔细想来,其中也有不少道理。

从感恩开始

不知为何,近些年我经常想到"感恩"二字。

词典上说,"感恩"就是"对别人所给的帮助表示感激"。权威之言自有道理,不过我有自己对感恩的理解。我以为,感恩是对外界给予的恩情、关心、帮助,心怀感激之情、报答之意。外界,包括他人、团体、社会甚至自然界。

我自认是一只笨鸟,并不聪明。但是,从进学校读书的那天起,我一直很努力、刻苦用功。那时候,我并不懂得学好了本领将来报效国家、服务人民、造福社会之类的道理,只是看到父母亲为了我们的温饱,风里来雨里去、没白天没黑夜地操劳,太辛苦了。他们不舍得吃,让我们吃饱;家里虽然吃了上顿儿愁下顿儿,可他们仍然坚定地让我读书。我感到我要对得起父母的辛劳,不辜负他们的一番苦心。

随着年龄的增长、念书的增多,我懂得了更多做人的道理。但是,对父母的感恩之情,始终是我人生前进的重要动力,是我处理与亲友关系的情感基础,也是对我懂得感恩他人、感恩社会的启蒙。

回想起来,我对党的亲近和认识,是从感恩开始的。我父母从大山里走出来,我们家多少代人没有进过学校门。新中国成立了,我成了家乡红旗下的第一批小学生。家庭清贫,我上小学申请减免学费,上中学享受助学金,政府给我到北京上大学的车费,大学的助学金包了我的一日三餐……血肉之躯,能不对这一切心怀感激之情!"没有共产党就没有新中国",没有共产党也没有我呀!我开始亲近党,渐渐地希望成为一名党员。

后来,党组织、老师告诉我,仅仅对党怀有朴素的感恩之情是不够的,要从理性上提高对党、对共产主义的认识。我受了一些教育,又读了一些书,认识有提高,终于成了一名共产党员。之后几十年,风风雨雨、坎坎坷坷、起起伏伏,对党的感恩之情虽然朴素,但对我起了很大的作用:从川南到塞北,服从组织安排;做工作尽心尽力,不能为党争光,起码不能给党抹黑;委屈时,我觉得自己没有资格跟党讨价还价……特别是在那些理性难具说服力的时候,情感的力量是很大的。

那些事、那些年月已经随风飘走了,成为了一种历史的记忆。为何这些年又常想起"感恩"二字,在心中翻腾老黄历呢?是因为我觉得当下太缺乏"感恩"这种情感了。

不少孩子不懂得感恩。在许多家庭里,孩子成了全家的中心,众人围着孩子转。孩子对父母呼来唤去,稍不称心就大喊大叫,甚至指责父母、恶语相加。有位母亲告诉我,有一次她批评孩子不尊敬母亲:母亲生你、养你吃了多少辛苦,难道你就没有一点感恩之心吗?没想到孩子答道:养我到18岁,是法律规定的你们的义务,不好好养我,我去告你们!我听后愕然,好半天无语。如果一个孩子连对父母都不懂得感恩,那对其他人、对社会将如何?一个连父母都不爱的人,能指望他去爱国家、爱人民吗?

一些"老板"也不懂得感恩。改革开放以来,一批人富了,有些人成了腰缠万贯的"老板"。这些老板中,不少人感恩改革开放,自己富了反哺社会，扶危济困、抢险救灾慷慨解囊，积极投身社会慈善事业。可也有些"老板"自觉高人一等，趾高气扬、挥金如土、花天酒地，对社会、对他人十分冷漠，动辄骂这个斥那个，甚至赚足了一拍屁股离国而去，到海外享福去了。若有人批评，他们便道：老子凭自己的本事！呜呼！请问：改革开放之前你们的本事在哪里？没有改革开放，你们会是什么样？

在一些人的头脑中根本没有感恩的意识。之前我看到一则报道，在地铁列车上，一位红衣女士看见一个女子带着小孩子上车，便将自己的座位让给她。不想带孩子的女子认为别人给她让座理所当然，不但不感谢，反而出言不逊，导致发生冲突。呜呼，倘若带孩子的女子有一点感恩的意识，何至于此！我还听闻，有人从路边救起昏迷的老人送往医院，结果被老人的子女反诬为肇事者。呜呼，这已经不是不懂得感恩，而是恩将仇报了！

我们自己也不完全懂得感恩。我们一方面过着日益改善的生活，"一日三餐有鱼虾"，买了房，有了车，国内游罢到国外游；另一方面又牢骚满腹、怨气冲天。就是大家说的："端起饭碗吃肉，放下筷子骂娘。"我们的生活中的确有不少令人不满足，甚至令人气愤之处，但是，如果我们多一点感恩意识，感恩改革开放带给我们生活的改善，怨气可能会有所减少，积极的建议可能会增加。

在我看来，感恩是一种重要的情感。懂得感恩，是奉献的情感基础。不懂得感恩的人，认为别人对他所做的一切都是应该的，实质上就是只知道索取。能指望只知道索取的人做什么奉献吗？对于我们自己而言，别人（包括亲人）为我们所做的一切，没有什么是理所当然的。

严格地说，不懂得感恩，是一种恶，忘恩负义为人所不齿。窃以为忘恩负义有两层含义：忘恩与负义是同等罪过；忘恩本身就是一种负义。义之大者爱国、为真理献身、扶危济困……义之小者爱人、助人、帮人……许多仁人志士把义看得比生命还重,可以为义献身。一般人也将义作为做人、立世之本。忘恩负义是一种不小的罪过。

至于恩将仇报,像东郭先生救的那只狼、农夫救的那条毒蛇,在我看来简直就是十恶不赦!

其实,我们的先人是提倡感恩的:"滴水之恩,当涌泉相报。"我以为,感恩之情是一种高尚的情感,它会使人与人之间互相亲近,激励助人为乐,社会更加和谐。如果人世间没有了互相关心、互相帮助,没有了感恩,那世界会是什么样?"心的沙漠,爱的荒原",冷漠的、死气沉沉的戈壁?

几十年了,我觉得做人嘛,说些大话、空话,不如从感恩开始。

很听话

回想起来，我这一生都是很听话的。

小时候，听父母亲的话、老师的话。刚懂事，父母说不可以做的事，我绝不会做；父母叫我不要乱跑，我定会乖乖地原地待着。大了些，能做些事了，父亲告诉我："凭劳动挣钱不丢人。"除了做家务，我背着小板凳上街叫卖，学着编藤书包……母亲说："小孩子一定要诚实，绝不能说谎。"我从来没有说过假话……不仅父母，就连邻居们都夸我是一个听话的"乖孩子"。

至于老师的话，对于我简直近乎"圣旨"。老师要求上课认真听讲，我挺着胸坐得直直的，思想从不开小差，更不会与同学交头接耳。老师让背课文，我不背熟不睡觉。老师叫抄生字，布置五遍我不会抄四遍……老师们说我学习努力又听话，都很喜欢我。

上大学了，听学校的话。学校要求集中精力读书，不准谈恋爱。我任眼前花开，被同学讥为"书呆子""木头疙瘩"……

大学毕业，赶上那个特殊的年月，一切都有点乱，有些事情甚至颠倒。但我仍然初心不改，听组织的话。一个四川人，被分配到离家几千里的"反修前线"——内蒙古，我没有讲价钱，甚至毫不犹豫，背上行李就出发。"劳动锻炼"，在荒原上种地，在乡间小车站当养路工,虽然谈不上历尽千辛万苦,却也真吃了不少苦。我有过痛,有过疑惑,但听组织的话仍然未改变半点。

后来的年月,当教师、做机关干部,尽心尽力做过些工作,也犯过错,但听党的话几十年一贯制。

按理说,听话,按组织的指示办,不应该有什么问题,但有时候个人是要付出代价的。对组织诚实、不隐瞒自己的观点和所做的事情(无论是对的还是错的),这是党组织一直教育我们的,也是对一个党员的基本要求。有一次,"暴风雨"来袭,由于自己政治上不成熟,理智控制情绪的能力较低,说了错话。在支部会上,我主动讲了自己的问题。我想,一个共产党员就要襟怀坦白,有错就认,知错就改。原以为认了错、改了就没事了,没想到此事越弄越大,成为压在我身上、压得我好多年透不过气来的大山。好心的同志说,你太单纯了,其实只要自己不承认,什么事都没有。这件事,使我很伤心,甚至很委屈:同样在"暴风雨"中,我顶着压力做了不少有益的事,怎么就都视而不见呢!

过了一段时间,我想通了。这件事虽然给我的人生道路造成了很大的负面影响,但是我不后悔:我没有对组织、对同志隐瞒自己的过错,问心无愧,心中坦然无负担,落了个一身轻松。如果当初隐瞒了自己的过错,可能一路上更顺畅些,但留下了一块心病,负疚终生!有人认为我的想法太书生气了。无奈呀,我就是这样想的,而且"禀性难移"。

儿时听父母、师长、学校的话,工作了听组织、领导的话,也给我带来了一点"副作用"——对上级似乎有点心理依赖。组织、领导一个声音的时候,照办就是,简单明了;当组织或领导发出不同声音的时候,我就有些茫然不知所措了。而且,很糟糕的是这种情况往往发生在特殊时期。

我自认不是一个没有主见的人。跑腿办事好多年,也曾经负责过一方面的工作,遇事尚有自己的认识,大多数时候也能拿出解决问题的办法。领导认为我还能办点事,交给我的事也比较放心。同志们感到与我共事还不太为难,不会无所适从。不仅如此,有时候我还对领导的意见提出点不同看法。大家觉得我这个人敢说敢干、有担当。尽管如此,可如上所说,当领导有不同声音的时候,我就有些茫然不知所措了!

一年又一年,经过了许多风风雨雨,我自觉认识有了新的提高。听组织的话、按领导的指示办事,没错,但这并不等于可以不提高自己的思想水平、辨别是非的能力。思想水平提高了,执行上级的指示、领导的意见会更加自觉。思想水平提高了,如果在特殊情况下组织、领导出现不同声音,就会比较冷静,即使一时难辨东南西北,起码不会盲目跟风。

有人可能会问:听话,领导怎么说就怎么做,难道你就没有遇到过领导出错的情况吗?领导错了你也跟着错?当然,并不是提高了认识就万事大吉了。认识提高了,减少了盲目性,就有可能发现领导的不妥。领导也是人,"人非圣贤,熟能无过",领导也会有出差错的时候。那领导出了错怎么办呢?作为下级,遇到这种情况很难办,三言两语很难说得清楚,我将在下文《难言上过》中说说自己的想法。

认识有提高,可是我已经退而休息了,这些认识派不上多少用场了。只能留下一道"车辙",也许可以为后来者提供点前车之鉴。

难言上过

据载,早在汉代班昭就提出"自非圣人,鲜能无过"。不是圣人,因此就极少能没有过错的。清代汤斌在《汤子遗书》中更提出:"人非圣贤,孰能无过。"人不是圣人、贤人,谁能没有过错呢!若班昭说的是没有错的人很少,那汤斌所言是错误人人有份了。虽然此言近乎"打击一大片",但因其道出了一个事实,终为大家所认可。

上上下下,大家都承认人都会有过失、犯错误。不少人更是常常将"人非圣贤,孰能无过"挂在嘴边。不过,据我观察,许多人出此言多在三种情况:他人有错时,用此言鼓励他人放下包袱,知错能改,同时以显自己体谅他人、宽宏大量;动员大家给自己提意见时,人人都会有错嘛,我哪能免呢,大家不批评反倒不正常了;自己有错不得不做检讨时,"人非圣贤"嘛,我犯点错很自然。

抽象地言自己之过不难,而要具体地承认、认识自己有什么错,错在哪里,就不那么容易了!我常在想,人为何难认己过呢?是否因为人的过失都长在自己背上,而人眼直,不能绕曲,所以见他人错易,识自己错难?是否因为人的耳朵生来好乐而恶噪声,言过之声"噪"?

认识自己的过错虽然难,但常人之间相对还容易些。若要上司、领导在下属面前承认自己的过失,那就难上加难了!并非没有虚怀若谷、从谏如流的开明领导。但一般而言，无论多么开明的领导，言己之过较之言他人之过，总是要难些。唐太宗可谓历史上的开明君主，但当魏徵直言其过时，不也一时如芒在背、如鲠在喉吗！此中因由，非三言两语能说得清楚。拿我来说吧，工作四十多年，始终做下属。不过上下乃相对而言的，故我在做下属的同时，也做过一些同志的"上级"。我自认不是文过饰非、讳疾忌医之人，但要在下属面前坦陈己过，也并不那么痛快。何以如此？心中暗暗想的是：我没错，是他们错了；就是错了也得挺，否则何以"言必行"，领导的威信何在；我错了，他们的水平比我高，我岂不愧为领导；当众认错，太失体面。其实，从理智上说，上述种种，显然难以站得住脚，也就不能成为拒绝认错的理由。但在这个问题上，常常是情感战胜了理智，足见领导认错之难！

领导认错难，作为问题的另一面，则是下属难言上过。多年来，不少同事有过相同的感慨：下属发现领导某事不妥或某语不当、某文有误，指不指出，如何指出，实在令人踌躇、犯难。

既然犯难，又何必非言上过呢，听之任之不就得了吗？这里，且不说对工作负责、对事业负责，即使就处理人际关系而论，一概不言上过也并非一剂良方。若领导的某些不妥经你手而你未提出、未修正，被他的上级或同级发现，他会认为你"见死不救"，故意出他的丑；你一次不提、两次不说，而群众对领导的某过失议论纷纷，领导会认为你跟他不贴心；你明知领导的小错不提，若他积小错而酿成大错，他甚至会认为你别有居心！而今私下流传着一句话：整领导的最好办法莫过于让他犯错误！如是说来，你明知领导前途有坑而不吱声，能与"整领导"脱得开干系么？

言上过难，不言上过则不妥。几十年来，对领导在某方面的不妥（当然只是我认为不妥，未必真的不妥），我总会有所反应，尽力使

47

之完善。这种做法虽然带来过一些苦恼,但我始终不悔。实践教育我,上过需言,但出发点和方法、技巧大有讲究。同一件事,出发点不同,方法不同,常常效果迥异。

与人为善。这是出发点,方法技巧由此而生。指出领导的某些不妥,是为了改进工作,对同志负责,而不是指责、挑刺、作梗,更不是幸灾乐祸。俗语说:"路遥知马力,日久见人心。"只要真正从善意出发,领导总会理解下属的苦心。

良药不必非得苦口。古今劝人听取批评,用得最多的一句话,恐怕要算"良药苦口利于病,忠言逆耳利于行"。此言当然在理,作为听取意见者,应该这样明理、律己。不过,古有蜜丸,今有胶囊,丸、囊中之药,未必不是良药。作为批评者,是否应从中得到启发,变良药为不苦口,更容易让患者服用呢?有些批评,只需讲究一点说话艺术,变变说法,完全可以达到批评的效果,而被批评者更容易接受。有人举过一例。一位领导常因一些非原则的小事与下属C争执,有时甚至恶语相加。下属A给领导提意见:你态度不冷静,没有一个做领导的样子。领导说:你这是不分是非!效果甚微。下属B给领导提意见:您年龄比C长,学问比C深,级别比C高,却非要与C争个短长,您岂不是自降到与他一般了吗?据说,此后该领导进步多了。

勿知深言浅,勿知浅言深。好友之间,一方有了毛病,另一方轻描淡写地说上几句,常被一方认为不够朋友,何也?知深言浅矣!交往不多的人,意见稍微尖锐一点对方就常常不好接受,何也?知浅言深矣!若与领导共事多年,相互了解甚深,对之批评即使重一点,也无大碍,也因相知而不会怀疑你的动机;反之,则应十分注意分寸。

审时度势。我们都有这样的经历:当着儿媳的面批评儿子,即使言之凿凿,儿子也常常或拂袖而去,或斜目以视。何也?时不宜也!妻子本来就因他事火气正旺,你再去批评几句,即使语轻事正,常常也会碰南墙。何也？势不合矣！亲人尚且如此,何况领导？领导也是血肉之躯。同一批评,在大庭广众之中而发,与在个别谈话时平心静气地提出,效果大不相同。

小事或修正而不言,或言而不深究。领导办的文、起草的讲话稿交给你处理,你若发现个别提法或文字不妥,不必一一提出,悄悄改过来然后返回领导审定。领导审定时,或未看出修改的地方而通过,已达正误的目的;或看出了,他认为改得对,大家无事。细心的领导看出了你改的地方,且认为你改得不对,找你去问。你不妨说,换一个说法是不是更好些。若领导接受,当然好;若领导不接受,你已尽了心,不必强求。作为下属,尽职尽责、尽心尽意,足矣!

上下级之间,只要目标一致,终会协力。做领导的当然要讲究领导艺术,这是首先应该要求的。但做下属的若也讲究些做下属的艺术,上下岂不更加齐心!

苦心志劳筋骨有所得

《孟子》曰:"故天将降大任于斯人也,必先苦其心志,劳其筋骨,饿其体肤,空乏其身,行拂乱其所为,所以动心忍性,增益其所不能。"我曾经苦过心志、劳过筋骨,但并非老天爷有什么大任要降予我,而是一段难以忘怀的经历。

大学毕业,正在十年动乱之中。那时毕业分配,只讲政治不讲其他。据说,因为我是劳动人民家庭出身,在学校期间表现也还好,所以被分配到了"反修前线"——内蒙古。本来是要入伍当兵的,后来阴差阳错被送到部队农场"劳动锻炼"。

当年,"劳动锻炼"的目的不仅是锻炼体魄,更是"改造思想"。"改造思想"大概就是苦其心志吧。

进了兵营,来自全国各地的两百多个大学生被编成一个学兵连,连长、指导员、各排长为上级指派的军人。

说是"劳动锻炼",可"改造"的味儿太浓了。苦读寒窗十几载,听话慨然赴边疆,落得这般光景,心中真不是滋味儿,算得苦了一番心志。

既然是"劳动锻炼",劳动当然是主课。我们的农场在黄河河套,除了耕种一些旱地,主要是引黄河水开辟水田种水稻。种水稻,最苦最累的活儿是挖大渠和平水田。

历来有"黄河百害唯富一套"的说法。过去的黄河经常泛滥,给中下游地区造成很大灾难。但是,唯河套地区得引黄河水浇灌田地之利,水草丰美,物产丰富。黄河河套边的磴口筑有一坝,坝上游方向开挖了一条大渠——当地人称"二黄河"。从二黄河开始,又开挖了许多干渠、支渠、毛渠,形成了一个灌溉系统。黄河水泥沙含量很高,沟渠经过一年,泥沙淤积严重,第二年开春就要清淤,当地人称此为"挖大渠"。

我们农场开春后的重要活儿是挖大渠。渠里的淤泥是湿的,挖不费劲。可是,要把淤泥甩到渠堤上边却要用劲,因为淤泥粘在锹上,甩起来就很费劲了。尤其是挖干渠,渠底距渠顶有两米来高,要把粘在锹上的淤泥甩上去,就更非易事。挖一两天还好,接连挖上三五天,累得胳膊连端饭碗都很痛。有一件事可以说明挖大渠何等费力气:我这个体重只有九十八斤的"干巴猴",在挖大渠的日子里,居然连续几天中午一顿吃掉二两的馒头七个半!

如果说挖大渠累,那平水田就是又累又苦。河套地区无霜期短,因此平水田、插秧都要抢早。农场没有耕牛,用人平田。平田时,找来粗大的圆木,圆木两头结上粗绳子,人拉着绳子拖着圆木在田里来回走。早春二月,河套一带还很冷。早晨开始平田的时候,水面上还结着一层纸一样的薄冰。我们上身穿着棉袄,下身出着短裤,下田的时候隐约能听到踩破冰面的"嚓嚓"声。在田里拉着圆木平地时还好,起初觉得腿脚很冷,慢慢就麻木了,机械地迈动着腿脚,倒也没有什么大痛苦。可是,干完活儿上岸洗腿洗脚的时候就很难受了。腿脚紧绷绷的,一碰就痛,好像就要裂开似的。

第二天起床的时候,我发现小腿上有几条弯弯曲曲的红道道,有点像"裂纹",可还得接着平田呀,到田边上脱掉长裤,给双腿抹上凡士林便开始干活,迈进田里的一刹那,双腿像针扎似的,好像有

51

些针从有红道道的地方扎到了肌肉里、骨头上。我听见有人喊:"下定决心,不怕牺牲,排除万难去争取胜利……"

田里的稻子长到两尺多高的时候,学兵连的人大多数病倒了——拉肚子,吃了些药也不管用。有人说是寒气攻心,伤了脾胃。厕所里、野地里到处是拉肚子的。十多个没病的,进了炊事班为大家做饭。连队院子出奇地静。

学兵连,劳动艰苦,心里更苦,真是苦了心志,劳了筋骨。

走出学兵连,先后在乡村小车站当养路工,在中学做教师,进机关成为干部。几十年,风风雨雨,坎坎坷坷,无论在哪里,不管干什么,我给大多数同志留下了一个能忍辱负重、吃苦耐劳的好印象。个别激进的同志甚至说:"你就一个顶着屎盆子卖命的家伙!"

其实,觉悟、修养只是一个方面,而且我也没有多么高的觉悟和修养。只是当我受委屈时就想到了学兵连的生活!当工作很繁重,加班加点、白天黑夜连轴转,不少人觉得难以忍受的时候,我觉得这比挖大渠、平稻田好多了!

今天回想起来,那些年苦了心志、劳了筋骨,却也磨炼了我的意志,养成了一种精神,使我在后来的年月受益匪浅。

害人之心不可有，帮人之心不可无

人们常说的是"害人之心不可有，防人之心不可无"，这大概是多少年来的经验之谈。

初闻"防人之心不可无"，我心中很不以为然：世界上哪有那么多坏人，防什么防！后来才知道不是前人说得不对，而是自己太幼稚了。

进入社会，朋友们都说"防人之心不可无"，可是这儿有坑、那里有套儿，人家在暗处，君子之心难度小人之腹，怎么防呀！再说，处处、时时心里紧绷着一条防线，那活得多累呀！

我是一个被老伴儿称之为"有屁就放，宁可累死不愿憋死"的直筒子，要我去防"小人"太难为了。后来，我读到作家王蒙的一句话："与其防不胜防，不如干脆不设防。"这话使我豁然开朗，找到了解脱之道：身正不怕影子斜，我就是这样了，你们爱咋的咋的吧。几十年，我就是这样过的，虽然身上落下些伤疤，可精神上比较轻松。

好多年来，我心里把前人的说法改了一个字，把"防人之心不可无"改为"帮人之心不可无"。"害人之心不可有，帮人之心不可无"是我几十年做人的一条重要原则。

几十年，走南闯北，做过工，教过书，进过小机关，也进过大机关,我有一个很大的心理安慰:没有整过一个人。挨人整过,更知被整的痛苦。"己所不欲勿施于人",何况不仅是"不欲"而是痛苦呢!我视背后整人者为小人,焉可自己去做小人!此外,我读了一些书,有过些经历,感到在一次又一次的"运动"中,不少自己的同志和无辜群众受到伤害,令人痛心!于是下决心绝不去伤害人。我是这样想的,也是这样做的。到老了,心里无疚,活得轻松多了。大家说我是一个好老头,我心里很受用:无大作为,但起码我没整过人!

不整人,是做人的最低标准。我感到仅仅满足于不整人,只是一个"人"而已,我一生应该有点更高的追求,那就是帮人。

帮人想法的萌生,我自认为源于母亲的影响。母亲虽然目不识丁,但左邻右舍有什么事情,大姐大嫂生孩子、老人孩子有病了、哪家缺东少西……她总主动去帮忙。家里虽然清贫,可只要有讨饭的,她总要给几把米或者盛一碗饭。在几年困难时期,她宁可自己少吃甚至不吃,也要省一口给来家的亲友。母亲常对我说:"穷帮穷、富帮富,穷不相帮没活路。"我看在眼里,记在心上。我觉得母亲是一个很善良的人,我也要做一个母亲一样的人。

因为家里清贫,生活、读书曾经遇到过不少困难。遇到困难时,求助无门的那种心情,非亲历无法体味;当别人伸出手拉我一把的时候,心里就像脱险获救,激动不已。还在读中学我就下定决心,将来我有能力的时候一定要尽力帮助他人。

当然,这些只是我决心多帮助人的"原始冲动"。后来读了些书,懂得了些道理,助人才更为自觉。不过,虽然自觉了些,可始终没有达到"无产阶级只有解放全人类才能解放自己"的高度。

帮助的内容是多样的:别人经济上有困难,你力所能及地给点支援;别人有疑惑,你为之解疑释惑;别人负载过重,你为他分担些;

有人摔倒了,你扶他站起来……总之,急人所急、难人所难,皆为助人矣。

以上所言,只是一个普通人做人的基本,而非高境界。一个共产党员,一名干部,对于党的事业,对于人民群众,讲的是奉献,奉献自己的聪明才智,奉献自己的青春,哪怕生命。这种奉献是自觉的、自愿的、无私的。共产主义事业是人类历史上空前伟大壮丽的事业,共产党人对共产主义事业的奉献,绝不是一个"帮人"能概括的。

几十年来,我经常在心里告诫自己,山脚当然不是山顶,但不从山脚爬起,怎么能登上山顶呢!欲追求做一个高尚的共产党人,那就先从做一个合格的普通人开始。

成也萧何败也萧何

老来回想往事，风清人静之时，常在心中默默重走几十年走过的路，"禀性"的确有一点，不知道是优点还是缺点，因为应了一句俗话："成也萧何败也萧何。"

我之所以把这点称之为"禀性"中的一点，是因为几十年一路走来，我个人方方面面变化不小，但这一点不管因之有过多少得得失失，却几乎没有什么变化。人们常说"江山易改禀性难移"，既然几十年改不了，顽固不化，大概就是"禀性"了。这一点就是：容易冲动，有话就要说，而且任性地直来直去。用我老伴儿的话说，就是"有屁就放，宁可累死也不愿憋死"。

也真是这样。我想起了什么事，或者心里有什么话，在单位觉得该给同志说的，就马上给同志说，该向领导报告的，就心急火燎地找领导。在家里，该给老伴儿说的，该给儿子说的，想起来就张嘴。而且，咋想咋说，想啥说啥，口无遮拦，心无城府。当天要不把想说的话说了，夜里睡觉都不踏实；想说的都说了，心里没了事，方觉得一身轻松。

这个"禀性"（也可以说毛病）是什么时候形成的、怎么形成的，我费尽心思也想不起来，不知是不是天生的。按理说，这种毛病不应该是娘胎里带来的,大概有些原因。如果硬要找原因,可能的原因有三:一是当了多年的学生干部。我幼年体弱多病,少言寡语。可一上小学就当了班长,二年级就当了少先队大队长。当干部哪能不说话呢?多话从此始。二是受父母影响。我父母都是心直口快的人,我也就"近朱者赤、近墨者黑"了。三是童年被"放养"。父母一天到晚为生计忙碌,除了管我们吃饱穿暖、不惹是生非,对我们基本上是大撒手。于是,我们想咋玩儿就咋玩儿,想笑就笑,想说就说,随天性成长。

这种毛病在学生时代显不出多大的利弊,开始工作进入社会,利弊就凸显出来了。在那个特殊年代,我当了中学教师。那时候上有工宣队领导,下有革命小将造反,当教师很不容易。在一次"反潮流"高潮中,有一位领导拼命发动学生给教师贴大字报。我实在看不下去,一冲动和几个同事给这位领导贴了一张大字报"×××你想干什么",说这位领导在重复"文革"初期打击一大片的错误。我们的理由冠冕堂皇,那位领导也奈何不了我们。事后,不少同事认为我们几个敢说敢当,落了个好印象。

后来进了一个基层宣传部当干事,这种毛病的利弊皆现。我列席党委领导班子的学习会。一次,主要领导布置我执笔为班子写一篇学习心得。那时还在十年动乱时期,我觉得写这篇心得不妥,便直言告诉这位领导。这位领导仍然坚持要写,我便道:"写可以,但今后因此有功我不要,有过我不承担。"领导一脸不高兴地说:"好!"后来,这篇东西果然成了问题,但因我有言在先,避免了一番麻烦。

一天领导找我谈话,说要批判我的直接上司宣传部长,希望我配合。我当即道:"×部长有缺点毛病,但是好人不是坏人!"领导大不悦,不但从此与我疏远,而且多次找我的麻烦,给我设置种种障碍。

几年后，我从小机关进了大机关。开始一两年，我觉得自己是"刘姥姥进了大观园"，小心谨慎；不久，就又故态复萌了。在会议上，尽管领导在场，我仍然畅所欲言、直抒己见，有时甚至与领导发生不同意见。同事因此觉得我是性情中人，襟怀坦荡、为人阳光，愿意与我交往。我幸运地遇上了开明的好领导，他们不但没有对我的莽撞见怪，而且认为我坦率、有见解、对工作负责任。我的一些进步，不能说与此无关。

这毛病的"负效应"很快出现了。一场暴风雨来了，我发现眼前的景象与我头脑中的想象反差太大了！于是，就像一块石头砸在脚上，不假思索就本能地"哇"的一声叫，几句话脱口而出。冷静下来，我发现脱口而出的有错话。后来在支部会上，在没有人提及此事的情况下，我主动坦诚地承认了错误。我心里想，共产党员嘛，应该襟怀坦白，有错就认，知错就改。但是，由于种种原因，这件事持续发酵，越变越大，最后成了一块巨大的石头紧紧地压在我身上。这块石头压得我喘不过气来，几乎永远不得翻身。尽管如此，我并不后悔主动认错。虽然承受了一些压力，但我心里无愧——我没有跟组织说假话，没有对组织隐瞒什么。

"放任性情，有话就说"，优耶、劣耶？对耶、错耶？三言两语真是很难说得清楚！人们常说"性格决定成败"，此话对我很合适。我的个性，成也是它，败也是它。回想起来，不是没有教训可总结的。遇到一件事，一个人的认识或本能的反应，一般来说会有对有错。如果你想保留一份纯真，放任性情说话办事，那你就要有思想准备：可能收获喜悦，也可能为此付出代价。

人是有理智的高级动物。性情、情绪与理智，经常有不一致之时。生活的经历告诉我，做人不能没有激情，如果一个个都是麻木不仁的木头疙瘩，那一个集体会是什么样子！也不能没有理智，如果人人都放纵性情，那也会乱套了。性情中人固然没有什么不好，但人说话办事还是经过理智"过滤"一番为妥。我并不主张把心中的"城府"筑得高高的、牢牢的，让人与人之间相处变得高深莫测、冷冰冰的。但"三思而后行"实在是前人的经验之谈。

退休多年了，怎么做人之类已经派不上多少用场。闲来无事，回首已逝岁月，坐而论道而已。

摔倒了没趴下

一些朋友认为我这一生很顺利。是的,我这一生七八十年,的确有顺风顺水、风风火火的时候。但是,人生一世,一帆风顺、不过沟沟坎坎、不摔跟斗的人有几个?我乃一凡夫俗子,自然在多数之列。其实,我不仅摔过跟斗,而且有的跟斗还摔得很重。

小学的时候,我虽然不是班上数一数二的尖子,却也在优秀生之列。在老师和大多数同学眼中,我考上中学是铁板钉钉的事。升学考试过去了好些天,我估摸着快要发榜了,便到学校看看。我走到班主任老师的宿舍门口,听见班主任老师正在与他爱人——我的语文老师——说话:"高明光平时学习成绩不错呀,怎么会没有考上呢?""是呀……"听到这里,我只觉脑袋里"嗡"地一阵轰鸣,眼前天旋地转。我不知道是怎么回到家里的。

又过了些日子,通知下来了,我是"备取"第二名。候补,而且是第二名,等于没有考上。父母亲没日没夜地拼命干活,省吃俭用地供我上学,我居然没考上中学!这怎么对得起父母的苦心,有什么脸见同学!我儿时最强烈的愿望就是读书,不能上学了,今后的日子怎么过呀!那些天,我像丢了魂儿。

那一年,纳溪中学几个没有考上大学的高中毕业生,凑在一起办了一所民办中学。我心中想上学读书的一团火,虽然经过没考上中学的狂风吹打,但仍然没有熄灭。我跟父母提出要去上民办中学,父母毫不犹豫地支持我。没想到在民中念了一个来月后,鬼使神差地替补上了纳溪中学。进入纳溪中学的第一年,我觉得自己低人一等,不多说话,见了老师同学总埋着头。但是我暗暗下定了决心,一定要用行动来证明我不比别人差。一年过去了,我的成绩在班上名列前茅。我终于站了起来。

没考上中学,我第一次摔倒;没有趴下,咬牙爬了起来。

二十多年后,几乎同样的一幕又出现了。一九七八年,改革开放的春风吹绿了神州大地,国家恢复招收研究生。在一些朋友的鼓动下,不安分的我又躁动起来,决定报考研究生。虽然种地、做工、教书、坐机关已经十年,在学校学习的东西特别是外语,已经忘得差不多了,但我自认为基础比较扎实,还是有点希望的。

天天照常上班,又在搞运动,只利用可怜的一点时间翻了翻英汉字典,就披挂上阵应试了。过了一些时间,我收到了一份"不录取通知"。接过那个"沉重的"信封,我心里好丧气,觉得浑身凉了大半截。唉,又马失前蹄摔了一跤!我有点不死心,打开信封瞪大眼睛仔细看了看通知。嘿,我没有考过古典文学呀,怎么有一个"古典文学五十九分"呢?我怀疑考卷出了差错,想弄个明白。爱人劝我:没考上就没考上吧,没考上的又不只是你一个。同事也劝我:都胡子一大把、两个儿子了,不上就不上吧。可是,我来了犟牛劲儿:上不上再说,一定要把事情搞清楚。

我从外地赶往北京,到招生单位一查问,果然有错。不知道把谁的成绩寄给了我,而我的卷子已经被一所大学调走了。经过一番曲折,我争取到了复试的机会。可是,招生单位的复试早已经结束了,要特地为我补试,补试需马上进行。天啦,别人复试有十天半月的准备时间,我是来查询的,没有任何准备,这不是要命吗!可是事已至此,只好硬着头皮上了。还好,"老天有眼",我终于做了一个胡子多头发少的研究生。

又一次摔倒,我又一次爬了起来。

毕业后进了大机关。过了些年,一场狂风暴雨猛烈袭来。那时,我已是快奔五十的人了,又经过"文革",目睹过学生闹竞选等等,应该说有了些辨别能力,头脑还算清醒。我自觉对这场风雨的态度是比较端正的,也顶着压力做过一些有益的事。但是,当一个场景突然降临的时候,我觉得眼前的景象与我头脑中的想象天上地下,于是情不自禁地脱口说出了几句话,话中有错。后来,我在党支部会上主动承认了错误,做了检讨。可是,由于种种原因,这件事情持续发酵,越弄越大,成为一块巨石把我击倒,并紧紧地压在我身上。

我委屈过,痛苦过。但是,我始终坚信:我一个贫苦人家的孩子,没有党就没有我的今天,几十年,我是相信党、拥护党、跟党一条心的,是为党的事业努力工作的。

回首往事,深感"人非圣贤,孰能无过"。人生之路,几十年说短也短,说长也长,风风雨雨,坎坎坷坷,摔跟头是很正常的,甚至可以说是无法避免的。儿时学走路是如此的,走上社会也是如此。可以说,不摔跤学不会走路,不摔跤就不能真正懂得人生。我这几十年,大大小小摔过多少次,已经记不清了。

如果一跟斗摔死了,或者摔成了重残废,那"命该如此",无话可说。不过,这种情况毕竟是少数,大多摔跟斗不至于如此。以我所见所闻,人摔了跟斗,随后大概是两种情况:有人从此一蹶不振,甚至破罐子破摔,潦倒一生;有人咬牙忍痛爬起来,吸取教训继续前行。两种选择,结果迥异。看来,摔跟斗并不可怕,可怕的是摔倒后再也爬不起来！摔倒了,有人扶你一把当然好,我在困难的时候,就得到过不少帮助。然而,不是有"扶不起来的阿斗"一说吗,就是有人扶,也需要你有站起来的愿望,而且不是扶不起来的阿斗。所以,摔倒了能不能爬起来,最终还是取决于自己。

　　人啦,一辈子会面临很多次选择,摔倒了怎么办是重要的选择之一。我这一生之所以总是站着,或快或慢总是往前走,还做了一些事情,一个重要的原因是:摔倒了没趴下!

解愁须知愁无用

佛家要人六根清净,以绝七情六欲的纷扰,明心见性。若真能如此,虽然少了喜悦,却也少了忧愁,落得个清清净净,倒也不坏。但是,血肉之躯,食人间烟火,七情六欲是剪得断的么?难矣!纵然是那些剃光黑发、遁入空门的人,又有几个真的剃掉了忧愁烦恼、真的四大皆空?

忧,乃佛家所谓七情之一。忧即愁也。世间之事,时有春夏秋冬,月有阴晴圆缺,人有悲欢离合,物有兴衰荣枯,注定了欢乐要与忧愁相伴。古往今来,一个愁字,折磨了多少人,也因此成就了几多绝唱名篇。"问君能有几多愁,恰似一江春水向东流。"南唐后主的一阕《虞美人》,汇进了多少人的离愁别恨,传唱不绝。

愁,是人的情感之一,也很难免。然而,愁于人无益,伤神乃至伤身。春秋时伍子胥过昭关,一夜愁白了头,虽恐为文学故事,查无实据,却也可映出愁伤神之剧。"莫道不消魂,人比黄花瘦。"离愁伤身可见一斑。故世多劝告,劝人不要愁。湖有名"莫愁"者,女有名"莫愁"者,表达了世人解愁的愿望。愁为人之常情,既不可免,于人有害无益,故愁一旦产生,最好的办法就是尽快消解。那么,何以解愁呢?

有人借酒解愁。酒为可使人兴奋之物,几杯下肚,便飘飘然欲仙矣。酒又是可醉人之物,饮到酣时,可不知东南西北,当然也不知欢乐忧愁。于是,有人遇到愁事,便端起酒杯来,希冀以酒解愁。谁知用酒浇愁愁更愁,更愁更喝,更喝更愁,形成恶性循环。即使一时酩酊大醉,世界一片空白,也没了愁,可一旦醒来,仍一切依旧。古今多少事实证明,酒只是一种增烈剂,叫乐者更乐,狂者更狂,愁者更愁。以酒浇愁,无异于抱薪救火,不可取矣!

有人以娱乐解愁。愁与乐,近于情之两级,此消彼长,此长彼消。以娱乐解愁不失为一法。然而,若是愁之甚者,是很难乐得起来的。无米为炊,何以为乐?亲人重病,乐从何来?前途无望,哪有心思去乐……再则,据我观察、体验,乐与愁颇为怪异。乐,极易转瞬消逝,即使稍长,也难持久;愁则不然,一旦产生,就不是很快能消的。愁上十天半月,那是常事;愁上一年半载,也并非不可能。以"短药"治"长病",其效可知。乐可一时解愁,一旦乐去,愁依旧耳!

有人以移情他处解愁。愁绪袭来,一时难消,或出去走走,或找三五朋友聊聊天儿,或找点什么事情做做,确实不失为一法,比坐在屋里发闷,强了许多。愁是一种情绪,因事因物而起。暂时离开引起愁绪的事物,特别是若换之以其他能引起强烈刺激的事物,可能冲淡其至暂时忘却愁绪。大概这就是所谓的兴奋中枢转移吧。但是,出去走走总要回家的,家里一切依旧,见物生情,愁绪又会袭来。聊天终有完结时。聊完天,朋友的话音消失,自己的头脑不再因之兴奋,愁绪又会冒出来。做其他事情,总有停手之时。一旦停下,愁绪马上会卷土重来。总之,转移注意,只能收到一时之效。

有人以排遣消愁。愁绪在胸,轻者叫人不快,重者使人胸堵气短,难受非常。若能得到排遣,当然可以减轻危害。排遣之法甚多,仰天长啸,指物兴叹,大发雷霆,写诗填词……"少年不识愁滋味,更上层楼,更上层楼,为赋新诗强说愁。而今识尽愁滋味,欲说还休,欲说还休,却道天凉好个秋。"这是一阕吟愁的名作,恐怕也是诗人对愁绪的排遣吧!但我以为,排遣只能减轻愁绪给人造成的苦楚,不能真正解愁,更不能消愁。辛弃疾写罢"却道天凉好个秋",胸中的愁绪就没有了吗?非也,愁还在,滋味犹存,只不过"欲说还休"罢了。

那么,对愁究竟如何是好呢?众所周知,根本之法是解决那令人发愁的问题。问题解决了,"皮之不存,毛将焉附",由问题引起的愁绪自然也就消失了。可事情是要人去做的。要解决问题,前提是当事者须从愁绪中解脱出来,积极行动。说到底,还是要先解愁。

怎么解愁?几十年风风雨雨,没有少遇愁事。我也曾因为愁而食不甘味、夜不能寐,虽未"识尽",却也尝到了愁滋味。从无数酸甜苦辣中,我得到的最深感悟是:解愁须知愁无用。

愁于问题何用?实无用矣!忧愁为情之一,而情属于精神、意识范畴,是由存在决定的。情由事物(我这里用事物概念的广义,含物、人、事等)引起,或触景生情,或睹物生情,或思物生情。情作为一种意识,由物而生,是相对独立的,也可反作用于物。"愁情"相对独立时,自然于作为物的"问题"无用;"愁情"反作用于物时,只会使问题加剧,起副作用。因为,愁使人心灰意冷、精神萎靡、斗志不振、思想迟钝,是一种消极意识。无用与副作用,我统而言之:对"解决问题"无用。我正是在这个意义上说"愁无用"的。

人苦之甚者,莫过于生、老、病、死。苦之甚者,也是最容易使人愁的。生且不论,愁于病、老、死何用之有?人食五谷,难免生病。无论大病小病,不管是亲人还是自己,生了病总是让人发愁的。可是,谁见过因愁而使病者痊愈的呢?若是患者整天愁眉不展,唉声叹气,那么,不仅无助于痊愈,反而只能使病情加重。人之渐老,如夕阳西下,渐失辉煌;望前途,前程日短,离东土渐远,距西土日近。如此,常使人满腹愁肠。但是,纵使愁绪万缕,也无法拴住时光的脚步;反可能因愁平添白发,加快衰老。死,是人的最后归宿。世界是美好的,恋生是人之本能,故古今求长生者无以数计,但终未见长生不老者,死终归不可免。谈到死亡,能有几多不愁、不惧者? 但愁就能免死吗? 非也! 自然规律,有生就有死,无论是帝王将相还是贩夫走卒,人人概莫能外。真若大限到时,任你哭喊,拉着门框不走,也是无用的。愁,可能适得其反。唯乐观以待人生,即使不能添寿,也可充分享受人生的美好时光。

愁于病、老、死无用,于其他使人犯愁的问题,自然也同样无用。如果愁就能解决问题,那么大家坐下来狠狠愁他一阵好了! 可任你愁得死去活来,问题仍然依旧!

无用之物,尽可弃之。既然愁无用,何不尽快弃之呢? 弃愁,愁已不在,实解矣! 欲少愁、解愁、不愁,须知愁无用。我以为,人生就那么几十年,多一天忧愁就少了一天快乐。要想多些欢乐吗? 那就少些忧愁吧!

得之不忘形，失之不丧志

前些年，我写了一本散文《座右无铭》。书稿送到出版社，责任编辑觉得很奇怪，打电话问我："大家经常说的，是自己的座右铭是什么；你怎么说座右无铭呢？你没有座右铭吗？"我答道："我的确没有座右铭，不过做人是有些遵循的。"

"铭"义之一，是刻出来或写出来鞭策、勉励自己的文字。"座右铭"，自然是将此类文字放之座右（当然，不必太机械，放在座位附近、贴在墙上亦可），以示铭记，刻意体行。即便推而广之，亦应是常挂在嘴边、刻在脑际的格言警句。

我说自己座右无铭，是因为我从未想过立什么铭，当然更谈不上写出来或刻出来置之座右了！不过，年近八旬，回想起来，虽然座右无铭，但多年来倒也有一些话经常萦绕脑际，大概也算是做人的遵循原则吧。遵循之一便是：凡事尽力而已，得之不忘形，失之不丧志。

差不多从懂事开始吧，我就在想，一件事，如果本来是可以做成做好，因为自己未尽力而没有做成做好，那会后悔不已。因此，遇事我一定要尽全力去做，即使没做成，也不后悔了：非不为也，力不及也！

我认为自己天资不高、智力平平，但我没有放弃努力。上学期间，我下定决心要发奋刻苦，"笨鸟"就多下笨功夫，尽力而为。有人说,出身书香门第的孩子才能读好书,出身贫苦、卖力气人家的孩子,"粗麻袋上绣不出细花",是念不好书的。我不信这些说法。大家终日相处,彼此了解,我觉得那些孩子并不比我聪明多少,只是家庭条件好而已。我相信别的孩子能做到的事,我通过努力也应该能做到。校内校外、课上课下,读书学习,我尽力了。几经曲折,我终于考上了一个不错的大学。

走上工作岗位,我自认能力一般。但不管做什么,种地、当养路工、做教师、坐机关,我都尽力而为。用细瘦的胳膊跟别人一样挖大渠;顶风冒雪去养路,哪怕手上冻起了泡;教两三门课,还当班主任、学年组长……虽然没有做出什么成绩,但大家都觉得我做事不惜力,尽力而为。

几十年,天南地北、上上下下,换过几次工作,做过一些事情。我所做的事,有的成了,有的没成。但无论成功与否,我觉得自己尽力了,心安理得。

做成了些事,有了点进步,我没有觉得自己比别人强多少,只是觉得我赶上的机会比较好而已。这不是套话,而是心里话。我在大学同班同学中,后来的职位是比较高的,但当年我在班上并不是尖子学生!有的同学被分配到基层,那要做到七品官,需从百万军中杀出,谈何容易!而我在大机关,机关里连科的设置都没有,被提拔起步就是"七品"。有同学也在大机关,可他的处长比他大不了几岁,不知何年何月才能轮上他!而我的领导是一位老同志,没过几年我就接上了。我们大多出身草根。有同学的领导重资历、重背景、重人脉,而我的领导是自己干出来的,重实干,认为下属能干活就是好样的……

我不否认自己的努力,但我总认为是自己遇上的机会比较好,并不是本事比别人强多少。因此,我在岗的时候,没有把头上小小的乌纱帽当多大回事,跟大家说说笑笑、随随便便,生活不讲究,穿着土霍霍的,有人叫我"老头儿",有朋友甚至唤我"生产队长"。"得之不忘形",我时刻提醒自己,也是这样做的。

尽力了,事情没做成,进步比人慢,我也不灰心,更不妄自菲薄,继续努力。我一直认为,别的同志成功了、进步了,自然有比我强的地方,但他们和我的差距并非天上地下。大家在一起相处多年,彼此"几多斤两"都是知道的。如今他们做报告、写文章,表现出比我等更高水平,在很大程度上是因为他们参加的会议我等没有参加,他们看到的文件我等没看到。如果我等也参加了会议、看了文件,那么做起报告、写起文章来,也许水平和他们相差不多。既如此,何必看不起自己呢!一个人的成功、进步,除了自己的努力、水平、人品之外,还有很多因素,就像一个N元N次方程,每输入一个变数,结果都会不一样。

几十年的人生经历告诉我,还是前人说得好,世界上没有直路,要准备走曲折的路。得得失失甚至进进退退,都是正常的。人,不可因一时、一事的失败而丧失自信、裹足不前。我把这种态度称之为"失之不丧志"。"志",是方向、目标、动力,是一股奋发有为、不屈不挠之气,"人而无志,不知其可以"。只要不丧志、不放弃,就可能有成功的时候。即使终不成功,尽力了,也无可自责,心安理得。

人非草木,孰能无情。我乃一凡夫,七情六欲皆具。成功了、进步了,自然心生喜悦。但此时我不断告诫自己:不可得意忘形。失败了,没进步,难免有些沮丧。但此时我一次又一次地鞭策自己:不可失意丧志。我出身贫寒人家,智力平平,能力一般,身上没有过人之处,头上没有耀眼光环。几十年所以还做了一点事情,除了党的教育培养,亲人、同志的支持帮助,实在得益于"凡事尽力而已,得之不忘形,失之不丧志"!

三、花开花落

最难是夫妻

几年前,我爱人患病去世。风风雨雨陪伴我四十多年的伴儿,突然撒手西去,顿时觉得我的天塌了、地陷了,肝肠寸断!太阳仍旧东升西落,可充实、温暖、洒满欢声笑语的家,变得空空荡荡、冷冷清清!日落月升,独守空房,辗转难眠。思绪的闸门打开了,那些平平常常却不平淡的日月,那些花前月下的甜蜜,那些初为人父母的欢欣,那些狂风暴雨,那些争执……我想了好多好多,那是一万多个日日夜夜呀,无尽的往事!

痛定思痛,我决定写一点东西纪念她。一边回忆,一边流泪,一边写。一本随笔写成了,我把它名为"心香",心香一瓣,愿它飘向天国。同时,我为这本书加了一个副题"最难是夫妻"。有朋友觉得奇怪,夫妻是人世间最美好、亲密的伴侣,怎么会"最难"呢?其实,副题这句话,虽然几十年不时闪过我的脑际,但也只是在痛失妻子之后,才在我的心中定格。夫妻,难啦!

茫茫人海,与之相识、相恋,走到一起,不容易。世间的夫妻,有的是青梅竹马,有的是同学,有的是同村、同街的邻里……这样的夫妻走到一起是水到渠成,可能没经过太多的曲折。可也有很多夫妻,是在茫茫人海中从天南地北走到一起的,这就很不容易了。我就是不容易中的一个。

我生长在川南长江边,到北京上大学,毕业后被分配到内蒙古。其间也见过花开,闻到过花香,可都阴差阳错,擦肩而过。朋友、同事也曾多次给我介绍对象,可不是人家瞧不上我,就是我不满意,终无结果。我妻子是本地人,高挑的个子,一对乌黑的长辫儿,匀称的眉眼口鼻,漂亮出众,人品好,有文凭,在那时是很难得的。她的同学、亲朋一大帮,为她提亲者,不说挤破门框,却也是络绎不绝,可因种种缘由,东不成西不就。但是,我们却"不远千里"走到了一起,容易吗?

成家难。人们常把结婚称为成家,我觉得有道理,但不确切。家字的来由,据说是门里养了小猪。无房哪有门呢?由此看来,有一个栖身之所是"家"不可缺少的,连一个遮风挡雨的住处都没有,很难说真正有了家。我一个外地人,住单身宿舍;妻子家七八口人挤在两间小屋里。我和妻子结婚之后,真是"上无片瓦下无立锥之地"。我们决定在"老泰山"的房山头盖一间小房。一百来斤干瘦的我,挖泥挑土、割草和泥、脱坯垒墙、寻木料、做木工打门窗……不知道流了多少汗水,在亲人们的帮助下,居然盖起了一间土房!白手起家,不难吗?

立业难。刚结婚的几年,大家都还年轻,步入社会不久,虽然有了工作,但于"业"而言还一事无成。于是,我们夫妻一边建设小家庭,一边还要努力工作。那几年,白天忙了一整天,浑身像散了架,回到家里还得做家务。待有了孩子,顾得了东顾不了西,就更紧张了。我爱人是教师,常常晚上还有学生来家里问题、补课,儿子趴在床边睡着了,学生还没有离开。一九七八年,我们已经有一双儿子了,可我还想多读点书,于是又离家去读研究生,把家完全扔给了妻子。放假回家,看见家里一片狼藉,鼻子一阵阵发酸,眼泪在眼眶里转:妻子一个人既要上班,又要管两个儿子,多难啊!

敬老哺幼难。人到中年,上有老下有小。那时候我们的工资都很低,双方的父母要孝敬,再紧张也得挤出点钱来。孩子正长身体,基本的营养不可缺。能"对付"的只有我们自己。虽然已经是新社会,可我们夫妻比"吃糠咽菜"强不了多少。我在外读研、上班的时候,妻子给孩子们做一样饭菜,自己吃另一样饭菜。我回家时给她买了一件像样一点的衣服,她把我好埋怨:"你真敢花钱!这钱够我们过好几天日子了!"钱还好说一点,大不了清苦些。要是老人或孩子生了病,那就更难了。如果老的、小的同时生病,那个难……

磨合适应难。世界上没有两片完全相同的树叶,当然更没有两个完全相同的人。世上的夫妻,彼此终身举案齐眉、相敬如宾,像一个人似的,实在稀少。大多数夫妻虽然经过一段时间的恋爱,结婚时彼此已经有了相当的了解,而且认为比较合得来,但是,真到一起过日子,年年月月,一定会发现彼此的性格、爱好、处事方法、生活习惯有不小的差异。这些差异,轻者使对方不快,重者发生争执甚至引发"战火"。有人说得好,夫妻间要想改变对方,那是最愚蠢的。既然改变不了,怎么办?如果不想分手,那就只有彼此适应,该让的要让,该忍的要忍。这话说起来容易,做起来太难了。人都是血肉之躯,"让"和"忍"常常难以下咽,甚至是很痛苦的。

相濡以沫难。夫妻几十年,既有花前月下、卿卿我我的甜蜜,春暖花开、儿女绕膝的天伦之乐,事业顺风顺水的喜悦;也有无尽的琐事,没完没了的油盐酱醋茶,疾病的侵扰,狂风暴雨的袭击,甚至有摔得头破血流的剧痛。夫妻若得久长,不仅要能同甘,更要能共苦。或因不能同甘或因不能共苦而分道扬镳的夫妻,世间不是个别的。相濡以沫、白头到老的夫妻,差不多都经历过不少艰辛。

生离死别难。很多恩爱夫妻,企求不能同生,但能同死。但这只是一种愿望,一般来说西去总有先后。夫妻间,当一方要离去的时候,那种生离死别的痛苦,非亲历不能体味。与我朝夕相处、兴家立业、风雨相伴四十多年的妻子,忽然间要活生生地离我而去,从此阴阳相隔,永不能再得相见!那些日子,我的情感被凌迟了,一刀一刀,我的灵魂被割得鲜血淋淋!

年届八旬,人生经历告诉我:最难是夫妻。也许有不那么难的夫妻吧,但我所见所闻,夫妻"难"者多,只不过难的程度不同罢了。夫妻难,并没有使我后悔结婚成家,只是使我更懂得:夫妻,多么值得珍惜!

不信缘分天注定

人们都说，夫妻是一种缘分，"百年修得同船渡，千年修得共枕眠"。是啊，茫茫人海，芸芸众生，恰恰是两人走到一起，其中的缘由真有点神秘玄妙。因其玄妙，许多事情就很难说得清楚，于是不少人认为夫妻缘分是天注定的，月下老早拴定了红线。我大概是少数，不信夫妻缘分天注定。

我曾经与武夷山永乐禅寺的长老讨论过"缘"。经过一番讨论，我们认为"缘"由几项组成。其一，时缘。有机会相遇，即是在时间上有缘。如果一方某天某时在某地，而另一方却不是这个时间在某地，不得相遇，那就没有时缘了。其二，空缘。此空乃空间之义。两人同时在某地，比如说都在永乐禅寺，但一人在前院，一人在后院，擦肩而过，没能相遇，这就是没有空缘了。其三，事缘。两人同时到了同一个地方，又做同一件事，比如或谈论时事，或跳舞唱歌，或下棋品茗……这样就有了接触的机会；反之，两人只是相视一眼便各走各路，哪还有什么缘分可言。其四，心缘。虽然在同时同地做一件事，但若话不投机，三言两语便"拜拜"各行其道了，谈何缘分；反之，若心有灵犀，志趣相投，情义相合，彼此心动，从此开始交往，终成好友，这就真有缘了。

这是一般地谈论缘分。我以为,夫妻之间的缘分也应该是如此的。在婚姻自主、自由择偶的新社会,不具备"四缘",能成为夫妻吗?"四缘"之中,时缘、空缘有一定的偶然性,俗话说碰巧了。大概正是因为这种偶然性,人们认为不是自己做主,是冥冥中有一种力量鬼使神差地让两人走到一起,因而相信"缘分天定"。其实,正因为是偶然的、碰巧了,更说明缘分不是天定的。若果真是天定的,那就铁定要走到一起,而不是什么碰巧了!至于事缘、心缘,特别是心缘,那明显不是天定的,而是事在人为了!

这样说起来有点学究气,显得复杂。在我看来,所谓夫妻间的缘分,其实就是两个人之所以走到一起的原因,或者说因由。两人走到一起成为夫妻,这是一个"果",有果必有因,世间没有无因之果。这个原因就是所谓"缘分"了。两人之所以能走到一起,有机会、环境、条件等客观原因——外因,更有价值取向、性格爱好、待人接物的态度方法等主观原因——内因。上面说的"四缘",不过是对种种主客观原因的一种归纳。

当年,我和爱人开玩笑,我说:"咱俩结婚,既有偶然性,也有必然性!那么多的男男女女,怎么你就看上了我、我就看上了你呢?"妻子说:"别那么文绉绉、酸溜溜的了,这是月下老儿早就拴好了的。""世上的人千千万,月下老儿忙得过来吗?"妻子无言。其实,我和她走到一起的确有缘,不过这缘不是天定的。显然,我和她之间的缘份还有当时社会环境的因素。不然,我一个川南小子,怎么会跑到漠北找一个内蒙古姑娘呢!再说,我们之所以最后走到一起,根本原因是经过一个时期的相处了解,在各种主客观条件上彼此认可了对方。

我的经历,使我不相信缘由天定;我的所见所闻,更坚定了我的认识。那么,讲夫妻缘分是否天定,有意义吗?我以为是有意义的。

首先，在婚姻问题上不能坐等缘从天降，要积极有所作为。有些青年人，由于社交圈子窄、不愿与人交往、工作不固定等原因，出现了求偶难。问起来，他们往往会说，不着急，是你的跑不掉，不是你的拉不来，缘分没到，急也没用。其实，要说有什么缘分，那也不是天定的，要自己去创造。同样的情况，有人积极参加各种社会活动，有人托亲友介绍，就找到了另一半。婚姻中的老大难，常常是坐等缘分失了良机。

其次，在婚姻问题上，有些事不是缘分问题，而是事在人为。当前，大龄未婚青年日多，是一个比较突出的社会现象，不少单位都有一批大龄未婚青年，被人们戏称为"剩男""剩女"。为什么会出现这种现象？原因固然很多，但有一点不可忽视：有些青年人的择偶标准出了问题。有人严格要求对方身高多少、体重多少；有人要求学历，起码男女相当，最好男比女高；有人要求对方帅气、漂亮，美女必须配帅哥，帅哥一定得娶靓女；有人要求对方家庭必须如何如何；有人要求月薪不低于多少，更有甚者"宁愿坐在宝马里哭，也不愿意坐在自行车上笑"……挑来拣去，岁月无情，成了"剩男""剩女"。不少这样的青年人怨天怨地，不是埋怨月老对他们不公——谁谁谁条件还不如我，为什么就找到了那么好的对象？就是感叹缘分总也不到——为什么我总也没遇到有缘人！其实，要说这跟缘分有关系，那就是内因出了问题。男女寻求配偶，有一定的条件要求，是天经地义的。"对象对象"，对方与你"相像"。但是，如果价值取向出了偏差，或者不能正确估计自己，就会导致择偶标准偏执、苛刻、不切实际。不同的因会结出不同的果。"病因"怎么能结出健康的果实呢？大龄青年，不是月老不眷顾，而是"人为"出了毛病，若不治病，面对现实，恐怕就真要打光棍儿了。

再次，不要认为结了婚就万事大吉了。夫妻是最亲密的关系，夫妻关系一般来说是比较稳定的。夫妻间利害与共、休戚相关，可以无话不说，应该是轻松愉快的，当然不必那么小心翼翼。但是，也不能认为结婚了，月老已经绑定了，跑也跑不掉了，于是，或者大大咧咧、漫不经心，不大在意对方的事情、感受；或者随随便便，说话口无遮拦、不分轻重，甚至不管是否可能伤人；或者"原形毕露"，斤斤计较、争执不断、互不相让……须知，走到一起是许多主客观条件决定的，因此这个结果也就不是一成不变的，婚姻需要维护。维护不好，就可能出现严重后果。

我的两位同学写过一本有影响的书，名曰《永远是初恋》。这本书讲的是一对传奇夫妻的故事。夫妻之间，如果彼此总是以初恋、新婚的态度、情感相处，那一定是很幸福的。

我不是最好的男人

有朋友对我说，某研究婚姻家庭的群众组织，对我国的夫妻关系作了一次抽样调查。调查的结果是：很幸福、和睦、融洽、从未发生过争执的夫妻是少数，大约占百分之十几；争吵不断、打打闹闹、对付着过甚至濒临破裂的夫妻也是少数，大约占百分之十几；其余的大多数，虽然感情深浅不一，不时也有争执，有时甚至爆发"战争"，但正常过日子。

这个调查是否准确，我没有发言权。年届八十，应该说见过不少夫妻。以我所见所闻，终身举案齐眉、相敬如宾、恩恩爱爱、从未有过矛盾的夫妻，实在是凤毛麟角。我将这种夫妻称之为"理想夫妻"。大多数夫妻，年年月月油盐酱醋茶，生儿育女，偶有争执甚至"冷战"，但相扶相携、同甘共苦，正常过日子。我以为这是夫妻的常态，我和妻子属于此类。

在现实生活中，大多数夫妻之间，偶有矛盾、争执似乎不可避免，是生活的一部分。茫茫人海，两人走到一起结为夫妻实在不容易，夫妻将相伴走过漫漫人生路，实在应该珍惜。几十年的光阴，多一天烦恼就少了一天欢乐、幸福。故我以为，夫妻间要尽量减少矛盾、摩擦。大概，这也是大多数人的愿望。在我看来，欲减少矛盾、摩擦,最重要的是分析、找到产生矛盾的原因,尽力避免。

夫妻之间产生矛盾的原因很多、很复杂。不过据我观察,总是挑对方的毛病、相互指责,是产生矛盾的重要原因。很显然,要想解决这个问题,前提是怎样认识、对待彼此的不足和毛病。

生活告诉我,长期在一起过日子,才能真正了解对方。青年男女,经过时间长短不一的恋爱,到谈婚论嫁的时候,彼此都以为已经了解对方了。这种认识,既不全错,也不全对。如果是青梅竹马,或者是多年的同学、同事,彼此间的了解可能多些。如果是经人介绍认识、相恋的,彼此间的了解就很有限了。见面相亲,大家都有备而来,甚至可以说是"戴着面具"来的。如果彼此有意,继续相处,就进入了恋爱期。

进入恋爱,彼此都力图了解对方,又都想让对方满意,取悦对方。故努力展示自己的长处,表现出"不同寻常"的热情、体贴和包容。有人说,恋爱中的男女,情商最高,智商最低。此说不无道理。如果希望通过恋爱步入婚姻的殿堂,双方都会往好处表现。因此,恋爱中对人的了解是很有限的。

结了婚,过了蜜月、"蜜年",进入正常生活,两人天天耳鬓厮磨,无尽的生活琐事,赡养老人、生儿育女,油盐酱醋、锅碗瓢勺……大家都是常态,"素颜出镜",又要共同面对、处理生活百事,这才能真正互相了解。了解深入了,彼此会发现一些以前没有看到的不足、毛病。这本来是一个正常的过程,不必大惊小怪,但是,如果处理不好,矛盾也就可能随之而来。

怎么办呢?既然是夫妻,就要互相包容。发现了毛病,一开始,我们都想去纠正、改变对方,哪知道这样做的结果,不但没能改变对方,反而使小矛盾变成了大冲突。慢慢地我们认识到,要想改变一个成年人,是不现实的,甚至可以说是愚蠢的。人成了年,性格、爱好、习惯、处事方法等是多年形成的,有的已经成为一种"禀性",几乎是无法改变的。后来,我们都变了,变的不是我们自己的"禀性",而是变得接受、适应了对方,包括那些"毛病"。如此一来,风波少了许多。

这并不是说夫妻之间完全不能指出对方的缺点、不能互相帮助。一般来说,夫妻之间都没有恶意,但指出对方的缺点必须心平气和、循循善诱,而不是指责。特别要注意,切不可当着他人的面指责老婆的不是。当着他人的面说对方的不是,轻者大家不快,重者大伤感情。老人们说得好:"堂前教子,枕边教妻。"心情好的时候,说点悄悄话,大家都比较容易接受。

朋友们在一起议论这类事,一位朋友道出了他的感悟:恋爱的时候,要尽量多看对方的缺点、毛病,有那么多毛病我也愿意接受对方;结婚以后,要努力多看对方的优点、长处,越看觉得越好。我以为,这位朋友的感悟是经验之谈,也不失为一处事良方,真能如此,夫妻间定会甜蜜多于苦涩。

我不是最好的男人。另外,我们认为的对方的所谓毛病、不足,其实有好多是值得"讨论"的。有些是缺点、毛病,有些却不尽然。不尽然为何被视为毛病呢?以我的经历和观察,之所以如此,原因有二。

其一,比较而生。坊间俗话说:"孩子都是自己的好,老婆都是人家的好。"这道出了男人的一个臭毛病:总觉得锅里的比碗里的香!人是不能简单比较的,寸有所长,尺有所短。妻子,跟你般配的就是最好的,切不可随便与他人之妻比较。更何况即使比,也不应该是单方面的。比起别人的妻子,你觉得自己的老婆这不好、那不对;可你拿自己比过那些优秀的老公吗?"人比人得死,货比货得扔。"经常把自己和那些优秀的男人比比,我们的心态可能就不一样了。

其二，苛求所致。有些男人埋怨自己的老婆这不好、那不对，其实是苛求、挑剔所致。在这些男人的心目中，自己的老婆似乎应该是天底下最好的女人：貌美如花、多才多艺、温柔体贴、善解人意、无所不能。爱美之心人皆有之，求善之意本为好事。然而在夫妻问题上，应该有一个正确的思路。追求完美之妻的男人，首先应该自问：我是天底下最好的男人吗？我以为，只有正确地认识自己，才能正确地认识他人，社会生活中是如此，夫妻之间也是如此。

我不是最好的男人，但我珍惜、疼爱属于我的妻子。

男人就得有个样儿

现在的家庭，主妇当家的多了。其实，从根本上说，就大多数家庭而言，男人还是家里的顶梁柱。男人在经济上、支撑门户上的作用自不必说，就是在处理夫妻关系上，男人也负有重大的甚至可以说主要的责任。家庭不和睦，家庭关系紧张，作为男人不能仅仅责怪妻子，应该多想想自己做得怎样。

几十个寒来暑往，从一个小男孩到做了爷爷，我亲历了父亲支撑的家、自己当的家、儿子搭起的家，更见过许多形形色色的家庭，感到做一个男人不容易，但为了家庭幸福、和睦，又必须尽力做好。做男人，谈不上有什么感悟，不过倒也有些想法。

要懂得血缘亲情和理智亲情。青年男女结了婚，面临的一个问题是彼此有了双重父母。好多夫妻产生矛盾，源于对待双方父母的态度。有一对青年夫妻，各方面的条件都不错，可结婚没几年就争吵不断，我颇觉不解。原来，彼此责怪对方偏心，对自己的父母好，待对方的父母差了许多。对彼此父母的态度有差异这样的事，一开始我也不大理解：不是说人都有双重父母吗，应该一视同仁呀！后来，我慢慢理解了。

夫妻之间，对双方父母的感情，从根本上说性质是不同的。与生身父母,是血缘亲情,是人最原始、最深厚的情感。与配偶的父母,是因婚姻而产生的"理智亲情":他们是我爱人的父母,所以我应该孝敬他们。两种情感的程度是不可能完全相同的。理智亲情,需要理智地来对待、处理。作为丈夫,要求妻子像对待她的生身父母一样对待自己的父母,是不现实的,妻子能做到一定程度就不错了。作为丈夫,应该主动做得更好,用对岳父母倍加孝敬的行动来影响妻子。要相信"人心都是肉做的",你长一尺,她长一寸。当然,我说的是一般情况,个别不孝男女另当别论。

要体谅做女人不容易。当年,我在外头上班、上学的时候,每回到家里,看到一片狼藉,东西乱七八糟,四处灰头土脸的,心中很不快。可是转念一想,妻子在家容易吗?自己要上班,天天点卯不得迟到,还要管两个上幼儿园的儿子。每天早早地起床,生好煤炉,做早饭,还得给孩子做带到幼儿园的午饭。下班接孩子、做晚饭。更别说洗洗涮涮,孩子生病……他们娘儿仨能平安地"活着"就不容易了!要是换一个位置,让我一个人在家上班、管孩子,别说三年两载,就是三个月两个月都不可想象!想到这些,我鼻子发酸,眼泪欲滴。女人为家庭、为社会付出太多了,她们要做出跟男人一样的业绩,得付出双倍甚至多倍的努力!

好多丈夫总是觉得妻子这里做得不到位,那里做得不够好,丢三落四、唠唠叨叨、磨磨蹭蹭……可是,如果平心静气地想想做女人的难处,作为男人,还有什么资格对妻子责备求全!

男人切忌小肚鸡肠。有一对夫妻闹别扭,我去跟他们聊天。夫妻俩彼此"控诉",一人说了一个多小时还没完没了:哪天你说了我什么话,哪月你做了什么事没告诉我……鸡毛蒜皮一堆堆,陈糠烂谷一筐筐。天哪,这样过日子,不气死也得累死!夫妻天天在一起生活,一年三百六十五天,得说多少话、做多少事,记得过来吗!我是男人,就说丈夫吧。七尺男子汉，不说肚里能撑船，起码也应该有些肚量。一般来说，如果做丈夫的心怀宽广些，严于责己宽于待妻，多一些包容，夫妻间是掀不起大风大浪的。大量的事例证明，如果丈夫小肚鸡肠，这样的家庭很难和睦、幸福。

要适应"独处"。我有一位朋友，夫妻俩在那个特殊的年代相识相恋。结婚之后，背着"臭老九"的沉重包袱，发奋工作、白手兴家。进入新时期，"解放了"，如鱼得水，评上了高级职称，当上了领导干部；徒有四壁的一间破屋，变成了家具、家用电器一应俱全的套房。一双儿女十分优秀，考上了名牌大学，读了研究生，建立了美满的小家庭。而且，儿女难得的孝顺，给他们老两口买了二百来平米的大房、小汽车。一切，太美满了。

退休之后，按理说应该过上神仙般的日子，可是，没想到老夫妻之间矛盾丛生，争执不断，甚至闹到想各自另过的程度。我得知他们的情况，十分不解！当年那么困难都挺过来了，也算是患难夫妻了。艰苦时期，夫妻俩能够同舟共济、相濡以沫；日子好了，该好好享受人生了，怎么反倒闹起来了呢？我多次与他们长谈，他们分别跟我诉说了许多许多。经过一番思索，我觉得尽管他们说的分歧、矛盾很多，但似乎都不是问题的关键所在。我隐约感到了他们夫妻闹别扭的根本原因。

退休了，大家都闲下来了。我的朋友比较内向，除了散散步，没有什么爱好；而他的夫人比较活跃，愿意跟伙伴儿们唱唱歌、跳跳舞、走走模特儿步。丈夫想在家待着，妻子想出去玩儿。丈夫想散步，妻子觉得散步没意思，不愿意陪同；妻子邀丈夫去唱歌跳舞，丈夫觉得那是受罪，不愿同往。于是，经常是丈夫一人独自在家。一时半会儿尚可，天长日久丈夫便心烦意躁。一旦不高兴，夫妻间往日那些种种不快、不和谐便纷纷涌上心头。越烦越想，越想越烦，于是便生"战火"。

这，我以为是老年感到"孤独"所致。大量事例说明，老来"孤独"，会产生诸多问题。"孤独"，是我们老年人必须面对的现实问题。我们老了，儿女都已成年，他们有自己的事业、自己的小家、自己的儿女，不可能总在我们身边。夫妻之间，若能天天、时时厮守当然很好。可是，由于性格、爱好、照顾第三代、社会联系等诸多原因，使很多老夫妻(特别是还不是很高龄的夫妻)不能总厮守在一起，于是，一时的"孤独"在所难免。

解决这个问题，双方都要有这个意识，尽量顾及对方的感受，尽量多在一起。但是，从根本上说，男人要学会、适应"独处"。培养一点爱好，看书、钓鱼、下棋、养花、多和朋友聊天儿……人是群居动物，老人更怕"孤独"，"独处"不容易。但是，为了家庭和睦，为了自己的健康，必须学会、适应"独处"。

好歹是你选的

在研究生院的时候，我们同学之间曾经对婚姻家庭问题，有过一场激烈的争论。

一九七八年，改革开放的春风吹醒了神州大地，国家决定恢复招收研究生。我那颗本已安分守己的心，又重新躁动起来。在朋友们的"怂恿""刺激"下，我这个头发少胡子多、已经有两个儿子的"老青年"，居然去报考了研究生。有幸被录取，开始了三年的读研生活。

走进研究生院，同学们来自天南海北，情况"丰富多彩"，有工作过十多年的机关干部、教师，也有刚毕业的本科生；有已经四十岁、身为讲师的师兄，也有二十刚出头的小师弟；有两个孩子的父亲，也有尚未谈过恋爱的小男孩儿……不同的年龄、不同的经历、不同的境遇，很快使我们对许多问题的看法产生了严重分歧。

对婚姻家庭的看法和态度，是同学间经常争论的问题之一。已经结婚的同学中，配偶有同是大学毕业的科技工作者、教师、干部、医生，也有读书不多的工人甚至农民。有些家庭因为双方境遇的变化，婚姻出现了危机。对此应该怎么看？

一部分同学（以年少者为主）认为，当初搞对象、谈恋爱，到结婚,是因为双方彼此认可对方的条件,婚姻是一定条件的产物;如今彼此的条件变了,婚姻因此解体是正常的。这些同学还把他们的认识,理论化为"基础变了,上层建筑也应该变"。

另一部分同学(以年长者为主)则认为,新社会自由恋爱、婚姻自主,选择配偶、结婚成家完全是自愿的,没有人强制逼迫。好歹是你自己选的,既然选择了对方,就要对自己的选择负责,即使选择失误,也不能把责任、后果推给对方。

前一部分同学嘲笑后一部分同学"背着责任的十字架,蹒跚地走向坟墓",并称后者为"老布尔什维克"。后一部分同学则批评前者"自私自利、不负责任、为见异思迁者辩护",并仿效"青年黑格尔派"的说法称前者为"青年马克思主义者"(前者经常自称自己坚持了马克思主义的观点)。

我属于"老布尔什维克"一派,对于婚姻家庭有自己的认识。婚姻,的确是一定社会条件、双方自身条件的产物,但最基础的是爱情。尤其是在那个特殊的年代,择偶、婚姻难免打上时代的烙印。但一般来说(个别极端例子除外),双方走到一起结为夫妻,是有感情基础的。白手成家、生儿育女、敬老事亲,更加深了夫妻感情。世界万物是不断变化的,社会条件、夫妻双方的各种条件也不例外。但这些条件既包括经济收入、社会地位等物质层面的,也包括价值取向、人品、性格、为人处世等精神层面的。精神层面的东西,一旦形成就有相对的独立性和较强的稳定性。俗话说得好,江山易改禀性难移。爱情则是这诸多条件的综合产物。

大多数家庭为什么比较稳定呢?我认为,夫妻感情有相对的稳定性,只要感情基础没有动摇、没被破坏,夫妻关系就不会因种种客观条件的变化而变化。难怪无论是在世俗还是宗教的婚礼上,男女双方都要铭誓:不管是富贵贫贱、健康疾病都不弃不离。如果某些客观条件变了婚姻就变,岂不说为千百年来众人谴责的"陈世美"现象提供了合理性辩护,那还有家庭的稳定、社会的稳定吗?

责任感,是人与动物的重要区别。动物不会对自己的行动负责,而人则不同了。责任,可以说是人与生俱来的,儿时有把书读好、把艺学精之责;待成年,要尽公民之责;结婚成家,要对配偶终身负责,尽抚育儿女之责;还要赡养父母……正是这许许多多的责任,将社会编织成一个有机、有序的整体,人们从社会中获得,也对社会付出,从而维持社会的运转,推动社会前进。不可设想,如果一个社会人人对他人、对自己不负任何责任,那将是什么样子!甚至可以说,责任——对别人负责、对自己负责、对群体负责——使社会得以存在。既如此,我们可以不对配偶负责、不对自己的择偶行动负责吗?责任是一种担当,一种义务,但责任不是"十字架",因为责任也同时维护着你的存在。

不要忘记对方为"条件变化"的付出。条件变了,穷人变成了富人,白丁变成了官僚,书生变成了教授、专家,默默无闻者变成了明星……可是,你是否想过另一半为我们的成功做了些什么? 人们常说一个成功的男人背后总是站着一个贤惠的女人,唱着"军功章呀有我的一半也有你的一半",难道不是表明了一个事实吗?

拿我来说,我人生道路的转折是读研,没有读研,就谈不到后来的一切。我读研的时候,已经快四十岁、有两个儿子了。如果妻子坚决不同意我读研,我会读研吗?如果不是妻子一人苦苦独撑家业,含辛茹苦带两个儿子,我能坚持读完研究生学业吗?想想她天不亮就起来,为孩子生火做饭,顶风冒雪送儿子去幼儿园,自己还要点卯上班……我眼眶就湿湿的。几十年,应该说我们的生活变化很大,但我们始终相亲相爱、不离不弃。我对她只有感恩,从来没有产生过"条件变了"婚姻要变的念头。

我并不是唯一，我身边的同学、朋友基本上都是如此。有同学身居高位，妻子仍然是那位普通的护士；有同学已经是军队的校官，妻子仍然是那位当年村里的妇联主任……而且日子过得和和美美、有滋有味。

这里面，既有传统道德的滋养，也有一种观念的支撑：既是夫妻就要同甘共苦，夫妻间也要懂得感恩。其实，这里面没有太多复杂的道理，只要存真情、有良知即可。没有了真情和良知，随便都可以找到许多歪理来为自己的不道德行为辩护。

只有爱情是不够的

好多年前,我曾经看过一部电影,已经记不清是哪个国家的影片了,片名为《只有爱情是不够的》。影片中,一对男女青年相爱,情深意笃,终成眷属。婚后过了一段甜蜜的日子,可不久问题来了,两人都没有工作,很快没有了生活来源,两人又都不会安排生活,最后,因为无法继续生活下去而分手了。

这个故事给我留下了深刻的印象,以至于多年仍然记得。其实,影片表达了一个再简单不过的道理:最基本的物质生活,是一切——包括爱情、婚姻——的基础。

如果把物质生活概括为金钱(当然,物质生活的内涵远比金钱丰富得多),有人说过一段流传颇广的话:不谈金钱只讲爱情的婚姻,是建立在沙滩上的;没有爱情只讲金钱的婚姻,是交易。我认为此话有道理。当然,我要讲的物质生活内涵比金钱更广。

还是在念书的时候,书本、老师就告诉我,远古的时候人类是没有婚姻家庭的,物质生产、生活发展到一定水平,才出现了婚姻家庭。后来,几十年的人生路使我懂得,在现实的婚姻生活中,没有爱情是不行的,只有爱情是不够的。一个家庭,必须具备最基本的物质生活条件,才能维持,如果连最基本的吃穿住都没有,那日子怎么过?这不是什么深奥的道理,而是一个显而易见的现实问题。别说凡夫俗子,就连神仙也不能无视这个问题。《天仙配》中七仙女和董永的爱情是世人称道的。可是,"寒窑虽破能避风雨",如果连寒窑也没有会怎么样呢?"你耕田来我织布",那也要有田可耕、有布可织呀!

我走过的路,在那个年代也许有些代表性。我和我爱人相识相恋,后来结婚,是有感情的。我是一个"外来户",家在两三千里之外,而且很清贫,一米六五的个子,体重一百来斤,在当地一般人看来,很难达到择偶的"录取标准"。然而我和她彼此接受了对方。我和爱人结婚时的感情,主要是对彼此人品、性格、情趣的认可。当然,学历、有比较稳定的工作等条件是不言而喻的,但应该说我们的感情主要是精神层面的——过去介绍给她的,也都有跟我相同的学历和稳定的工作。

婚后,开始了共同的生活。可是,上无片瓦下无立锥之地,日子怎么过?为了生活,我们开始白手兴家。挑土割草,和泥、垒墙、脱坯,借来工具自己动手打门窗……在大家的帮助下,硬是平地盖起了一间"干打垒"小房子,真正有了"家"。后来又自己动手做木工,箱墩儿、桌子、椅子、沙发,虽然歪歪扭扭,但都有了。在这间简陋的房子里,我们有了两个儿子。

一起艰苦劳作,生儿育女,汗流在一起,泪流在一起。这个过程像强力胶,把我们紧紧地粘在了一起。精神层面的感情有了坚实的物质基础,落了地、生了根,感情升华了。如果我们始终解决不了基本的生活问题,那会怎么样呢?通过我们的共同努力,小家庭的条件不断改善,儿子渐渐长大成人。我们夫妻间有过矛盾、争执甚至"战火",但婚姻的根基从未动摇。

在我们的身边,生活条件稳定、改善的,婚姻关系大都比较稳定。有几个同志的妻子是农民，仍然恩恩爱爱、白头到老。我的一位同学事业有成、儿女优秀。他说，他这一辈子最幸运的，是找了一个好妻子。他的妻子就是一位农民，他认为没有妻子的付出，就不会有他的成功。我以为，是他们的共同奋斗、生活条件的不断改善、事业家庭的成功，不断夯实了爱情的基础。

身边也有相反的例子，夫妻是同学甚至是发小，彼此了解、爱情浓浓。可是婚后不会生活，或者无法一起生活，只好分手！

其实，说"只有爱情是不够的"，并不确切；确切地说，应该是"只有抽象、空洞、浪漫的爱情是不够的"。老了我才更明白，爱情不仅是花前月下的卿卿我我、耳鬓厮磨的甜甜蜜蜜，更是实实在在的相扶相帮、劳作付出。

生活中既有浪漫，更有油盐酱醋柴、锅碗瓢勺、敬老育幼、社会交往……无尽的琐事，爱情只有渗透到无尽的琐事之中，才是具体、实在的。夫妻为了改善家庭生活辛勤劳作，为了养育孩子呕心沥血，争做家务尽量减轻对方的负担，悉心孝敬父母，总想着为对方分忧……这一切，难道不是渗透、体现着爱情吗？甚至可以说，这一切是爱情的载体，使抽象的爱情具体化。夫妻间，如果这一切全无，那爱情何在？如果自私自利、只有索取毫不付出、衣来伸手饭来张口、不在乎对方的喜怒哀乐……而嘴里说着"我爱你"，那可信吗？

我感到，夫妻间的感情是随着婚龄的增长而变化的。年轻时，浪漫的色彩多些；进入中年，浪漫渐少，实实在在的爱的行动渐增；老了，爱情升华为风雨相伴、生死相托。妻子一人独撑小家，抚育两个儿子，历尽艰辛而无怨无悔，让我在外安心求学，这不是爱情的力量吗？老伴儿病重的时候，姐妹说应该这样治，儿子说应该那样医。我征求她的意见，她坚定地说："你觉得该怎么办就怎么办吧！"人生万事,最大莫过于生死。生死相托,这不是爱之至深吗?

人们说"爱情是婚姻的灵魂",是对的。几十年的生活告诉我,爱情是抽象的,也是具体的,存在于夫妻的心里,体现在无尽的生活琐事中;没有浪漫爱情的婚姻乏味、枯燥,仅仅有浪漫爱情的婚姻经不住岁月的风吹雨打。

记得有一位哲人说过,同样一句话,从孩子和老人口中说出,含义是不一样的。不知道别人如何,"爱情"二字,从年近八十的我口中说出,与我风华正茂时所说,含义和味道差别实在不小。

夫妻无是非

有些道理，非有痛彻的经历，很难认识。相濡以沫、同甘共苦四十多年的妻子走了，生离死别的剧痛，使我认真反思夫妻间的一些事。

我和妻子在那个特殊的年代相识、相恋、结婚。婚后白手兴家，用双手平地垒起了一个窝，从一无所有到锅碗瓢勺、箱箱柜柜，能够正常生活。我们有了一双儿子，妻子独撑小家，支持我外出求学。从塞外到了京城，日子一天好过一天，老慈少孝、姊妹融洽、儿子成人……不少人称赞、羡慕我们这个小家庭。

但是，反思起来，我们是"真实夫妻"，算不得"模范夫妻"。说"真实夫妻"，因为我们真心相爱，对父母、相互间该做的都做了，从不虚假，也从未伤及过感情的基础，跟尘世间大多数夫妻一样。说算不得"模范夫妻"，是因为我们之间有过争执，甚至爆发过"战争"，不像世间的"模范夫妻"那样始终举案齐眉、相敬如宾。

回忆我和妻子之间的争执，心疼又觉得有几分可笑。今天晚上是吃白菜熬豆腐还是吃土豆丝？中午的米饭软了还是硬了？明天先去医院还是先上超市……类似的事，是我们经常争执的！回想起来,这些事情有是非吗?吃白菜熬豆腐"是",吃土豆丝就"非"?这些事哪来是与非,之所以为这些事发生争执,是因为太想实现自己的意志了,互不相让。其实,听从了对方的意见又会怎么样呢?对自己有什么损失吗?夫妻间非得要为一些鸡毛蒜皮的事争个是非,实在太不值得了!

我和妻子发生矛盾的一个重要原因,是我性子急。我这个人,有事就得马上办,今天有事不办完就睡不着觉,有话不说出来就会"憋死"。说话,开始是点射,接着是连射,最后是机关枪扫射。三句话对方还不明白,就急了。过去,我把这些归咎为"性格",现在想来,性格固然是原因,但并不完全是性格问题,思想深处或者说潜意识中,有两个毛病。

其一,完全以自己为标准要求别人,欲求"人人皆似我"。妻子话少,而我被她称为"话痨"。于是,我说她是个"闷葫芦",她嫌我一天到晚婆婆妈妈、没完没了。我是风风火火的人,妻子则是火上房也不着急的。于是,她说我火烧屁股、毛手毛脚,我嫌她慢慢吞吞……这样,矛盾不可免,争执不时发生。现在想来,既然世界上没有两片完全相同的树叶,怎么会有两个完全相同的人呢?夫妻之间,人品、价值观念、为人处世等大的方面一致就很好了,怎么可以要求对方时时处处、方方面面、事无巨细都完全跟自己一样呢!

其二,自以为是。好急、好发火,内心深处是自以为是。为什么会发火?因为心里想:我明明是对的,你怎么不知道、不听话!或者认为:你水平太低了,这么明白的是非你都弄不清楚!如果不敢坚信自己是对的,或者自以为非,会对别人发火吗?夫妻之间,最容易自以为是,尤其是丈夫。我一个大男人怎么会错?即使错了也不会认,宁可违心,也不愿意在妻子面前丢面子。

妻子跟我急,一个重要的原因是我经常当他人面指责她。回想起来,这是一个难以饶恕的毛病。我这个人,有话就说,也不管场合、时机。有时候,认为妻子某件事做得不对,当着外人的面就说她。我这样做,她要么当场顶回来,让我下不了台;要么当时不吱声,过后找我算账。以前,我把这归咎为直性子,"有话就说,有屁就放"(爱人常批评我的话)。现在细想起来,内心深处是对妻子不尊重。你会当着你的领导和外人的面指责领导吗?当然不会!何以?对领导怀有敬畏之心也。即使妻子真有什么不妥,我的做法也违背了古人的教导:"堂前教子,枕边教妻。"

夫妻之间为一些小事争执,轻者大家不快,重者互相赌气,你不理我、我不理你。现在我感到,为小事争执就不应该,争执之后又赌气,就有点愚蠢了!赌气赌多久?永远?不可能!十天半月还得重归旧好。人生是有限的,一百年也就三万六千多天,多一天烦恼就少了一天欢乐。赌气的日子,不是白白浪费了生命吗!

几十年的岁月告诉我,夫妻之间只要不涉及政治原则问题、不伤及感情的基础,是没有是非的。熬白菜、土豆丝之类的争论,本来就无所谓对错、是非,"穿衣戴帽各好一套"罢了。有些事可能有点小是小非,可是夫妻之间在这些鸡毛蒜皮的事情上,非要争出一个是非里表、你错我对,除了满足自己一时的虚荣,还有什么意义呢?再说,夫妻天天在一起生活,一年三百六十五天,天天琐事万万千,事事拈斤播两,累不累!

我以为,夫妻欲更加和谐、幸福,不妨信奉"夫妻无是非"。我现在"进步"了,心中想老伴儿既不是组织部也不是人事部,说什么也不是要跟你定个什么,说就说吧。她说:"你这话说得不对!"我笑笑:"是吗?下回不说了!""这个菜太咸了!""对,是咸了点儿!"……有人可能觉得这太"阿Q"了。我则不以为然,在妻子面前"阿Q"一点儿,换来一家和睦称心,何乐而不为!有人说得好,在老婆面前认错是男人的高尚品德。何况本来就无所谓对错呢!

知道珍惜晚了

人们将婚嫁视为一个人的终身大事,确有道理。别的且不说,仅就相伴时间而言,夫妻在一起生活的日子,往往比跟自己父母在一起的日子还长。我二十岁离家,告别父母,漂泊千里。结婚之后,跟妻子一过就是四十多年。就此而言,婚嫁之事已经够大的了。

有时候,我觉得婚嫁之事很奇妙。素昧平生的男女,一旦结为夫妻,居然就成了至亲至爱之人!父母于子女有养育之恩,血脉相连,有如人之天地。父母与子女之间的血肉亲情,是其他任何感情所不能代替的。夫妻虽然无血缘关系,但夫妻恩爱,利害一体,同甘共苦,生儿育女。夫妻之情,同样是其他任何感情所不能代替的。

既然如此,作为至亲至爱之人的夫妻,彼此当然应该很珍惜。大多数夫妻是这样的。可是,也有为数不少的夫妻,并不真正懂得珍惜,至少没有自觉地珍惜。作为丈夫,我自认为是珍爱妻子、珍惜夫妻感情的。但是,使我真正痛感要珍惜夫妻之情,那是在经历了两件事情之后。

那一年,为了纪念老岳父去世二十周年,妻子全家几代老小在通辽开了一个追思会。那天晚上,众人都争着发言。对父母的怀念,像一波波浪撞击着大家的心,像一阵阵雨湿了大家的眼。谈起父母种下的树开了花、结了果,众人脸上拂过丝丝和煦春风。十一点过了,大家仍然言犹未尽。散会后,大嫂向我讨要通信地址,说是方便通信。

那两天,我心里好生奇怪!现在有什么话,当面说说多好呀,既清楚,又可以互动交流;将来有什么想说的,可以打电话、发邮件,及时便捷。为什么偏要写信呢?这年月,是手机的天下,网络的世界,还有几个写信的!回家不久,大嫂的信便到了,也解开了我心中的疑团:大嫂写信,是为了郑重其事,以示认真。

大嫂在信中说,大哥去世后的这十多年,她静静地想了许多许多。大哥大嫂是出了名的恩爱夫妻,平日里相敬如宾、上孝下慈。在那段急风暴雨的日子,大哥受到很大的冲击,他们相濡以沫、生死与共,让许多人称羡不已。可大嫂仍很自责心痛:回想起来,有些事是应该想到的,然而没想到;有些事是应该做的,可没有做;有些事本来是可以做得更好的,但没有做好。她说,痛定思痛,有一条重要的心得:要懂得珍惜!许多东西,存在时觉得平平常常、不以为意,一旦失去了才知道它的珍贵!夫妻间要珍惜,要心疼体贴对方,不要粗心大意、心不在焉;要多一些快乐和谐,为一些鸡毛蒜皮的事争吵、斗气太不值!一生时光有限,尽量让每一天过得有意义而愉快;儿孙自有儿孙福,对孩子能帮就帮一把,可也不能没有自己的生活。

大嫂的信,我反反复复看了好几遍。夫妻恩爱的大嫂,尚且这般自省、自责,何况我呢!大嫂从亲身经历得到的感悟,使我更加珍惜妻子、珍惜夫妻之情。这封信,当时我自以为读懂了;可如今想来,真正有所悟,是在妻子身患绝症,特别是在她走了以后。在那个急风暴雨的年代,我从川南上塞北,和妻子走到一起,四十多年风风雨雨、坎坎坷坷,白手兴家,养育一双儿子,多少艰辛,多少憧憬……

苦尽甘来,她却走了!一个活生生的至亲至爱之人,在身边戛然消失了。那些日子,我的天塌了,灵魂被一刀刀割得鲜血淋淋!追昔抚今,我们的日子本来是可以过得更好的呀!

痛定思痛,此前我并非完全不懂得珍惜,而是在一些问题上出现了误区。

至亲至爱之人,随便点没啥。我以为,夫妻嘛,亲密无间,没有不可以说的话,不必那么客客气气。于是,跟妻子说话,常常不分轻重,埋怨多、鼓励少,批评多、表扬少。有时甚至不分里表,当众挑剔。虽是无心,但我的所作所为对妻子造成了伤害。问题出在哪里呢?俗话说,夫妻没有隔夜仇,打破脑袋都能拼得上。现在想来,对此话应该做分析。作为丈夫或妻子,对另一半要宽容,亲人嘛,应该随便、宽松些,不要用一般人的尺度来衡量对方话语的轻重,但是,不能因此对对方不分轻重、太随便。我感到,正因为亲,有些话、有的做法,对一般人无所谓,而对他(她)却恰恰有伤害。他(她)会认为,别人不理解我,连你也不理解我吗?

夫妻无大事。我曾经写过一篇小文章《万千琐事是人生》。的确,人的生轰轰烈烈的时候少,绝大多数时候乃为平平淡淡,要面临、处理万千琐事,拒绝琐事等于拒绝生活,故要有耐心,不厌其烦。这种说法道出了一个事实,但我忽略了这一点:琐事之中并非没有轻重缓急。作为夫妻,呵护爱情、经营婚姻,是琐事中的要事。我以为,都结婚了,爱情是自然的事,不必像恋爱时那样在意。因此,有些该想到的事没有想到,有些该做的事没有做,有些本该做得更好的事没有做得更好。在一些鸡毛蒜皮的事情上争执不休、斤斤计较。结果,妻子走了,给我留下了太多痛心的遗憾!我们本来是可以过得更好的呀!

日子有的是。有些事情也不是完全没有想到,可我的想法总是

"不着急,慢慢来吧",妻子的口头禅是"再说吧"。"春天了,到黄山玩玩?""等办完这几件事,轻松点再去吧!""你的这件衣服太旧了,买件新的吧。""再说吧!"……都以为日子有的是,一天推一天。谁知道,不经意间一天天、一月月、一年年晃过去了!以为过一天不要紧,可没有一天哪有一年,没有一年哪有一生?为什么错过了大好时光,我们本来是可以更幸福的呀!珍惜人生,珍惜夫妻情,要从珍惜每一天做起。

……

今天我懂了,夫妻之间的珍惜不能仅仅是一句话,而是需要用心点点滴滴地去想,滴滴点点地去做的。懂了,可晚了!

再找伴儿，想好了吗？

妻子走了。双宿双飞，变成了"茕茕孑立，形影相吊"；少嬉老笑、热热闹闹，变得冷冷清清……没有她的日子像一杯白水，平淡无味儿。离开了她的我，像一个影子，飘飘忽忽。我仿佛坐在一列火车上，不知道车开往哪里，也不知道我到哪站下车，只见太阳月亮一次又一次从车窗飘过。

暑去寒来，雪融花开。亲人们、朋友们劝我再找一个伴儿。姊妹们说，儿子有自己的事，他们连自己的孩子都管不过来，哪有时间、精力管你！是呀，未来的日子还得过呀，不能总这样抱着过去度时光呀！可是，我还是下不了决心，甚至有点望而生畏。我看见的、听说的，找后伴儿的"麻烦"实在太多了！

一件事情的发生，使我下了决心。我有一个朋友，妻子退休了，不时到京郊打理他们买的园子。他自己还在岗，天天上班。有一天早上，已经过了八点钟，母亲还没见他起床，便去敲门。可是怎么敲门，里面也没人答应。打开房门一看，天啦，儿子已经死了。医生说，我的这位朋友是心脏病猝发而死，如果身边有人可能不至于如此。我闻讯愕然！我已是古稀之人，居家、外出，万一出点儿什么情况，身边不能连个报信儿的人都没有呀。

再找个伴儿吧。我开始考虑、与朋友攀谈。经过一番调查研究和思考，我觉得老人再婚，最大的问题有二：子女的态度；财产处理。儿女与生母有特殊的感情，这种血缘亲情是"神圣的"。父亲再婚，子女在感情上一时难以接受。经济利益是人的基本利益，亲人之间也不能完全无视。家庭是一个经济"核算单位"，家庭变化了，经济关系需要厘清。

我与儿子们谈这件事。儿子们非常通情达理，表示只要把妈妈的事情处理好了，尊重父亲的选择，希望父亲晚年幸福。姊妹们也给孩子们做工作：你爸对你妈怎么样，我们都是看见的，日子还得过，找个老伴儿也减轻了你们照顾老爸的负担。至于财产嘛，工薪阶层，除了住房，本来就没有多少积蓄，我说了处理方案，儿子们都赞成。

亲人们支持，在朋友的撮合下，我找了一个新伴儿。老天爷对我颇为眷顾。转眼七八年过去了，我的再婚虽然算不上十全十美，但总的还不错。新伴儿与孩子们、亲友们相处融洽，孩子们对她也很尊重。我们俩虽也有过小的不快，但互敬互爱，为朋友所称道。几年的生活告诉我，找新伴儿，要想过上舒心的日子，仅仅解决了上面说的两大问题是不够的，还有些问题需要妥善处理。

怎么花你手里的钱。处理好与钱的关系，是搞好夫妻关系的基础。婚姻家庭不是金钱关系，但是，家庭是生产力发展到一定水平的产物，到目前为止仍然是一个经济"核算单位"。嫁人、娶妻不是为了钱，但结婚过日子，不能不跟钱打交道，衣食住行哪样不得花钱。老人再婚，不能说完全没有感情基础，但老来结伴儿，比年轻人少了许多浪漫，多了不少结伴儿过日子的具体内容。两人老来走到一起，原来手里多少都会有些积蓄，严格说都是婚前财产。怎么处理花钱问题？有人分得很清，AA制，各管各的账、各花各的钱。有人为了不发生财产纠纷,干脆不登记结婚,只搭伴儿过日子。

各人有各人的活法,各人有各人处理金钱的方式,我无法评论他人的是非。不过我以为,在一起过日子把钱分得那么清楚,那还是夫妻吗？既然选择、认定了对方,成为夫妻,就应该全身心地投入。花钱、处理金钱关系,是投入和彼此信任的重要体现。如果在金钱上太生分了,必定导致感情上的生分。我和老伴儿结婚时就约定,鉴于大家都有孩子,我们结婚后小钱不分彼此,大笔钱有个说法。其实,天天在一起生活,花钱哪里分得清！几年过去了,我认为在金钱上模糊点就模糊点吧,既为夫妻就是一个"命运共同体",分得那么清有多大意义呢！

怎么处理好新的社会关系。老人再婚,社会关系会有不小的变化。大多各有原来的子女,有的还有父亲或母亲在世,有的还有前妻(前夫)以及他们的亲属,还有各自的朋友。处理好与这些人的关系,说起来简单,做起来并不那么容易。我是复杂的问题简单对待：真诚地视她的亲人、朋友为我的亲人、朋友。俗话说"有后妈就有后爹,有后爹就有后妈"。"后爹""后妈"成了虐待者的代名词。视对方的孩子为亲生,极少有人做得到。我的态度是,后爹、后妈是一个客观现实,要求她别做贬义上的后妈,你先别做贬义上的后爹。对她的孩子多些关心,花钱大方些,绝不轻易指责。不因为自己已经进入被子女孝敬之年,而不尽心去孝敬她的老人,而是要真诚、热情地待她的亲友。人心都是肉做的。一般来说,你敬她一尺,她至少会敬你八寸。有人可能认为这太麻烦了。你可以选择社会关系简单一些的,但择偶是一种综合的考量,这方面简单可能那方面不满意。婚姻就是被人爱与爱他人、获得与奉献、权利与义务的统一。如果没有准备好,最好不要再婚,没有爱,也落得个清净。

怎么磨合。人们常说"想要改变一个成年人是愚蠢的"。老了,一切不但已经定型,而且已经根深蒂固。老人,更别想改变对方,哪怕一点点。再婚的老人,不管多么情投意合,但各自在个性、特长、爱好、习惯、处事方法甚至作息时间上,总会有差别。对于这些,不要企图去改变,只能去适应,只能求大同存小异。我也曾经为一些"小异"生过气,事后想来觉得真没什么意思。多一些宽容、忍让,不失为一个好办法。这些说起来容易,可让有七情六欲的血肉之躯去做,是困难的。有耕耘才会有收获,不克服困难,也就没有好伴儿。这就看我们怎么取舍了!

　　谢天谢地,七八年了,我和老伴儿过得还算可以。老伴儿在人前人后不时还夸我几句。其实我做得并不那么好,更不是什么"高人"。只不过曾经失去,更懂得珍惜!

婚姻也需要经营

　　一家企业，如果坚持不懈地精心经营，可能成为百年老店；如果不善经营或者经营不善，那迟早会关门。几十年的人生经历，经过的、看到的、听到的，告诉我：婚姻有些像企业，也是需要经营的。

　　俗话说，人生两大喜事：大喜金榜题名、小喜洞房花烛。结婚无疑是人生的大事、喜事。可是，结了婚就万事大吉了吗？朋友们聊起天来，感到不少人曾经有过一个误区：认为恋爱时必须百般投入、精心，结婚了就过日子呗，不必那么用心了。之所以称这种看法为误区，是因为现实表明，事情并不那么简单。都结婚了，可婚后的生活却有巨大的差异，有的夫妻很幸福美满，有的勉勉强强，有的打打闹闹对付着过，有的"拜拜"各奔东西。发生这些情况，原因固然很多很复杂，但我们认为不重视、不善于经营婚姻，是一个不可忽视的重要原因。结婚，只是种下了一棵"爱情的小树"；精心呵护、管理，这棵小树才能长成经得起风吹雨打的参天大树。

　　怎么经营婚姻，是一个复杂、很难一概而论的问题。我谈不上什么经验，不过我和朋友们觉得有些地方是要注意的。

　　事业和家庭不可偏废。青年人结婚成家的时候，同时面临立业的压力。一般参加工作不久，有的刚立住脚，还未打出一片天地；有的甚至尚未站稳脚跟。不立业,生活缺乏稳固的基础,更无法实现自己人生的价值。对工作的投入是必要的,结婚后陷于安乐窝而无所作为,不可取。一般来说,工作和家庭并不会严重对立,但有时会发生矛盾,甚至难以兼顾。工作和家庭生活发生矛盾时怎么办?我以为,现在不是战争年代,也不是非常时期,要视工作和家事的轻重缓急来处理,尽量兼顾,不能一概强调工作第一。工作紧急、关系重大,工作为先;如果家事急重,也不妨先顾家事。

有一对夫妻,学生时相恋,后来结婚,在众人眼中他俩郎才女貌、相知相爱,简直是神仙眷侣。不想几年后他们居然分手了,众人愕然!后来渐渐知道些他们分手的原因:"我发高烧他照样去出差,哪管我的死活";"你心中只有自己,考虑过我的难处吗";"一出门十天半月不回家,啥都不管,哪里还有个家样";"你不会自己动手"……如果处理得当,分手恐怕不是不可避免的。

在意对方,细节的力量很大。夫妻之间,最在意的是自己在对方心中的地位和分量。而这种分量和地位,偶尔口头说说可能有用,经常挂在口头上,就太苍白甚至太虚假了。发自内心的爱,更多的是无声的行动。面临危机敢担当,遇到大事奉献在先……这些当然重要,但这样的事情很少发生,一天天的工作休息、油盐酱醋、锅碗瓢勺是常态。常态生活,感情的细节不可忽视。一个小小的举动甚至一个不易觉察的微笑、一个轻轻的点头,效果常常出人意料。有一天是老伴儿的生日。回家一眼看见她的办公桌上摆着一瓶漂亮的玫瑰花,她的那份惊喜、那份激动……一位朋友告诉我,他每次出差都跟爱人买点东西,可每次都挨批评:"你总是乱花钱!"一次她责备完后转身就走了。朋友以为妻子真生气了,偷偷从卧室门缝往里看:妻子正穿着他刚买回来的衣服,面带微笑翻来覆去地照镜子哩!

事不在大小，只要你心中在意她。

不在一起时，让他（她）总想着你。以前看过一篇文章，写香港一个著名富豪的夫人，如何与她丈夫几十年不弃不离、同甘共苦、恩爱如初。这在灯红酒绿的香港，实在是凤毛麟角。记者问她有何秘诀，她说："我们不在一起时，我能让他总想着我。"这句话看来简单，我觉得道出了一个重要道理：不在一起的时候心里还总想着对方，感情是可靠的。至于怎样才能让对方不在身边时也总想着自己，那我就说不出来了，也许是分别时的一个微笑，也许是为对方出行的细心准备，也许你的温暖、贴心处很多很多，以至于无处不在……

不过，我以为有一点是要注意的：莫不把小别当回事，特别是不能让对方憋着一肚子气外出。好多朋友都说过，如果临出门前夫妻闹了别扭，怀着老大不痛快外出，轻者会大大加长感情修复的时间；重者一人在外，过去的种种不快纷纷涌上心头，越想越气，使夫妻感情撕开裂痕，造成严重后果。

不说气话，更不可赌气分居。常言道，舌头和牙那么好，还有咬着的时候。夫妻天天一起生活，要面对、处理大大小小万千事情，产生不同意见甚至闹点矛盾，是很正常的。可是，有的夫妻虽然有争执、有别扭，但仍然相亲相爱、白头到老；而有的夫妻打打闹闹，最后出了大问题。这是为什么？有一位高人道出了他的见解：夫妻间的矛盾一般开始时并不大，可如果发生矛盾时双方都不冷静、克制，你说一句，我赌气加码还你一句，对方再加码怼回来……如此不断恶性升级，以至于不可收拾。

我很认可这位高人的看法，不过还想发挥一下。我以为，夫妻间争执、斗嘴，一定不要口尢遮拦什么解气说什么，不能说伤害对方的话，绝对不要说"不行我们就离婚"。这样一说，矛盾的性质就变了。有一对夫妻，本来就是因为孩子教育问题发生了一点矛盾，可是斗起气来你一句我一句,不断升级,以至上升到"你看不上孩子就是看不上我,那离婚吧",最后闹到真要离婚。还好,经过同事调解,总算度过一劫。

　　夫妻间如果矛盾真的闹大了,也千万不要赌气分居。老话说得好,夫妻没有隔夜仇。只要在一起,夫妻感情会慢慢冲淡分歧、矛盾。如果分居了,一般来说感情的裂痕会越来越大。我身边就有一对夫妻,因为一些矛盾分居了,一方拉不开面回去,一方不愿意主动请对方回来。分居十二年,夫妻关系已名存实亡。

　　总之,夫妻间的矛盾冷处理为好。

　　如果注意经营婚姻家庭,会多一些和谐、幸福,少一些悲剧。

四、血脉绵绵

是遗传吗？

遗传学是一门高深的学问，如今谈论遗传很盛行。我对遗传学一无所知，对遗传只有自己愚笨的理解。就人而言，在我心目中，所谓遗传就是天生的、娘胎里带来的。人的长相、体态、举止、某些疾病……与父母有关，应该是遗传吧！但人的品质、性格，甚至某些观念也是遗传的吗？有人说与遗传有关，有人说与遗传毫无关系，我有点茫然。

一位朋友，夫妻育有两个女儿。两个女儿长大成人后，性格、做派和待人接物的方式迥异。大女儿有话就说，做事风风火火，大事小事粗粗拉拉，不能容忍半点刺激，喜怒哀乐都容易挂在脸上。小女儿则相反，少言寡语，从不着急，事无巨细井井有条，对待成功、挫折、好言、恶语，或是微微一笑，或是轻轻一皱眉。大家谈论起来都很不理解，同一父母所生，一个家里长大，怎么差别这样大呢？

无独有偶，我的两个儿子也有类似情况。两个孩子只相差两岁，相伴长大。大儿子性子急，言词激烈，做事粗枝大叶，长于形象思维，遇事犹豫不决。小儿子性格温和，从不大声说话，做事严谨细致，长于逻辑思维，遇事有主意。两个孩子几乎相反。亲戚、朋友、熟人都觉得奇怪：亲兄弟俩性格、风格为何差别天人？有人说老大某些方面像父亲,老二某些方面像母亲。对此说,我无法完全否定。可他们身上那些与我和妻子都不相同的地方,又作何解释呢?

说到这里,想起了我自己。看着我长大的亲戚、邻里,有人说我这方面像父亲,有人说我那方面像母亲。我觉得自己有点像父母,又都不大像;像是遗传的,又都不大像。父亲为人正直坦荡,一辈子埋头干活,风里来雨里去,多苦不叫苦,多难不说难,不愿意求人,少言寡语。我没有父亲的那份坚强,显得懦弱,但稍大便话多起来,直至得了"话痨"。父亲从未给我讲过什么大道理,也不管我的学习。但他从不向命运低头、埋头苦干的样子,终身深深地刻在我的心里。

母亲不识字,看上去有些柔弱。为了贴补家用,她编筲箕、做短工、卖水果、帮人带孩子。左邻右舍谁家有难事,她不请自到;有讨饭的,她宁可自己少吃也要给上一碗;别人伤心,她陪着流泪;见着菩萨,她就要拜一拜……我长大了才知道,在母亲柔弱的身躯里有一个多么坚强的灵魂:从小丧母,十几岁丧父,与父亲的结合经历过血与泪的抗争、生与死的磨难。母亲也没有给我讲过什么大道理,不过有几句话她常挂在嘴边:"有儿穷不久,无儿久久穷。""人心都是肉做的。""穷帮穷,富帮富,穷不帮穷没活路!"

长大成人后,我细细想过,我到底像父亲还是像母亲?我有些像父亲:性子有点倔;见不得不平事;做事不惜力;做家务、打家具、修这里补那里愿意自己动手,常常自诩为"小手工业者的儿子"。我更像母亲:摔倒了自己爬起来,心慈手软,同情弱者,帮人不伤人,恨恶人……可这些是遗传的吗?

我又想到妹妹和弟弟,他们像谁?一辈子艰苦奋斗,遇到难事不低头,重亲情,正直善良,像父母。可是,妹妹、弟弟快人快语,乐观豁达,喜欢与人交往……又与父母有很大不同。

子女与父母的一些相同相似,是遗传的吗?且不说性格、品行、爱好等等能不能遗传,在科学、理论上有无根据,即使从现象上看,也有诸多疑问。在某些方面,我与父母有相同、相似的地方,可也有很多不同。我和妹妹弟弟,虽然都与父母亲有不少相同相似之处,可我们之间的差异也不小。我们与父母相同相似的地方,基本上是良好、正面的。难道遗传对善恶是有选择的吗?亲兄弟亲姐妹却有不小的差异,难道遗传对子女是区别对待的吗?

我缺乏这方面的学习和理论基础,说不清,想不明白。不过,几十年的人生经历,看得多了,听得不少,使我有自己的认识。我认为,子女与父母在性格、品行、为人处世方面的相同相似,与其说是遗传,不如说是影响。

拿我的情况来说吧。打我记事起,就看见父母那么辛劳,为了一日三餐,顶风冒雨外出做工,披星戴月在家熬夜。在我幼小的心灵中刻下的印痕是:生活艰难,父母辛苦。这为后来的穷人的孩子早当家、发奋读书,埋下了种子。父亲带着我挑担到几十里外赶集卖竹器,我见到同学有点难为情。细心的父亲觉察到了,对我说:"儿子,靠劳动干活挣钱过日了,不丢人!"父亲的话让我的脸红了好一阵。家里虽然穷,父亲绝不轻易求人。那年,就要开学了,我们的学费实在无着,父亲带着我和妹妹,到三十多里外的山里跟姑母借点钱。借钱无果,父亲当即拉着我们兄妹,冒雨走几十里溜滑的山路回家。一路上,父亲只说了一句话:"儿子,要靠自己,谁有也不如自己有!"听得出,父亲的话是伴着泪水从喉咙里挤出来的。这情景、这话,我忘得了吗?

母亲的人缘特别好,跟左邻右舍真有点像一家人,"幺爷""大姐""二哥""三嫂"……叫得亲热着哩。谁家大姐要生孩子了,母亲总是第一个去帮忙。张二姐告诉我,母亲帮着邻居接生的孩子,不下十个八个。干妈家揭不开锅了,她从我们家已经见底的米柜里敛出几把米让我给送去。我们家吃点好的,她总要端点给邻居尝尝。在大家都挨饿难熬的那几年,母亲省一口给这个,留一口给那个,自己喝点汤汤水水,落下了一身毛病……母亲、母亲的做法,像一汪温水泡着我,让我跟母亲一般温热。我并没有自觉地向母亲学什么,可是,在我的潜意识中,在我的心灵深处,母亲总是走在我的前面。

遗传说不清,但影响是实实在在的。所以还是那句话,父母于我,与其说是遗传,不如说是影响,潜移默化的影响。细细想来,我和妻子对儿子,情况也差不多。人说"近朱者赤、近墨者黑",孩子之于父母、家庭,恐怕大多也不例外。

这又使我想到对子女的教育。以我的感受论,父母对子女,必要的道理应该讲,但磨破嘴皮子,不如做出样子。父母是孩子的第一个老师,身教比言传更重要。

"养育"二字重如山

我们常说父母对子女有养育之恩。偶翻词典,发现对"养育"的解释是"抚养和教育",而对"抚养"的解释为"爱护和教养"。抚养和教育也好,爱护和教养也罢,都应该是孩子出生以后的事情吧。这使我产生了一个疑问:既然养育是一个人出生之后的事,那父母给予我们生命的"生恩"何在?难道养育之恩不包含"生恩"?

养育之恩,当然应该包含"生恩"。我斗胆认为,词典对"养育"的解释不那么确切,把两方面说成了单一方面。我理解,"养育"的养,主要指给予生命的"生养";"育"主要指爱护、抚育、教育。父母于子女的养育之恩,包含两个方面:先天血缘的生养之恩;后天爱护、教育的抚育之恩。之所以在这里咬文嚼字,是因为我觉得弄清养育之恩的含义,对父母、对子女有意义。

血缘亲情,是人类原始的,也是最有维系力的一种感情。十月怀胎一朝分娩,孩子获得了生命,这生命是父母生命的结晶和延续。子女和父母,骨血相连,先天的血缘形成了血缘亲情。血缘亲情的力量是巨大的。母亲可以将生的希望留给孩子,把死亡的危险留给自己。前些时候看到过一篇报道,一对父母为寻找失散的孩子,苦苦万里奔波了二十多年。这是血缘的力量!子女为了父母,可以赴汤蹈火。文艺作品中常道人生最大的仇恨是"杀父之仇,夺妻之恨",而且"杀父之仇不共戴天"。可见这种血缘亲情的分量。有一位女士,父亲临死前告诉她并非亲生。她安葬好父亲后,立即寻找生父母。找到之后,母女抱头痛哭,虽然几十年没有在一起生活,但与父母的亲情,一点不亚于其他在父母身边长大的兄弟姐妹。这是血缘的力量。

"育"的作用和力量,同样不可小觑。生身父母给了孩子生命,但如果没有"育",孩子就不能长大成人,生命的意义就要大打折扣了。养父母甚至从国外领养孩子的养父母,待收养的孩子如亲生者,不乏其人;养子、养女待养父母若生父母者也很多。世间流传着许多这类佳话。我亲见一位女士,找到生父、生母之后,仍不改姓,与养父母亲情如初,不忘抚育之恩。何也?抚育之恩的力量也。

生身父母,又把孩子培养成人,养育之恩俱备。

作为子女,理当永远不忘父母的养育之恩。懂得报恩,是人类独特的崇高情感。人们将六亲不认的人骂作"牲口",何也?因为是人就应该懂得感恩、有亲情。在以阶级斗争为纲的那些岁月里,认为阶级感情是比亲情更高层次的。我不否认阶级感情。但我一直认为,爱人民的感情是爱亲人感情的延伸,一个连亲人都不爱的人,会去爱人民吗?在众多亲情中,母子、父子之情又是第一的。子女对父母之情古来称之曰孝,并且认为"百善孝为先"。相当一个时期,孝被作为封建思想受到批判。我一直不以为然!在几十年的人生路上,我不会与不孝之人交朋友,工作中愿意用孝敬父母的人。因为我认定一个死理儿:一个对有养育之恩的父母都不好的人,会对谁好!

如今,孝敬父母被认为是一种美德了,赡养父母的责任写进了法律。但并非因此万事大吉,媒体上常有不孝儿女被曝光,社会生活的一些污泥浊水不时玷污着人的心灵。党中央要求共产党员"不忘初心、牢记使命",我很拥护。忘记了党的初心和使命,那还是一个党员吗?我认为,做人也不能忘了初心和责任:不忘自己从哪里来,不忘父母的养育之恩,牢记赡养父母的责任,否则人将不人!

作为父母,要养育并重。父母对于子女的感情自不必说,但在对子女的教育问题上,我以为有些事是值得说说的。广泛流传的《三字经》上就说:"养不教,父之过。"父母对子女有教育的责任。现在的父母,大多只有一个孩子,对孩子的培养、教育是十分在意的。不过,以我的一管之见,一部分父母在对子女的教育问题上,出现了一些误区。

重物质,轻精神。眼下的孩子,特别是城里的孩子,物质生活条件是很好的。父母、长辈,生怕孩子好吃的没吃着,好穿的没穿着。孩子要啥给买啥,哪怕很贵。应该说,现在的孩子太幸福了。可是,我又觉得现在的孩子很可怜!从起床到睡觉,日程被安排得满满的,几乎没有一点时间由孩子自己安排。家长喊着:"快干这个,快干那个!"孩子哭着可怜巴巴地问:"我玩儿一会儿不行吗?"我常在家里开玩笑:"你们说是做宠物猫好,还是做流浪猫好?"有些父母,恐怕很少想过孩子的精神成长、精神生活。不是吗?有些孩子,牛高马大了,可说起话、办起事来,就像一个几岁的儿童。

重智育,轻德育。现在流行的话是"不能让孩子输在起跑线上"。孩子放学回家,马不停蹄做作业,点灯熬油到半夜。周六周日、节假日,奥数班、英语班、作文班、加强班……提起考试的分数,比啥都在意。可是,孩子跟父母大喊大叫甚至训斥长辈,只顾自己不管别人……家里不当回事;衣来伸手、饭来张口,被视为当然。真让人担心,将来即使孩子成了大才、学霸,但如果六亲不认、良莠不分、是非模糊,那将如何?

重言教,轻身教。大多家长,没给孩子少讲道理:你应该这样、你必须那样。可是,要孩子尊老爱幼,你对长辈大呵小斥;夫妻成天吵吵闹闹,让孩子待人要和气、讲礼貌;叫孩子少看手机,父母成天抱着手机不放……如此这般,能教好孩子?父母是孩子身边的老师、心中的榜样,父母的一言一行,对孩子的影响切不可小觑!磨破嘴皮子,不如做出样子!

重眼前,轻长远。各种班、琴棋书画、高分数,一样不能丢;可是,孩子或是小胖墩儿,或是细麻秆儿,或是高度近视,未来将如何?只能听表扬,听不得半句批评;玩游戏只能赢,输了就耍脾气;一次考试没考好,就要死要活的……未来的生活只有鲜花不会有荆棘?未来的道路都是一马平川吗?未来只会有成功不会有失败吗?一旦摔倒了能爬起来吗?

眼前不能不重视,未来更不可不思考。

三句经

古往今来,教育子女都是一件大事。如今,一般家庭只有一个孩子,社会生活条件又有很大的变化,教育孩子这件大事就变得更大、更迫切了。各种"育儿经"汗牛充栋,名目众多的育儿培训班、讲座纷纷登场,专家、名言也数不胜数。如何教育孩子,众说纷纭、莫衷一是。我以为,既成一家之言,自然有它的道理。不过说实在的,这许许多多的说法没有给我留下多深的印象,倒是一位熟人——卢勤的几句话,让我记忆尤深。

卢勤,是我多年前在工作中认识的一位女士。她在《中国少年报》,负责"知心姐姐"栏目好多年,在岗位上从姑娘变成了妈妈。"知心姐姐"这个栏目影响很大,很多很多的孩子有些心里话不肯跟父母讲,而愿意跟知心姐姐聊。不少年轻父母,特别是年轻妈妈,经常向知心姐姐求教、与知心姐姐交流。频繁的接触、无数的交流,使卢勤对于孩子、父母的喜怒哀乐有深入的了解,进入了孩子的心灵世界。

我曾经与卢勤同志作过几次交谈,我说:"你算得上是儿童教育专家了,你能不能把教育孩子的原则、方法概括成最简单的几句话?"卢勤同志道:"教育孩子说复杂极其复杂,说简单也简单,我把它归纳为三句话:鼓励为主;家人意见一致;严格要求到近乎残忍。"

好多年过去了,我不时又想起卢勤同志的三句话,越想越觉得她的三句话虽然简单,但真是经验之谈,是深入研究后的通俗表达,要理解透不容易,要做到更难。与亲友谈起,我把她的三句话戏称为"三句经"。对这"三句经",我也一知半解。不揣冒昧,愿将"半解"托出,既是交流也是求教。

鼓励为主,好像已经不是问题,现在有几个家长会训斥、责罚孩子?大多数父母对子女宠还宠不过来呢。这对鼓励为主的理解不大对头。有一篇文章说,中国父母对孩子说得最多的是"不行、不可以",欧美父母对孩子说得最多的是"行,你试试"。我没有做过调查,不知道西方的父母是否果真如此;不过中国父母总对孩子说这不行、那不准倒是真的。鼓励为主,首先是鼓励孩子动脑、动手,大胆去学习、思考、做事,不要给孩子设置太多的条条框框,束缚他们的思想和行动。孩子来到这个"陌生的世界",对一切都很好奇,有强烈的求知欲望,鼓励对培养他们勤于思考、勇于探索很重要。

鼓励是有选择的,不是不分是非对错一味鼓励,孩子不礼貌、说脏话、摔东西……能鼓励吗?鼓励不是娇惯。鼓励为主,不是没有批评,只不过批评为"次"。批评切忌一天到晚婆婆妈妈、没完没了。批评要少,选择那些错误很清楚、是非很明显的事批评,让孩子容易认识是非、对错。不轻易批评,批评一次就要有效果。

家人意见一致,是不容易做到的。由于年龄、经历、文化程度、职业等不同,爸爸妈妈、爷爷奶奶对孩子教育有不同意见,是很正常的。但是,如果把一家人的不同认识、分歧暴露在孩子面前,对教育孩子不利。这个说往东,那个说往西,孩子无所适从。孩子还可能用爸爸的话来堵妈妈，用奶奶的话来怼爸爸，教育就无从谈起了。

记得卢勤同志曾经说过，一家的长辈要好好商量、沟通，尽量在原则问题上达成一致。爸爸妈妈或爷爷奶奶对孩子说什么，特别是批评孩子时，其他人即使有不同意见，这时候也不要说，最好表示支持，事后背着孩子再讨论。我以为她的话很有道理。不过，我还有一点补充：教育孩子，一家人最好有一人"为主"。我见到有的家庭对孩子有分工，谁主要管功课，谁主要管生活，谁主要管教育，效果不错。

严格要求到近乎残忍，就更难做到了！现在大多只有一个孩子，爷爷奶奶、姥姥姥爷、爸爸妈妈，众星捧月，能严格要求就已经十分不容易了，"到近乎残忍"，简直是天方夜谭。爱孩子、疼孩子，是一种天性，是一种美好的感情。不过在我看来，"严教"也是一种爱，而且是更深沉的爱。我有过切身体会。我的父母经过生生死死的磨难，从大山里出来走到一起。之前有过两个孩子都夭折了，年近四十才有了我。父母对我的那份疼爱，恨不得把我放在他们的眼眶里。我几岁的时候，有一次父亲对我说什么，我解释了几句，似乎有辩解的意思。父亲正准备去挑水，顺手抡起手中的扁担就给我一扁担。扁担打在我的左胳膊上，我好几天端碗都困难。当时母亲在一旁没有吱声。有人告诉我，事后母亲含着泪对父亲说："你下手太重了！"父亲也有点哽咽："要让他知道有老有少，黄荆棍儿出好人！"父亲的举动让我终身难忘，也使我受益终身。我几十年尊敬长者，尽管脾气急躁，从来没有在父母、岳父母跟前高声说过话，更没有红过脸。能如此，不能说没有父亲"严教"的功劳。

当然，我并不是提倡责打孩子，只是认为爱孩子也不可少了"严教"。孩子小的时候，对有些道理很难懂得，有些是非很难分得清，给他讲太多道理没有用,就得命令他。"严教",使孩子知道什么是必须做到的,什么是绝对不能做的,逐渐明白言行的"红线"。"严教",使孩子有敬畏之心,人是不能没有敬畏之心的。

《三字经》曰:"养不教,父之过。教不严,师之惰。"人们都说父母是孩子人生之初的老师。既称为"师",那就有"严教"之责,教不严恐怕也应是"惰"。小树弯了,扳直它,也许是痛苦的,但不扳直怎么能成材呢!

血缘亲情与理智亲情

亲情,是人类美好、崇高的感情。它像春风,让人间花红柳绿、暖意浓浓;带来欢欣幸福,抚慰不幸和伤痛。它像强力胶,把一个个家庭、一个个家族,进而把一群群相关的人,联系在一起,成为社会稳定的基石……

亲情是很丰富的。亲情中,爱情是一种独特的感情,被称为文学的两大永恒主题之一。我这里想谈谈爱情之外的亲情。在思考的过程中,我自己把爱情之外的亲情分为两种:血缘亲情和理智亲情。血缘亲情,顾名思义,就是因血缘关系产生的感情。理智亲情,是因为某种特殊的人际关系,在理智的作用下产生的感情,例如儿媳与公婆、女婿与岳父母的感情,妻子与丈夫的亲人之间的感情,丈夫与妻子的亲人之间的感情。儿媳与公婆、女婿与岳父母之间,没有血缘关系,只是因为他们是丈夫、妻子的亲人,在理智的作用下产生的感情。

血缘是与生俱来的,血缘产生的亲情具有极强的亲和力,"血浓于水"是人们常说的。人只要没忘自己是从哪里来的,只要生命尚存,就会想到给自己生命、抚育自己成人的亲人。忘记甚至不认血缘亲人,那人将不人! 人不忘本,首先是在任何时候,都不能忘记自己是从哪里来的。血缘亲情的意义不言而喻。

血缘亲情需要道德的力量。血缘是与生俱来的,具有客观性。但我认为血缘亲情不是,起码不全是遗传的、客观的,有主观因素。遗传的、客观的东西是不可改变的,是不以人的意志为转移的。如果血缘亲情是遗传的、完全客观的,那就不会有不孝的子女,"食子"的父母。故我以为血缘亲情有主观因素。在诸多主观因素中,最重要的因素是道德的力量。从古到今,社会都提倡"善",而"百善孝为先"。如果一个人"恶"甚至"至恶",就会六亲不认。血缘当然是很重要的,但维系血缘亲情还需要道德的鼓励、规范和约束。所以,不能以为有了血缘关系就足够了,社会要提倡美德,家庭不可少了道德教育。

血缘亲情也要理智的支撑。道德有理智的成分,更有人的素质、品格的成分。理智可以提高、增强血缘亲情的"自觉性"。假若真有本能,那本能加上自觉,就会上更慈、下更孝、兄弟姊妹更亲。如果说理智还是对血缘亲情的一种"软支撑",那法律就是一种"硬约束"。我们国家的法律规定,父母有抚育子女的义务,子女有赡养父母的责任。这使得最基本的血缘亲情有了法律的保证。

一般来说,血缘亲情是自然而然的,似乎并不需要多少说教。但我认为,为了让血缘亲情更浓、更有保障,理智、道德、法律的支持不可少。社会、家庭对孩子的教育,不但要告诉他们血缘之亲,还要教育他们"识理、有德、守法"。

理智亲情,没有血缘基础,是通过理智产生的。男女青年结为夫妻,于是有了"双重父母"。既然结婚成了一家人,夫妻一体,那么"他们是我爱人的父母,我当以父母事之"。这是一个因现实变化(结婚了)而进行的思想过程。这种理智之所以产生了"亲情",我以为从本质上说理智亲情是从爱情或血缘亲情派生出来的,或者说是爱情、血缘亲情的延伸。因为爱你的另一半,所以才爱另一半的父母。为什么没有去爱陌生人的父母,道理就在这里。父母爱儿媳,岳父母爱女婿,则是爱儿女血缘亲情的延伸。东北有一句老话:"丈母娘爱姑爷,那是疼闺女。"我想讲的就是这个理儿。

血缘亲情是以血缘为基础的(当然也需要理智),所以处理血缘亲人的关系,主要是感情上的碰撞、交流、沟通、融合,许多道理上的小是小非常常被淡化甚至忽略了。儿子、闺女跟自己的父母说话重一点、轻一点,做事好一点、差一点,父母往往不会在意,何以?血缘亲情之故。处理与这种关系,理智不可缺,但更多需要的是发挥"亲情"的力量。

理智亲情是通过理智建立的,处理与"理智亲人"(姑且这样称呼吧)的关系,感情不可缺,但更多需要"理智"。在现实生活中,同样的话,女儿对父母说,父母可能不在意;儿媳对公婆说,公婆可能就在意了。同样的事,儿子做了,父母可能不当回事;姑爷做了,岳父母可能就当回事了。何以?亲情的基础有差别也。

我亲身经历过这样的事。那年,父亲来我们的小家。有一天,妻子对我说:"这个月的钱好像快花没了。"不料这话被我父亲听见了,晚饭桌上父亲就说:"我不喝你们的酒了,省点吧!"显然,父亲多心了。如果是我或妹妹在父亲跟前说同样的话,父亲可能会说:"大手大脚,没钱了吧!"

一位老同学曾经跟我说过,婚姻家庭研究会对相当数量的家庭做过一次调查。调查发现,女儿、女婿跟岳父母一起生活,一家人过得好、关系融洽的占70%以上;儿子、儿媳跟公公婆婆一起生活,一家人过得好、关系融洽的,只占20%左右。我听了有些不解,问为什么会这样。这位同学是伦理学专家。他说,出现这种情况原因很多,但有一点不可忽视。现在的家庭,日常生活大多由妻子当家。

与妻子的父母一起生活,妻子说话轻点重点、花钱松点紧点、干活多点少点,父母不会太在意,也就不会有什么矛盾和摩擦;反之,跟公公婆婆一起生活,他们对儿媳说话办事就在意了,矛盾摩擦也就容易产生。

与双方父母的关系如此,与双方亲人的关系也基本如此。

现实生活告诉我们,血缘亲情和理智亲情,作为亲情有很多共同点,但的确也有不小差异。我们都有"双重父母""双重亲人"。处理好与父母、子女和其他亲人的关系,才能过上和睦、融洽、幸福的生活。无论是作为子女还是作为父母,对待父母、子女和其他亲人,我们的心是善良的,言行是善意的,愿望是良好的。如果我们再多一些思考、多一些自觉性,岂不更好!

"复制"与"强制"

几十年前,我还很年轻的时候,一位老教育工作者曾经对我说:"父母都在按照自己的样子'复制'孩子,老师都在按照自己的样子'复制'学生。"当时,对这句话没有怎么在意。几十个寒来暑往,有过一些经历之后,不时又想起这句话。

暂且不论老师,以父母而言,我见到的,差不多的确在按照自己的样子"复制"孩子。性格外向的父母,总是想方设法让孩子开朗些,不喜欢内向的孩子:"三脚踢不出一个屁,将来能有什么出息!"而性格内向的父母,则总让孩子深沉稳重,像小大人儿,看不上活泼的孩子:"一天到晚咋咋呼呼的,像什么样!"在条件优越家庭中长大的孩子的父母,什么活儿也不叫孩子做,念好书就行,相信"书中自有黄金屋"。像我这种手艺人家的孩子,从小父母就要求动手干活,做饭、挑水、捡柴、给父母帮手,父母挂在嘴边的话是:"什么都不会干,将来怎么过日子!"类似的情况还可以列出许多。我经历的、看到的、听到的,不是所有的父母都如此,不过按照自己的样子"复制"孩子的父母是多数,即使不是完全"复制","复制"的倾向也很明显。

父母这样做,多是不自觉的,似乎有一种潜意识在支配着他们。既然很多父母这样做,恐怕自有一定道理。人,大概有自以为是的本能，总是自以为是，那还能做成什么！父母，特别是成功的父母、有信念的父母，当然希望孩子跟自己一样。我并不是完全反对、批评"复制"孩子，但我对此有些担心。

真的能"复制"吗？人的性格是不是遗传，或部分遗传的，大家对此有不同的意见。但不管意见有多大的分歧，大多数人都承认，后天的环境对人性格的形成有很大影响。至于价值取向、志趣、人品、对人处事的态度和方法等等，显然是后天形成的，是人的成长环境、人生经历、思考选择综合作用的结果。在与儿子讨论问题时，我常说："我小的时候……"老伴儿随即说："别又翻老黄历了，你小时候是什么年代！"是啊，我小时候饱一顿饥一顿，如今的孩子营养过剩；我那时候全城没有几台收音机，现在家家有电视，手机几乎人手一部；我上大学前没有见过火车，现在的孩子小小年纪早就乘飞机漂洋过海了……我们和孩子生活、成长的环境、条件天壤之别。存在决定意识，从某种意义上说"人是环境的产物"。环境变了，完全不同的存在怎么可能产生相同的意识？我们怎么可能去"复制"我们的孩子呢？更何况老师也在"复制"学生，老师对孩子的影响相当大。老师的志趣、性格、爱好和我们一样吗？怎么保证孩子就按照我们的样子成长呢？故我认为，按照我们的样子"复制"孩子，几乎是不可能的。

你是不是最优秀的？人都会认为自己不错，但恐怕很少有人敢说自己是最优秀的。既然如此，那么为什么非要用自己作为孩子的"模板"呢！我经常跟儿子开玩笑："你们总是按照自己的样子'复制'孩子，就算成功了，孩子最多跟你们一样，为什么不让孩子比你们更出息呢！"如果你不是最优秀的，不妨让孩子向更优秀者看齐。

要让一代更比一代强。几千年的历史证明，社会是不断进步、发展的。从总体上说，社会要进步发展，人就应该一代更比一代强。

如果一代人都按照自己的样子"复制"下一代，即使成功了，下一代和我们一样，那社会还能进步发展吗？

看来，按照我们的样子"复制"孩子，既是不可能的，也是不应该的。既然如此，我们为什么还要拼命去做呢？我们可以关心、引导、影响、帮助孩子，但不可用自己做"模板"束缚孩子的思想，应该鼓励他们超越父母。

说到"复制"，我又想起了"强制"。孩子还很小的时候，父母为了孩子"全面发展"，或者为了将来报考特长生，一会儿报篮球班，一会儿报书画班，一会儿学钢琴……不管孩子愿意不愿意，更不管孩子喜欢不喜欢。一边是父母连哄带吓唬，一边是孩子别别扭扭甚至哭哭啼啼。孩子上小学、上中学，上哪个学校，完全由父母"权衡利弊"做决定。孩子有不同意见，或者轻描淡写做几句思想工作，或者根本不予理睬。要考大学了，是学理工还是学文，几乎是父母包办，孩子的意愿很少被采纳。一切，几乎全是"强制"。

父母之所以这般"强制"，是出于"望子成龙、望女成凤"的愿望。这乃人之常情，人往高处走，水往低处流嘛，谁不希望自己的孩子有所作为呢？有一定的奋斗目标是对的，但我以为把过高的目标强加给孩子，乃是一种"强制"。也许我是一个胸无大志者。我常想，都奔清华、北大去，能装得下吗？其他大学谁去上？可能有人会说，求其上而得其中嘛。这话有一定的道理。但我以为，跳一跳、蹦一蹦有希望够着的目标有激励作用；而根本无望的高目标可能适得其反。根据孩子各方面的情况、尊重孩子的意愿、量体裁衣、量力而行，不失为明智之举；否则，可能希望越高，失望越大。

进一步说，根据我几十年的经历和观察，一个人将来怎么样，个人的发奋、刻苦当然是根本。但是，一个人将来能否成才、是否有所作为，是诸多因素综合作用的结果，不是由什么学校毕业甚至也不全是由个人的能力、水平决定的。这样的例子太多了。我周围与我年纪差不多的亲友，有人无论智商还是能力都是佼佼者，但毕业后没有能施展才能的舞台，成得了专家教授？有人并不比他强，但有机遇和舞台，终于成功。

我认为，孩子读书、工作，只要尽力了就好，不必强行为他们设立一个高目标。我常对儿子说，我不要求你们有多大作为，但工作一定要尽心尽力，尽力了就不会后悔。还好，他们不算优秀，可也称职。

现在有一种说法，孩子有青春逆反期，孩子进入青春期，说话办事都跟父母拧着劲、对着干。我对此缺乏研究，无法判定这种说法有多少道理。不过，这种现象我经常看到、听说，我的两个孙女就有点逆反。对于逆反，几乎所有的父母都责备孩子。作为父母，有没有想过我们是否有什么问题？孩子为什么会逆反？我以为，"复制"孩子也好，"强制"孩子也罢，本质上都是父母把自己的意志强加给孩子。有作用力就有反作用力，有"强制"就有反抗。孩子逆反，可能有生理上的原因，但也是对父母把自己当意志强加给他们的反抗。孩子小的时候，独立意识、个人意志没有形成，只能听父母的；进入青春期，孩子的独立意识、个人意志逐渐形成，不再对父母言听计从甚至与父母的意见对立。

我在想，如果父母少一些对孩子的"强制"，孩子的逆反程度会不会降低一些呢？

儿女不永远是小孩儿

有人说:"在父母亲面前,儿女是永远没长大的孩子。"还有一位文人说:"无论你怎样伟大,回到原点,你就是妈妈心中永远的孩子。"这些话,当然有道理,表达了母亲、父亲对儿女的深情,颂扬了母爱。可生活告诉我,在感情上孩子永远是孩子,在理智上要承认孩子是会长大成人的。

我三十岁有大儿子,两年后又有了小儿子。看着儿子"哇哇"来到人间,咿呀学语,蹒跚学步……几十年过去了,在我眼里、心中,他们还是小孩子。家里讨论什么事情的时候,只要他们一开口,我便说:"小孩子家家的,你们懂啥!"家里有什么事情要办,他们有时候主动请缨:"我来做!"我马上说:"这事是小孩子做得了的吗?"这种情况延续了一些年,有一天儿子突然大声说:"老爹,我们已经不是孩子了!"我大吃一惊。

事后我一想,可不是嘛,儿子研究生毕业,已为人父! 其实,我并不是一点没有感觉到儿子长大了。那一年,为了纪念老岳父逝世十周年,在老岳父家开了一个追思会,老人家的儿子、儿媳,闺女、姑爷,孙子、孙女,外孙子、外孙女……近三十人参加。追思会开了两个多小时,大家争先恐后地发言,众人时而噫嘘感慨,时而热泪盈眶。没想到临近结束了,我那个平时少言寡语的大儿子发了言。他不紧不慢侃侃而谈,讲了几件亲身经历的姥姥家的往事,事虽不大,但他讲得有条有理、动情动容、绘声绘色。最后,居然还总结了姥姥家的几条家风。他讲完之后,众人称赞不已。我心里咯噔一惊:这是两句话都说不明白的儿子吗?我似乎意识到,儿子长大了。

可是,事过之后,我不知不觉地还是把儿子当成小孩子,直到一天儿子大喝一声:"我们已经不是孩子了。"细细想来,的确,他们已经不再是小孩儿了。三十多岁,结婚成家,有了孩子;在单位是骨干,工作独当一面;与同志、朋友交谈,不是天下风云,就是国家大事。如此,怎么会还是小孩子呢?已经不是小孩子了,我们却仍然把他们看作、当成小孩子,这在感情上可以理解,在认识上却是犯了错误。认识到这些,我决定改变对他们的态度。

从此以后,家里有什么大事情,我不再摆出一副家长样子,居高临下一个人做决定,而是把他们叫来一起商量。没想到这样一来,他们一改过去消极听从吩咐的态度,积极发表意见,提出解决问题的办法。他们的好多想法,是我没有想到的。家里这儿修修、那儿补补,他们干得比我利索。父子一起办,做事情顺利多了。有时候,我开玩笑似的跟他们说:"你们怎么跟变了个人似的,突然变得能干了!"儿子笑笑:"老爹,不是我们变了,是你变了!""我变了?""是呀,过去你总把我们当成什么都不懂、什么都干不了的小屁孩儿,什么时候听过我们的意见呀?"我无言!儿子已经长大成人,成为家庭的重要成员,他们应该尊敬父母,父母也应该尊重他们。

我进一步"简政放权",不但遇事跟儿子商量,而且有些事情让他们当家做主。几年过去了,家里缺什么东西该买了,什么费该交了,哪儿坏了要找人修修,油盐酱醋……基本上再不用我操心了。

想想以前，我和妻子对这个家大包大揽，一天到晚累得晕头转向，儿子有时还在一边说风凉话。我们的态度一变，一切都变了。

这样一来，不仅我们轻松多了，儿子也有很大的变化。他们的责任感增强了。用他们的话说，父母亲累了一辈子，该我们挑担子的时候了。他们对父母更孝顺了。儿子对人说，跟父母还没有"分家"另过，只当了半个家，就已经这么不容易，可见父母亲当年独立支撑一个家有多难了。他们过去花钱有点大手大脚，买这买那只凭心血来潮，扔东西、倒饭菜不知道心疼，现在开始算计着过日子了。他们不时感慨：真是不当家不知道柴米贵！

还有一个意想不到的变化。据我们观察，儿子们的小家庭比过去和谐了，吵吵嚷嚷少了。大概是真正的支撑门户过日子，使他们加深了对"家"的理解，升华了对"夫妻"含义的领会。难怪有人说"生活是一本永远读不完的教科书"。

现在，我们七老八十，真的老了，我把家完全交给了儿子。虽然也有些不甚满意的地方，但他们让家庭生活运转正常，无尽的琐事再不用我操心。闲下来，看点书，打打太极拳，散散步，朋友相约去郊外钓钓鱼，兴致来了到江南塞北走走，看看祖国的大好河山……

这些变化，也使我想了许多，用流行的话说做了一番"反思"。

要想让孩子在生活上真正长大，就要让他们逐渐在家庭生活的舞台上扮演主角。作为父母，我们把儿女养大成人，希望他们将来过上好日子。欲过上好日子，不仅要在年龄上长大，不仅要会工作，还要在"生活上长大"，学会经营家庭。最好的学习是实践。想让孩子在生活上长大，就要将生活的担子逐渐放到他们的肩上，让他们懂得责任、知道担当。想让孩子学会经营家庭，最好的办法就是让他们"早当家"。

我还觉得，不管情愿与否，我们早晚都是要放手，把家交给孩子的，晚放手不如早放手。早些，孩子们有一个比较从容的学习期、适应期，减少一些困难，效果可能更好。再说，早些，趁我们还有精力、体力，还没有糊涂，可以把他们"扶上马，再帮一把"。越不放心，就应该越早放手。

看来，父母总把儿女当孩子，在感情上是可贵的；在理智上，要承认儿女长大了。

母亲更伟大

我读过高尔基的《母亲》,也读过一些伟人写母亲的文章,看过冯德英的《苦菜花》。很长一段时间,我对文学作品写母亲多、写父亲少不太理解。岁月流逝,寒来暑往,一番番风霜雨雪,生活一点一滴地给我诠释着"母亲"二字的深意,不断增添的鬓边白发,让我想起母亲就不能自已。

记得高尔基说过:"世界上的一切光荣和骄傲,都来自母亲,唯有母亲的伟大,才是无法逾越的高峰。"高尔基的话,我很信服。父亲也很伟大,是家的顶梁柱;我只是觉得,母亲更伟大。

母亲给了我们生命,用家乡老人们的话说,那是"以命换命"。我见过难产,当产妇和婴儿可能难以双双保全的时候,医生问"先保孩子还是先保母亲",母亲总是坚定地说"保孩子、保孩子"。人生之事,最大莫过于生死。这就是母亲,宁可把死亡的危险留给自己,也要把生的希望留给孩子。

司马迁在《史记·屈原列传》中道:"夫天者,人之始也;父母者,人之本也。人穷则反本,故劳苦倦极,未尝不呼天也;疾痛惨怛,未尝不呼父母也。"的确,日常生活中,人有冤屈或"劳苦倦极",会呼喊"天啦",而"疾痛惨怛",呼"妈呀"者多,呼"爹呀"者几无,我想大概是母亲更与儿女血肉相连、甘苦与共吧!

我出生在川南一个贫苦的手艺人家庭。父母亲经历了生生死死的磨难,从大山里出来走到一起。之前,他们有过两个孩子,不幸都夭折了,近中年有了我。父母亲把我看得比他们的眼珠子还珍贵。小时候,我很瘦弱,三天两头生病。为了我能长大,母亲想的办法数也数不清。亲友、邻里们看见我这个一身骨头的病秧子,都很担心,但母亲总是坚定地说:"有了苗就不愁长!"母亲紧紧地跟在我后头扶着我蹒跚学步,含着泪看着我咿呀学语,我在母亲的手心儿里渐渐长大。

母亲熬夜做活,把我带在身边,我常常枕着母亲的膝盖进入梦乡。夏天,入夜仍然很热。母亲把我放在竹床上,手中的扇子摇啊摇啊,为我送来清凉、驱赶蚊虫。冬日,我总在母亲温暖的怀里入睡……母亲的人缘很好,远近的大哥大嫂都亲切地叫她"么娘",对她很尊敬,那是因为她的善良像清泉,几十年来点点滴滴滋润过许多人的心。这清泉也流入了我的血液,让我一生与人为善……

在那段大家挨饿的日子里,母亲把她的几口饭分给了我和弟弟妹妹,有时候还要省一碗给登门的亲友,自己喝点汤汤水水。我们熬过来了,母亲却落下了一身病。连活着都成为问题的年月,母亲仍然咬着牙支持我继续念书。

母亲给了我生命,母亲的爱,让柔弱的生命慢慢成长,没有母亲的爱,我这只笨鸟飞不起来。

我结婚成家,不久做了父亲。在妻子的身上,我又一次感受到了母亲的伟大。我们有了小儿子不久,我就被调到一百多公里外的地方工作,家和两个嗷嗷待哺的儿子,全部丢给了妻子。妻子是中学教师,天天按时点卯上班。那时候家家烧煤、睡炕。春天来得迟,夏天还好,秋天要准备过冬的引火柴,天没亮妻子就到小树林里去捡干树枝。北方的冬天滴水成冰。她早早地起来,生好炉火,屋里有了暖和气儿孩子才能出被窝。早上要做三份饭:儿子的早餐、儿子带到幼儿园的午饭、她自己的早饭。

妻子不仅白天上班,晚上还常有学生上门补课。有时候,刚吃完晚饭碗筷还没有收拾好,学生就来了。夜里,学生还没有走,两个儿子就东倒西歪地趴在炕边睡着了。

记得妻子说,有一天深夜,大儿子忽然发高烧,必须马上上医院。两岁多的小儿子不敢自己一个人在家,一定要跟着妈妈上医院,妻子只好用自行车推着两个儿子去医院。从家到医院,要经过一大片树林子。漆黑的夜里,风吹树林哗哗响。小儿子说:"妈妈,我害怕!"妻子安抚道:"别怕,有妈妈哩!"

每当我回到家里,看到一片狼藉,看到妻子疲惫不堪的笑容,我的鼻尖就酸酸的。这样的日子,不是一年半载,而是八年,她是怎么熬过来的呀!这一切要是交给我,别说三年五载,就是三五个月,我也弄不了。我深深地体会到:母亲的角色,是男人无法代替的。

有人说我心疼媳妇儿。其实,我并没有那么高尚,只是觉得妻子作为儿子的母亲,为这个家、为儿子付出太多了,实在是太辛苦了!没有妻子的付出,就没有今天的日子。我有一百条理由尊敬她、为她分担一些家务,没有一条理由对她责备求全!我经常对儿子说,你们可以对我不好,但绝不可对你们的母亲不好,她做了很多父亲无法做到的事情,母亲太伟大了!

在单位,有人说我尊重女同志,对女同志比较关照。其实,我没有那么高的觉悟。我只是觉得,女同志要做出跟男同志一样的业绩,比男同志要多付出一倍甚至几倍的努力和代价。加班,男同志没问题,女同志也许不行,要回家管孩子呀;出差十天半月,男同志拎起行李就走,女同志可能不行,绊脚的事一件又一件……这些,使女同志一次又一次得"负分"。她们要进步比男同志难了许多。我认为,女人作为母亲所做的一切,不全是为了一个家,也是在为社会作贡献。我们不是常说下一代是国家和民族的未来吗?母亲,不仅是家庭的功臣,也是社会、国家的功臣。

母亲很伟大,无论什么样的语言、文字,要诉说母亲的伟大,都显得那么苍白。热爱、尊敬、孝敬母亲,不管你做了多少,永远都不够!

怎样把钱给孩子

人说"可怜天下父母心",一点不假!作为父母,不仅千辛万苦把子女抚育成人,临了还总想给子女留下点什么。那么给孩子留下点什么呢?对此,有很多好的主张。我很赞同"授人以鱼,不如授人以渔",对子女尤其如此。父母留给孩子最宝贵的财富,是使孩子具备良好的品格,抵挡风雨的能力,安身立命的本领,健康的体魄。不过,一个家庭,免不了有点积蓄。我们怎么处理这点钱财,虽然不是最重要的,然而也是作为父母回避不了的一个问题。

我们这代人,基本上是"奉献的一代"。工作是组织分配的,好多年一直拿着低工资。改革开放以后,收入才渐渐增加。直到退休,也没有攒下多少钱。不过,中国人不会吃光花光,哪怕从牙缝里抠点,也要多少有点积蓄。老了,这点积蓄怎么处理呢?中国人有顾着儿女的传统。这点钱嘛,除了自己花的,那就是留给孩子了。

怎么把钱给孩子呢?在我的朋友中有两种主张:一种主张是"整给",现在一点不给,将来走时给孩子留下一笔遗产。这样做,可以使孩子感恩:父母真好,给我们留下一笔财富。另一种主张是"零付",平时该给的就给,该花的就花,走的时候有没有遗产无所谓。这样做,子女不断得到父母的帮助,可以使家庭关系更和谐幸福,父母更快乐地度过晚年。

我认为这两种主张各有道理,但也有不可取之处。留作遗产一次性给,子女固然会念父母的好。可是,平时抠抠搜搜的,弄得大家不愉快;待人都走了,念好又有多大的意义呢?更重要的是,我看到有些家庭为了一点遗产发生纷争,实在让人心寒!有一位老人正在医院抢救,几个孩子就在一边为了瓜分遗产打开了。有一个孩子要求立即停止抢救,理由是停止抢救可以少花钱,他们可以多分点钱。有的家庭,为了遗产兄弟姐妹反目,轻者心存芥蒂,面和心不和,难谈感情;重者从此各走各的,形同路人。更有甚者,有的一母同胞,为遗产分配撕破脸,对簿公堂。当然,我们没有多少钱财,孩子们也不一定那么没有亲情。但面对无情的现实,我们何不规避点风险。

"零付"使平时关系融洽,但零敲碎打可能使家人感觉不到父母的付出,效果不一定好。

我赞同"零付",但有点改动。我们本来就没有多少钱,我的做法是:给自己留点,拿出一部分"零付"。虽然我们有退休金、医疗保险,基本生活、看病就医不用愁,但我还是觉得身边留一点钱好。我们的孩子很孝顺,真有大的急迫花销,我相信他们不会坐视不理。不过我的一位长辈说得很生动:"到了花钱的时候,手心向上和手背向上的情形、感受大不相同!"她说的"手心向上",是向孩子们要钱,"手背向上"是给孩子们钱。故我留一点钱放在自己身边。

不过,对"零付",我也有点自己的想法。我不想平时零敲碎打地给孩子花钱,而是希望"立项"花钱,就是说选好一定的题目,相对集中地花钱。譬如说,过春节给孙子一个大红包,一年一年,留下印象。孙子要上学了,我来出学费,将来他们只要提起读书,就会想到爷爷奶奶。孩子一家外出旅行,我们给拿点钱。这样花钱,既不断加深了感情，又"有形"，看得见、摸得着。我认为，这不是跟孩子耍心眼儿，而是讲究点儿"花钱的艺术"，以求更佳的效果。

当然，这点所谓的"花钱的艺术"，要在孩子懂得感恩，知道亲情比金钱更重要的基础上，才能发挥作用。一定要让孩子懂得感恩。父母生我们，历尽千辛万苦把我们抚育成人，恩比天高，无论怎么尽孝也不能报答养育之恩于万一。即使父母一无所有，甚至疾病缠身，子女赡养他们也是必尽的责任。如果父母自己生活有来源，甚至还能给子女一些帮助，那就更是恩上加恩了。假如子女不懂得感恩，只知道索取，欲壑难填，那任凭父母给他们多少钱，都是没有用的。

一定要让孩子知道亲情比金钱重要万分，是多少钱也买不到的。今生为父子母子、兄弟姐妹，是天大的缘分。有人说得好："好好珍惜身边的亲人，来生未必遇得上。"亲情是一种无可比拟的巨大力量。俗话说得好："打虎要靠亲兄弟，上阵还得父子兵。"亲人齐心，就没有过不去的坎儿、翻不过的山。古往今来，不乏父子母子、兄弟姐妹同甘苦、共患难甚至生死相托的佳话。如果不知道亲情的分量，心中、眼里只有金钱，锱铢必较，那么任凭我们怎么讲究"给钱的艺术"，也毫无用处。

"隔代亲"与"隔亲代"

有一种现象,爷爷奶奶特别喜欢、宠爱孙子、孙女,胜过当年疼爱儿子。姥姥姥爷特别喜欢、宠爱外孙、外孙女,胜过当年疼爱女儿。人们把这种现象称之为"隔代亲"。在我们的身边,这种现象比比皆是,包括我自己也在其中。可见,"隔代亲"是一种比较普遍的现象。

存在的都是合理的。"隔代亲"既然是一种比较普遍的现象,自然有它形成的原因。为什么会有这种现象呢?说法不少。有人说,这是血缘亲情的表现。此说当然有它的道理,"隔代亲"当然是一种血缘亲情。但是,要说血缘,父母与儿女的血缘,比跟第三代的血缘更近,为什么反而跟第三代更亲呢?故我以为,血缘说有道理,但还不能完全说明问题。

有人说,我们年轻和中年的时候,成了家还要立业,工作上"压力山大",一天到晚忙得晕头转向;上有老、下有小,按下葫芦浮起瓢,顾得了这头顾不了那头。如此疲于奔命,哪有多少精力和心思来疼爱儿女!此说有相当的道理,老了,退休了,从繁忙的工作、家务中解放出来了,有了更多的时间来享受天伦之乐。不过我以为,这种观点的说服力还不十分充分。老了,有时间、精力来疼爱第三代不假，但疼爱到了"超常"的程度，恐怕不是单纯的有无时间、精力能完全说明的。

……

进入老年，我有了孙辈，也陷入了"隔代亲"。回顾自己的经历，反思自己的心路和作为，对于"隔代亲"我有点自己的理解。

"隔代亲"是同情、呵护弱小者心理在亲情中的表现。一般来说，同情弱小，是人的一种普遍心理。家乡有俗话说："皇帝爱长子，百姓爱幺儿。"皇帝为何爱长子？因为长子要"接班"的，事关江山社稷，理智和利益占了上风。老百姓则不同，受心理因素的支配，几乎完全从情感出发，幺儿最小，相对哥哥姐姐是弱者，理应受到特别的呵护。我们家两个儿子。哥儿俩出去玩儿，如果弟弟摔了，或者出现点儿别的什么情况，我和妻子常常不问青红皂白，首先把大儿子训斥甚至责罚一番："怎么不看好弟弟！"都是自己的儿子，并非有什么偏爱，呵护弱小者的心理使然。对儿女尚且如此，对孙辈就更甚了，因为孙辈与儿女相比更是弱小者。

夕阳对朝阳的留恋。老朋友们在一起聊天，大家发现近期的好多事情记不住了，可是对童年的事，尽管已经过去了好几十年，却记得清清楚楚。其实，这反映了一种比较普遍的心理现象：人老了，特别怀念、留恋童年。所谓"老小""返老还童"，大概也包含这种心理现象吧！夕阳西下，更觉得朝阳的可贵、美好。老人们常常感叹："要是还年轻该多好！"我们看见满怀赤子初心的孙辈，仿佛看到了自己的童年，和天真活泼的孙辈亲近、玩耍，自己仿佛回到了童年。为什么老人愿意跟小孩儿们在一起？那是夕阳对朝阳的留恋。

"隔代亲"，是一种珍贵、美好的感情。但是，伴随着"隔代亲"，在相当一部分老人中产生了另一种现象：不但与孙辈亲，还想担当教育孙辈的主角。我把这种现象称之为"隔亲代"，老人隔着一代人代替子女去教育第三代。不少家庭,因为两代人对第三代教育的主张有分歧,造成了不和谐,甚至发生激烈的争执。我曾经也不自觉地"隔亲代",经过好长一段时间的"思想斗争",我认识到:"隔代亲"可贵,"隔亲代"不可取。

"责、权、利"要统一。这是工作上的一条原则,我认为对处理第三代的教育问题也适用。抚育、教养子女,是父母的责任。我们把儿女培养成人,已经尽了责;培养、教育第三代,是儿女们的责任。不是不可以教育第三代,但我们已经不是教育第三代的"第一责任人"。我很早就明白在这个道理,但真正清醒是前些年的事。有一次,在对孙女的教育问题上,我与儿媳发生了严重分歧,争论到激烈处,儿媳郑重地说:"爸,我只想说一句,她是我的闺女!"当时,我十分不悦,心想:是你的闺女,也是我的孙女呀!事后冷静一想,儿媳"话丑理端",是要明确责任!这些年,我渐渐摆正了自己的位置。另外我还想,第三代的教育成功与否,将来的"利弊"是由他们的父母承担的。既然"责、利"都在儿女身上,那么当然应该把教育第三代的"权"交给他们。其实,想通了,在教育第三代上超脱些,落得一身轻松,何乐而不为呢!

要承认时代前进了,我们的有些观念陈旧了。我们活了七八十岁,走过坦坦荡荡的阳关道,也走过坎坎坷坷的曲折小路;享受过风和日丽的艳阳天,也经历过酷暑寒冬。我们对人生和许多问题的认识、体味,是儿女们难以具备的,因此对第三代的教育问题,不乏深刻的见解和正确的主张。但是,社会在不断进步,环境在不断变化,不得不承认我们一些观念已经不适应今天的形势。当年,考大学是千军万马过独木桥;高中毕业也算"小秀才"了,考不上大学也不难找到工作。今天不同了,大城市已经普及了高中,竞争的层次大大提高了,从某种意义上说竞争更加激烈了。过去,我们课上读书,课下看书；今天，除了书还有电视、电脑、iPad、手机。我上大学前没有见过火车；今天的孩子还没上学就坐着飞机满天飞了……如今的孩子，成长、生活的环境与我们那时大不相同了，不能简单地再用老经验、老办法去教育第三代。我们的儿女比我们离今天的现实更近，在适应变化了的环境方面，儿女比我们有优势。

老人容易"感情代替政策"。退休之后清闲在家，于事业而言"虚心也不能再进步，骄傲也不会再落后"，进退、功利、得失淡了许多，遇事大多从感情、感觉出发，对第三代更是如此。儿子、儿媳常有"怨气"："在爸妈面前，没法教育孩子，我们刚开口，爸妈就出来护着！"为什么对第三代容易形成"溺爱"？是我们"感情代替了政策"。儿女们"责、利"在身，往往比我们更理智。

活了一大把年纪，我总算明白了："隔代亲"可以、可贵；"隔亲代"不可、不明智。

留点时间给自己

最近,跟我联系的老同学多起来,大学的、中学的、小学的。我也赶了一回时髦,加入了两个同学微信群。许多同学几十年天南海北音讯杳无,接上联系欣喜不已;在微信上彼此看见照片,感慨连连。昔日小顽童已成白头翁,当年美少女已是老奶奶。大家拼命在彼此的脸上寻找儿时的痕迹,追忆时光留下的风花雪月……这许多年没联系,怎么突然热心彼此找寻呢?我想,大概是因为老了更留恋儿时光景,向往青春岁月。

通过联系,我发现不少同学既不是在老家,也不在原工作地,而在儿子或女儿工作的地方。一问方知,原来都在帮助第二代照看第三代。跟这些同学聊聊之后,心中五味杂陈。

离家五十多载,虽然曾经多次探家,却没在老家过过年。前年终于有机会回老家过春节,期盼着找回儿时的年味儿。中国人的传统,走南闯北的人都要回家团年的。我见到了若干小学、中学的同学,可有一位很熟悉的小学同学没见到。一打听,方知他们夫妇在武汉照顾第三代。拨通他们的电话,熟悉的老同学的语声欣喜中带着几分疲惫。一阵问候、寒暄之后,传来一声叹息:"没法子,孩子们难啦！不忍心，那就得背井离乡、吃苦挨累！"

有一位中学同学，七十多岁了夫妻分居两地。我以为是他们闹了别扭，一问方知原委。夫妻俩，一个在老家照顾年迈的母亲，一个到千里之外照看儿孙。我很惊诧："俗话说少年夫妻老来伴。年过古稀不互相照顾，老鸳鸯怎么两地飞呢？""没法子呀，老母年过九十，不能离人；儿孙若没老人帮衬，日子过得很狼狈。"

我拜访过一位离家照看第三代的同学。走进他的住处，我心中一紧。那是一间不足七八平米的斗室，屋中除了一张床，只能放下两个凳子，多进一个人，站没处站，坐没处坐。这位同学退休前是一个领导干部，家有一百多平米的三室一厅。家里好条件闲置着，到这里受煎熬，我面露凄凉。同学见状，叹了一口气道："儿子为了生计奔波，儿媳患病治愈后行动不便，雇阿姨经济上有困难，我们不帮怎么办？"我无语。

后来才知道，我实在孤陋寡闻。我读到一篇文章，文中说这种现象相当普遍，而且这类老人有一个名称——"老漂族"。文章还说了许多"老漂族"遇到的困难。对此坊间流传一段顺口溜："……儿女出门，感觉孤单。出去串门，全是生面。自己有病，不敢言传。怕给儿女，增加负担。儿孙有病，心惊胆战。起得最早，睡得最晚……"读罢掩卷，想了许多。

儿女有困难，父母帮帮是应该的。可是，父母几十年发奋学习、刻苦工作、养老育小，已近暮年，应该有一点自己的时光，起码不能再那么劳累。人生就是那么几十年，一辈子没有享受一点生活，也太悲凉了些。怎么才能处理好这个问题呢？思来想去，有一点想法。我以为，解决这个问题，子女和老人都应该想通一些道理，做出自己的努力。

我也曾为人子。我以为,如果我们已经成年,特别是如果已经工作,步入了社会,那么父母抚养子女的责任就已经尽到了,作为子女就不能再依赖父母。我们有困难,应该立足于自己克服。父母给以帮助,那是出于亲情,我们应该感恩,不能视之为当然。至于第三代的抚育,那是我们该尽的责任,不能再依赖我们的父母。我已经做祖父多年。我曾经对儿子说,我对孙辈的关爱,完全是出于亲情;孙辈这般年纪,等他们长大成人我不知还在不在人世了,还等他们来赡养我吗?这是一个老人的心里话。

当然,事情并不像我说的那么简单。如今工作压力大,生活节奏紧张。特别是在大城市,上班远,交通不便,常常顶着星星月亮早出晚归。有了第三代,没有父母伸援手,的确十分困难。如果父母来帮助我们照顾下一代,我们应该尽力减轻他们的负担,注意安排好他们的生活,多给他们亲情的温暖。

作为老人,"思想认识"恐怕也要有所提高,有些观念也应该有所改变。子女抚养第三代有困难,我们给以帮助也是应该的,血浓于水,血缘亲情是无法割舍的。通过照顾第三代,我们可以更多地享受天伦之乐,同时觉得自己还有用,增强生活的信心和活力。但是,根据我的观察和切身体会,我以为有几点不可不考虑。

不要总把儿女当小孩。在父母面前,儿女永远是孩子。这是父母的心态。我曾经对儿子办事不太放心,对家里的事大包大揽、事必躬亲。有一次聊天,我发现儿子对许多事情已有相当见解,突然醒悟,儿子已经是中年人了,在单位已经独当一面,我再管那许多有必要吗?从此,我决心放手,不再管家里的琐事。已经放手几年,家里的日子照样过得有条不紊。作为父母,常常觉得离开自己日子就没法过了。其实，离了我们，地球照样转，甚至转得更欢。该放手时放点手，既培养了儿女的生活能力，自己又获得几分解放，何乐而不为呢！

量力而行。我们这一代，都是古稀之年了，即使身体还好，毕竟已经步入老年。"战略上"不服老精神可嘉，"战术上"不服老就不行了。照顾第三代，要量力而行，不要去做那些精力、体力很勉强的事情。也要有张有弛，不可没完没了地连轴转。我曾经总和自己当年比：想当年一百多斤的担子，我挑上就走，难道今天就搬不动这几十斤的东西？后来发现，自己真的已经不是当年了。大概"好汉不提当年勇"，就有该服老时要服老的意思吧。

适可而止。有一位同学，女儿生孩子时，来照顾月子，心想等女儿出了月子就回家。可女儿出了月子，一个人弄不了孩子。于是又想帮帮女儿吧，等外孙子大一点再回家吧。外孙子能走会跑了更离不开人，于是叹了一口气："帮就帮到底吧，把外孙子带到上幼儿园吧！"外孙子上幼儿园了，女儿姑爷都上班，得有人接送呀……如此一推再推，外孙女已经小学毕业了，这位同学仍然在照顾第三代。近十年的光阴，就这样奉献了。帮帮孩子可以，但应该适可而止。一位老先生说得好："二代、三代，幼儿园、小学、中学、大学、求职、搞对象、结婚、又有孩子……什么时候是个完啦？该放手时不放手，那就只能抱着一堆不放心进八宝山了！"

留点时间给自己。人生就那么几十年，真正没有学习、工作、生活压力，就是退休后的一段时间。如果再除去行动不便的年月，有多少光阴呢？趁着身体、精力还好，应该享受一下人生，走走、看看、玩玩、乐乐、欣赏人生、自然之美，享儿孙绕膝的天伦之乐。我并非提倡自私。如果儿女离了我们就无法生活,那我们奉献也就罢了。可是,这样的情况有多少?如果我们都不在了,孩子们就不过了吗?

愿我们的孩子胜利经受"上有老、下有小"的中年磨炼,愿我们这些老家伙"夕阳无限好,霞光灿若虹"。

五、身內身外

早些明白好

几年前,听说一个传闻。某人艰苦创业,玩儿命闯荡江湖,拼命积攒财富,终成富豪,身价数十亿。不料刚过知天命之年,身患绝症。他自知不治,住医院的时候,凡是去探望者,他都赠送一笔钱。有人问他为何如此,他说,到了这个时候,钱有何用?

此事未经核实,不知确否。不过,家里发生的事,让我很感慨。二〇一一年,我妻子感到肠胃不适,几经检查,居然是患了胰腺癌。她的确诊像晴天霹雳,把我和孩子们击得天旋地转。我下定决心不惜一切代价给妻子治病。医院的专家说,这个病不是钱的问题,是医学上还没有找到治愈的办法。"江湖上"传闻有人能治这个病,我便放出话去:谁能治愈我妻子的病,我愿意倾家荡产给他二百万。可是,没有一个医生敢站出来应答!这时候我才痛切地感到,在健康和生命面前,金钱有多大的价值!

生离死别的剧痛,方使我有了些感悟。回想过去多年,我和妻子拼命工作,操心无尽的生活琐事,日复一日、年复一年,像一辆开足马力的车,几乎没有怎么想过身体健康之类的事。虽然劳累疲敝,身体倒也没有什么大的不适。那时候,也有亲友对我们说,要注意身体健康,健康是比什么都重要的。我们点头称是,可仍然我行我素，觉得现在没事呀，将来注意就是了。待到妻子的身体出了大问题，才后悔为什么不早一些注意健康呢！

　　冰冻三尺非一日之寒。身体的问题，是日积月累形成的。健康的重要性，还是早些明白的好，不要等疾病缠身才明白，那就晚了。有人可能会不屑地说，这些话还用你说吗？傻子才不知道健康重要！是的，几乎无人不知道健康重要，但是，世间为什么还是有那么多吃"后悔药"的呢？我认为，"知而不行，不可谓真知"。

　　知与行的关系，是一个说了千百年的话题。知先还是行先？知重要还是行更重要？这个重大的哲学问题，不是以我的水平能说得清楚的。我只是认为，实践出真知，实践又是在知的指导下进行的，二者不可偏废。没有"知"指导的实践是盲目的实践，不实践的"知"不是真知，知行统一方为真知。世人多有后悔者，就是因为"知"而未行，其实没有真知。

　　为什么"知了"又未行呢？原因多多，以我的经历、感受而言，有几点是不可无视的。

　　摆不上位置。年轻的时候，工作要开创一片天地，站稳脚跟、打牢根基。生活上要搞对象，"攒钱娶媳妇儿"，甚至白手兴家，自然需要忘我奋斗。健康？排不上号。人到中年，工作上是骨干，事业发展处于关键期。上有父母需要孝敬，下有儿女或嗷嗷待哺，或上学接送。若有家人生病，更是苦不堪言。自己的健康？顾不上。待到老了，下定决心注意了，可常常晚了，身体已经出现问题了！

　　到时候再说。很多人知道健康重要，可事到临头又难办了。这份文件领导要得急，不加几个夜班不行，下次再注意吧。身体有些不适，爱人劝说先休息休息。可是，这件事不能拖，有重要人出席，只好叹一口气："挺挺吧！"家人看到你像一部机器，没日没夜地转，在班儿上难歇一口气，回家吃完饭就往办公桌前一坐，家人连跟你说几句话的机会都没有。于是发出警告："这样下去身体会吃不消的。"你说："到时候再说吧。"今日复明日，明日何其多。待到挺不住了，只剩下后悔的份了。

侥幸心理。有一位同志经常熬夜，有时甚至工作到次日凌晨。朋友对他说，总熬夜对身体不好。他说，我身体好，没事儿的。朋友又说，再好的车，哪怕是奔驰，使劲造也会出毛病的。他说，不会吧，这些年总熬夜也没事啊！后来，这位同志随着年龄的增长，毛病便找上门来了。有人爱吃红烧肉，一吃就是半碗。朋友劝他，肥肉吃多了不好，适可而止。他道，百岁寿星不是也有爱吃红烧肉的吗？不会我吃就有事吧？结果，肥胖、高血脂、心脏不适接踵而至。健康问题上侥幸不得，好多事是因人而异的，别人做没事，你做就不一定没事了。

无远虑。趋利避害，几乎是人的一种本能。但是，大多数人在认识上有一个问题：容易看到近期的利弊，而难以预见未来，特别是比较远期的利弊。就拿抽烟来说吧，好多人承认抽烟有害健康，但照抽不误。为什么？因为他们觉得抽烟带来的危害不知道是哪年哪月才发生事。如果今天抽烟明天就会死人，那还有几个人敢抽？好多不利健康的有害生活习惯，它们的危害也许要在很久的将来才会表现出来，故少有人当回事。古话说："人无远虑必有近忧！"对于身体健康，何尝不是如此。

凡事，知不易，行更难。何也？我认为，相对于知，行往往必须克服许多主客观困难，更需要坚定不移的决心、坚忍不拔的意志、有所取舍的智慧。如果维护身体健康是一件轻而易举的事，那就不会有那么多人为健康操心了。凡事预则立，有志者事竟成。要想身体健康，老来有个好身体，平安幸福度晚年，那就要早下决心，不管多忙，也要给维护身体健康留一点空间；无论有多么重要的事要办，也不能没有健康的一席之地；杜绝"从明天开始""下次注意"；打掉侥幸心理。

人们常说,健康是一,其他都是零。这个道理越早明白越好,而且是"知行一致"的真明白。

一分钱难倒英雄汉

钱,雅称货币,已有千年历史,从最早的贝壳,到铁币、铜币、金银,直至现在的纸币。钱是什么?经济学上称之为"一般商品的等价物",就是说用钱可以买到任何商品。从古到今,有钱人的身价都非常显赫。

钱的作用有多大?从懂事的孩子起,除了傻瓜、疯癫,没有人不知道钱的作用和力量,只不过不同的人表达不同罢了。富人说,钱就是身份地位、锦衣玉食、荣华富贵;老百姓说得入木三分,有钱能使鬼推磨……当然,古往今来也有比金钱更贵重的东西。

新中国、新社会,钱不再是万能的;不过,没有钱仍然寸步难行,老百姓还是在说:"有啥别有病,没啥别没钱。"我作为一个普通人,从小便领教了钱的分量,感受到了"一分钱难倒英雄汉"。父母为了一家人的温饱,没日没夜地干活,从不轻易花一分钱,也不给我们一分钱零花钱。孩子喜欢看电影,可是广场的露天电影五分钱一张票,买不起呀!父亲一天的工资就七八角钱,要管一家人的吃穿呢。有一次,实在"馋"得不行,便和几个小伙伴去钻水沟,差点没被抓住,电影没看上,还在水沟里憋了好半天。上学了,为了一元多的学费,东借西凑四处求人……

钱如此重要,于是众人趋之若鹜,有人为了钱,甚至可以坑蒙拐骗、巧取豪夺,不择手段。慢慢长大了,读了些书,我懂得了在世界上、在生活中,有远比金钱贵重得多的东西:信仰、理想、人格、亲情……我入了党,有了终身的目标和追求。当然,我也要挣钱,要过日子呀。从小父亲就教育我:"靠劳动挣钱不丢人。"小时候我就开始割草、捡煤核、挑粮挣学费,和妹妹一起编蝇拍挣钱买我喜欢的口琴……走上社会参加了工作,我给自己立下一条规矩:没有付出劳动的钱不要。

很欣慰,工作几十年,我没有要过不劳而获的钱。有时候,我付出的劳动看上去跟别人付出的差不多,但报酬多了一点。例如,写一篇小文章,别人的稿费是五百元,我的稿费是六百元。这种情况我收了,心里想:我付出了劳动,也许人家是以质论价,也许是我卖了一个好价钱。在不少人视钱如命的今天,我说这话,可能有人不相信。说没说真话,是我的事;信不信,那就不是我的事了。其实,我们这代人,大多数都跟我差不多。回想起来,并不是我有多高的觉悟,只不过有些自己的情况和想法罢了。

我在好多场合讲过,没有共产党就没有我的今天。有人可能会笑:尽说大话、套话!你可以笑,但我说的是心里话。政治上先不说,就说钱吧。我家很清贫,我是我家几代人中第一个跨进学校门的。小学,减免续费;中学,享受助学金;考上大学,是政府给我买的到北京的火车票;大学里,助学金包干了我的伙食费。不懂得感恩,不是常人所为。除了感恩,更有了信仰、理想,我成为了一名共产党员。我在心中有一条底线:只能为党争光,绝不能给党抹黑。

常言道,"人非圣贤,孰能无过"。但我一直认为,有一种错误不可犯,那就是贪污腐化。因为这种事的是非界限十分清楚,不需要多高的觉悟、水平来辨别,犯这种错误是人的品质不好。不贪污腐化,是做人的底线。几十年风风雨雨、坎坎坷坷,我出过不少错,甚至摔过大跟斗,但令人欣慰的是,我没有丧失过做人的底线。

从小粗茶淡饭、布衣草履惯了,容易满足。家庭清贫,打从记事时起,就见父母为一日三餐奔波,一家几口能不挨饿、不受冻,大家就很满足了。在我的记忆中,似乎从来没有过零花钱。过春节,给姑姑和亲戚拜年,得到的几个压岁钱,一转身就交给父母。天长日久,过这种日子成了习惯。工作后,自己挣钱了,一开始孝敬父母,后来娶妻生子,日子一直紧巴巴的。我当然希望能多挣一些钱,不过也就是希望一家人吃得好一点,大人孩子能添点新衣服。当这一切都不成为问题的时候,我们都很满足。

知足,则无非分之想。有人说,穷苦人家出身的人,有的因为穷怕了,跟钱特别亲,拼命想弄钱,越多越好;有的则容易满足现状,温饱无虞便乐不可支,"胸无大志"。我大概属于后者,脑袋瓜里装的是过去经常受到批评的小生产者意识:安于"三亩地一头牛,老婆孩子热炕头"。我以为,有这种意识也并非全是坏事,虽然有容易不思进取的弊病,但也有对金钱无强烈欲望的好处。

不大在乎身外之物。我学过一点哲学,又爱看一些佛、道方面的闲书。谈不上大彻大悟,不过倒也有点自己的想法。人生一世,赤条条来去,广厦百间一床而已,良田万亩黄土一抔。过日子不可无钱,钱够花则可。多少算多?纵然家财万贯,西去时能带走多少?有人说,你这是"吃不着葡萄说葡萄酸",身边无钱而大谈钱多无用。也许吧。据说钱越多的人越想更多,没啥钱的人反而对钱不太在意了。有钱的人,没啥钱的人,可能都在说"钱无所谓"。究竟是谁口是心非,自己知道,旁观者"观其行"也不难明白。人,各有各的活法。我是这样想的,也是这样做的,嘴长在别人身上,爱怎么说只好由他去了。

　　说了这许多,我并非身在凡尘之外、不食人间烟火,实乃一俗人。"一分钱难倒英雄汉",钱财,生活所需,我亦所欲也。古人云,"君子爱财,取之有道"。我不敢自称君子,但不义之财,吾不欲、不取也。

抠门儿与大方

老伴儿有时候嘲笑我是"老财迷",有时候又批评我"大手大脚"。这看起来是完全矛盾的两极,不过按她的理解,还真是这样。

说我"老财迷",其实就是认为我太抠门儿。家里的东西,啥也不舍得扔,用了好多年的老玩意儿,这里放、那里塞。有些东西儿子扔了,我又去捡回来:"好好的又没坏,干吗扔了?没准儿什么时候有用呢。"于是,家里成了破烂儿仓库。大家抱怨,我说:"破家值万贯哩!"老伴儿在旁冷笑:"老财迷!"

日子虽然不太富裕,可也是小康之家,我的衣服说不上多,可也不少。不过,我不大习惯几件衣服倒着穿,喜欢穿坏一件再穿另一件。如今的衣服很耐穿,身上的不容易穿坏,其他衣服只好"候补"。几年过去,"候补"的衣服不是太瘦了没法穿,就是灰头土脸老掉了牙,只好送人或者扔了。我一脸无奈,简直有点伤心,老伴儿则笑:"这就是'老财迷'的下场!"

要说起来,我并不是刻意去省钱,就是惯了,肚子不饿、身上不冷,就觉得挺好。衣服、鞋袜虽然旧了,完全能穿,觉得弃之实在可惜。我不服气,与老伴儿争论。老伴儿说:"你节约,心疼东西可以,但不至于扔点东西就要想哭一场吧!"如此说来,我真的是"老财迷"

啦?说"老财迷",我打从心里不接受。

老伴儿既然笑话我"老财迷",为什么又说我"大手大脚"哩?她是指的另一些事情。给家里寄钱,她说寄一千元,我会寄两千元。她笑笑:"你真大方!"我们兄弟姐妹多,侄儿侄女、外甥外甥女也多。我们定了一个规矩,下一代结婚红包是多少,生孩子红包是多少。我觉得我们是老大,又都工作,红包太小了拿不出手。她笑笑:"真大方,好像你有的是钱!"亲人有了特别的困难,我都会有所表示,说不上慷慨,起码不抠。她很郑重:"应该的!"

老伴儿和许多女士一样,喜欢逛商场,可她基本上是只逛不买,大概就是西方人说的那种"window shopping"。有时候,我看见她拿着一件衣服翻来覆去地看,比了又比、试了又试。我心里明白,小声一说:"买了!"交完钱,她满脸不高兴:"妈呀,一千多块钱,你就是大手大脚!"老伴儿比较贵重的东西,几乎全是我给她买的。

对朋友、熟人,我也不会见困难无动于衷。有一年,一个几十年不见的小学同学来找我,说他回家没有路费,希望我借点钱给他。好多年没联系不知道他的情况,我有点担心好心办坏事。可看他一脸无奈的样子,我还是借了一笔钱给他。后来家乡的同学告诉我,这个人到处骗钱。我给老伴儿讲了这件事,她道:"好心肠没有错,可别充大头!"类似的事后来又发生过,老伴儿没有责备我,只是说:"你太不在意钱了!"

如此看来,老伴儿说的"老财迷""大手大脚",在我身上的确都存在。不过细细一想,说句自夸甚至有点吹牛的话,我是对自己抠门儿,对他人大方。为什么会这样?我从来没有想过,好像是自然而然的事。如今反思起来,事出有因。

亲情无价。我认为,人和其他动物的本质区别,是其他动物的行为完全受本能的支配,而人除了本能更有理智。一旦成为人,本能和理智就无法完全分开,本能要受到理智的制约或推进。人和其他动物相区别的理智,很重要的表现为人的价值判断和价值取向。亲情,既有本能的成分,也有理智的成分。血缘亲情以本能的成分为主,非血缘亲情(如与配偶亲人之间的亲情),则是理智的成分为主了。说亲情无价,是因为亲情是一切情感的基础,是不可选择、无法取代的,亲情甚至可以超越生死。

有人为了钱财或其他利益,可以弑亲,可以夫妻反目,可以手足相残。为什么?我以为就是因为这些人的价值取向发生了错误,进而丧失了理智,显出了弱肉强食、可以同类为食的动物本能。所以,这类人为众人所不齿,被骂作禽兽。

我很重亲情,在亲情面前,钱根本算不了什么。这倒不是说我有多么高尚,我只是做了作为人应该做的,是亲情养育了我,亲情深入了我的骨髓,我当以亲情对待我的亲人。

钱要用在更需要的人那里。在现实生活中,钱的作用是很大的,有些时候离开了钱寸步难行。对于身陷困境的人来说,钱也许能救命、能帮他渡过难关、能给他带来希望……而对于正常状况的人而言,钱多一点少一点并不构成多大的影响。所以,我认为钱应该用在更需要的人那里。如果有人遇到特别的难事急需用钱,而我又有能力帮他一把,为什么不帮呢?

我这样认为、这样做,有觉悟的成分,但并不是我有多高的觉悟,大概一是从小受我父母的影响,二是跟我的经历有关。我生在旧社会,对那时的日子已经有印象了。我家很清贫,父亲做竹器手艺,没白天黑夜地忙碌,不时还三餐难济。母亲还要跟父亲搭把手做活,或者打点短工、卖点水果挣钱贴补家用。但是,尽管如此,哪家邻居揭不开锅了,母亲就会从米柜里敛一碗米送去;谁家出了事,父亲会悄悄地送去几个钱;有讨饭的到家门口,他们宁可自己

167

少吃一口,也要给盛上半碗……母亲常说:"穷人不相帮,那还有活路吗?"父母的所为,我看在眼里,渗入了心里。乡亲们都说,我有点像我的母亲。

曾经受人帮助,应该更知道帮助别人。因为家里穷,不时会遇到困难。就拿每学期有限的那点学费来说吧,就曾经把父母难坏了。这时候,谁帮了我们一把,尽管没有多少钱,简直是"雪中送炭""久旱逢甘霖";反之,若求助不成,心中真是五味杂陈。在我成长的过程中,得到过不少人的帮助。今天我有帮人的能力了,不能忘了自己需要帮助时的心境。

老伴儿说的没错,我有点抠门儿,也有点大方,只不过分不同的对象罢了。

断舍离

俗话说,"破家值万贯",我觉得不然!

算起来,我离开父母姐妹,建立自己的小家,已经五十多年了。这个家关外关里、西城东城几经搬迁,扔了不少东西,把觉得有用的东西留下了。如今住的房子不算太小,可是,经年留下的自觉得有用的东西,把哪儿都塞得满满当当的,屋子里有的地方连出气儿都觉得困难。怎么办呢?老伴儿道:"要想改善,就得来一番断舍离了!"

老伴儿比较新潮。我是一个老古董,不知道断舍离为何物,于是查找了一番。原来,断舍离出自日本人山下英子二〇〇九年出版的《断舍离》一书。这本书是讲日常家庭生活的。书中讲:"断"——不买、不收取不需要的东西;"舍"——处理掉堆放在家里的没有用的东西;"离"——离弃对物质的迷恋。断舍离,是让自己的生活空间宽敞、舒适、自由自在。现在,断舍离已经成为网络用语,意为把那些"不必要、不合适、令人不舒适"的东西统统断绝、舍弃,并切断对它们的眷恋。

我没有读过山下英子的书,也没有深入研究过断舍离,但我从夫人的简单介绍中,觉得断舍离不失为一个好主意,大概也是因为深受家里物满为患的刺激吧。想想住宾馆为什么觉得舒适？重要的原因之一是宾馆里的陈设简单实用，没有那许多杂七杂八的东西。

觉得有理，那就行动吧。我们开了一个家庭会议，动员断舍离。大家都赞成，并且确定了一条标准，凡是觉得两年内用不上的东西都"舍"。可是，说起来容易，做起来就不那么容易了。几十年了，家里攒下的东西真不少。都说"破家值万贯"，我家不算破，可家里的那些东西真没有什么值钱的，别说万贯，恐怕连千贯也不值。收拾的时候，搬家的时候，看看这东西觉得将来可能有用，留下；掂掂那东西觉得丢了可惜，也留下。不知不觉就攒下了好多东西。这许多东西，一一鉴别、决定取舍就够受的了。

有的东西很难判断什么时候会用；有些东西觉得可能用不上，但新新的，弃之可惜。翻了半天，好像没有多少东西可以"舍"。呜呼，奈何？房间、阳台、地下室，我这里走走，那里看看。这些东西当初都是觉得有用留下的，可好多东西三年五年，甚至十年八年也没有动过！看来，要断舍离，得来一场"观念革命"。

经过一番思想斗争，我做出了进一步的决定：无法判断啥时候有用的，一律视为无用处理；无用的新东西弃之可惜，或捐献，或送人。我被家人讽称为"老财迷"，穿衣服可那几件穿，穿坏了一件再穿另一件。可现在的衣服哪那么容易穿坏呀。等一件穿坏了，另一件或者瘦了不能穿了，或者样式太过时了。于是，攒下来一堆衣服。这些衣服好多是新的，有的只穿过一两回。但用老伴儿的话说："除了占地方没有别的用。"我一咬牙："舍！"捐了一些，送人一些，扔了一些。还有不少杂七杂八的东西，也照此办理。

不仅我动，也动员家人参与。经过一番折腾，家里有了一点变化，感到透了一口气。这一番"舍"，使我感到断舍离确有意义，也使我想到了一些别的。

清理了一些东西,不仅感到空间上宽敞了许多,心里也觉得轻松了不少。大概这些东西犹如"鸡肋",食之无味,弃之可惜,不仅占据了房屋的空间,也成了心里一种无形的负担。处理了这些东西,有一种解脱感。物质的东西,可以使人有获得感,可以满足生活之需;当其成为多余时,原来也会成为一种精神上的包袱。

这些东西在犄角旮旯里沉睡了许多年月,未尽其用,浪费呀!不仅浪费了自己的钱财,还浪费了物质资源。它们如果不在这里清闲,或许可以在其他地方发挥作用;如果不造这些东西,也许会减少几分对自然界的索取,或许可以用作其他。细想起来真是罪过!错已经犯下,清理一番,或捐献,或送人,或扔掉,让这些东西物尽其用,也不失为一种弥补。

这些东西是买来的。当初为什么会买呢?回想起来,重要的原因之一是"图便宜"。逛各种地摊儿,看到有的东西太便宜了,特别是各种衣服,于是东买一件、西买一件,买了一堆。买回来又没用,或者时穿不上,就进了"仓库"。日复一日、年复一年,越攒越多。看来,理性消费不仅要量入为出,不盲目攀高,还要不图便宜,来点实用主义,"用时再买"。俗话说,"有钱不买半年闲",是有道理的。

其实,断舍离只是一种时兴的说法而已,我们的先人早已提倡简朴、淡泊的生活。今天谈论断舍离,不过是在提醒我们:物质丰富了,但掉进物质堆里的生活,未必舒心。

家里清理了一番,只是略见成效,似有用而实无用的东西还很多。因为家里人的认识尚未真正统一,这个不舍得,那个还得买……看来,扔掉一件东西不容易,改变一种观念更难。

问人莫如问己心

一个人,特别是一个干部,十分在意他人对自己的评价、议论,这很自然,也有道理。人最关心的问题之一:我怎么样?关心他人对自己的评价,实际上是关心自己人品的高低,为人处世的得失,今后的路该怎么走,故属自然。事物在与他物的关系中反映、展现自身,人在与他人的关系中反映、展现自己。他人就像一面镜子,离开了这面镜子,人几乎不可能认识自己。所以,关心他人对自己的反映,实属有理。

这个道理并不复杂,常人几可了然于胸。然而,几十载风雨路,我对这个道理的认识,却十分曲折迂回、错综复杂。正常地反映,诸君大多能泰然处之。即使言辞激烈,事理偏颇,若芒若刺,胸襟宽阔、虚怀若谷者也能择善而从;即使所言鸡毛蒜皮、婆婆妈妈,有心者也能见微知著。这些,系君子所为,我常引以为师,也小有进步。但是,修养不是一日之功,何况某种性格上的劣根性改也很难,所以我遇到有些情况,常常头涨胸堵,甚至夜不能寐。

如某文所言,你加班加点工作,有人说你官瘾大;你与大家打成一片,有人说你哗众取宠;你办事亲自动手,有人说你逞能;你为公事三过家门而不入,有人说你夫妻感情不好……闻此感受如何?我在工作中尽心尽力，可有人说，他不知道拿了多少好处，否则为何如此卖劲。我出身寒微，没有共产党就没有我的今天，立志廉洁从政，为党争光不抹黑。可也偶有上告，说我这里不清楚、那里有可疑云云。虽然最终查无胡作非为，却一石落水，不无波澜。

他人之鉴，有时候像一面哈哈镜。你虽然不是伟丈夫，却也体态尚可，然而，照出来却丑胜武大郎；你虽不算美男子，却也五官端正，然而，照出来却鼻斜眼歪。遇到此类情况，我总想去解释，可常常解而不释；总想去扭转，可往往扭而不转；有时想去批驳，可反而显得小肚鸡肠。苦闷、茫然，甚至心寒意冷，不时涌上胸来。

其实，觉悟高、修养好的人，处理此类事情并不难。一心为公，身正不怕影斜，心底无私天地宽，"路遥知马力，日久见人心"。我也这样要求自己、勉励自己。不过，要做到如此并非易事，须经过长期痛苦的磨炼。在磨炼的过程中，我似乎悟到一途以求解脱，这即是，问人莫如问己心。

要重视大多数人的反映，不断完善自身。但不可太在意个别、少数人的议论。遇到种种风言风语，欲问他人对你评价如何，莫如问问自己。

一问：我是一个共产党员，言行是否符合这个称号。身为一名共产党员，大处讲应该信仰坚定，献身事业，"先天下之忧而忧，后天下之乐而乐"。起码应该是一事当前，首先考虑、顾及党和人民的利益，在思想上、工作上是一个先进分子。当欲言时，想想，这是一个共产党员该说的吗？在这个问题上，切勿与那些身有污点的党员相比。若以为某某职务比我高，党龄比我长，他可为我有何不可，那么，你已与不洁分子为伍，而不配共产党员的称号了。

二问：我是一个领导干部，言行是否有违官德。官德之高者，"立党为公，执政为民"是矣。起码应心系群众，千方百计为群众谋利益,而不谋一己之私。为官一任,群众得到了什么利益,你为大家解决了什么问题?对群众的事,"勿因善小而不为";谋个人私利,"勿因恶小而为之"。为自保而不愿、不敢为群众办事,虽无"是非",但徒有虚名何益?只要不为一己之私,即使有过,改之即可,心里坦然。至于那种不着边际的议论,听听也就罢了,切不可患得患失,误了大事。

三问:我作为一个公民,言行是否有失人格。人格因德而立。道德者,古有中华民族的传统美德,今有核心价值观,不难有所遵循。我对自己做人有两条基本要求:不说假话;善待同志而绝不整人。不知从何时起,我患上了好说之病,夫人称之为"话痨"。然而,责我说错话者多,斥我说假话者鲜矣。说了错话,或失之片面,或失之主观,或失之认识水平低,虽然在应该改正之列,然不涉人品,心尤释然。我自认一生总以善意度人、善意待人。虽然偶尔也得恶报,仍不悔矣,大约受"人性善"的影响不浅。不知何故,我对整人者深恶痛绝,自然不屑为之。虽然在被人从背后踢脚时,也曾回头怒目相视,甚至还他一拳,但从未恶意伤人。即使因故使人受了委屈,因我并无恶意,故也不难化解。

四问:人生几十年,光阴不可逆,一寸光阴一寸金,我是否虚度年华。时光如水,流之不返,人生是一条不可逆之路。虽有从头再来之说,但此一时已非彼一时矣!故欲使一生充实,就必须珍惜每一寸光阴。若感到工作有成,生活充实,无茫茫然之觉,心可坦然了。

以我之感受,这四问虽然不是化解心病的百验妙方,但于病有补。我曾经几度陷于是非旋涡之中,身心疲敝。百感交集,夜深人静之时,扪心自问,心中便渐渐释然。别人对你的评价固然重要,但自己对自己的评判绝非可有可无。坚定信念、积极有为,固然与他人有关，但更要靠自己。若对以上四问，答案基本上是正面的，即可坚定自己的信念。自己认准了自己，不为流言所动，不为委屈所寒，不为困难所屈，不为得失所患，一定可以做成一些事情。当然，倘若对以上四问的答案是负面的，那就必须悬崖勒马、革面图新了！

我并非主张脱离世事闭门思过，也非提倡不管大家的正确批评而内省独善其身。我只是认为，要相信是非自有公论，功过自在人心；相信他人，也要相信自己，在风风雨雨中，不可自乱方寸。

还是那句老话：真正打败一个人的，不是别人而是他自己。问心无愧，脚稳身正，流言能奈我何！

"取之有道"的不只是金钱

古人云,"君子爱财取之有道"。此话被人们奉为获取金钱财富的道德标准。金钱财富,从古到今都在生活中起着极为特殊的作用,成为人们追逐的对象,以至于世上流传着"人为财死,鸟为食亡"的说法。在实行市场经济的今天,虽然金钱不是万能的,但没有钱是万万不能的。故提倡对金钱财富"取之有道"十分重要。

金钱财富虽然重要,不过在世间,人们向往追求的不只是金钱,还有名誉、地位等等(当然,这些与金钱常常有千丝万缕的联系)。我以为,"取之有道"不仅适用于金钱财富,而应该是人获取外物的一个普遍的道德标准,对于名誉、地位,难道不也应该"取之有道"吗?

"道",是一个含义极为丰富的概念,要把"道"说清楚,恐怕需要有若干专著,也非我的能力水平所及。不过我以为,取之有道的"道",可以理解为正途、道德、法律、情理等。"有道",也就是合法、合乎道德、合理合情、光明正大。"有道"的反面"无道",则可通俗地简言之为邪门歪道。

对于名誉、地位,大多数人是君子,取之有道。但是,所见所闻也不乏"无道"取之者。

改革开放以来,尊重知识、尊重人才,当然学历也就受到了重视。于是,有些人就在学历上做文章。有人根本没进学校,不知怎么突然冒出了一个大学本科毕业的文凭。有身份不低的人报了某大学某教授的研究生,可是很少甚至根本没去学校上过课。三年期到,有的交了一篇不知道是谁写的论文,听说有的连论文也没见到,研究生学历甚至学位便顺利到手了。可能要问:学校干什么去了?我想,校领导可能认为有身份的人去拿该校的文凭,学校脸上有光呢!再说,学校恐怕也不大敢得罪这些人。唉,我不知道这些同志在报出自己"取之无道"的闪光学历时,是扬扬得意,还是有几分心虚。

在科研单位、高等院校搞研究、任教的人,很在意自己在专业领域内甚至在社会上的影响。扩大影响的重要途径是发表论文。于是,在别人的研究成果上挂名者有之;剽窃他人科研成果者有之;干脆把他人的论文拿来,改头换面变成自己的论文者有之……不少有识之士尖锐地指出,科研成果造假、论文造假,已成为科研、学术界一害,不可不除!呜呼,这些人读过不少书,学历很高,甚至已经地位不低,理应知书识礼成为君子,为何对名誉地位如此"取之无道"!士风不古,有几分悲哀!

在机关工作,职务的晋升,不仅标志着一个人的事业有成,而且与名利相关,大家很在意是人之常情。可是,有些人的作为,是太在意了,还是"取之无道"?某单位正职出缺,有甲、乙两位副职。甲认为,以能力、年龄、人缘论,乙更有优势。于是,费尽心机找出乙的一点"毛病",竭力四处散布、煽风点火,千方百计上纲上线。最终,甲如愿以偿,接了班。我与朋友谈及此类事,原想朋友会大吃一惊,不料朋友冷冷一笑:这算什么,为对手挖坑儿、设套的,不是一个半个!我愕然。

177

某地一重要岗位出缺,某甲出任的呼声很高,传闻上级也着意某甲。另有某乙极想登上此位,他得知上级一领导与某甲关系不错,于是写信给这位领导。信中说:大家说我与某甲在竞争××××,不少人劝我退出,因为某甲与您关系不一般。而我相信,您是一位坚持原则的好领导,故给您写这封信……云云。后来,这位领导为了避嫌,用了某乙。我与友人谈及此事,觉得某乙深谙官场潜规则,技高一筹;同时也认为,如此不择手段,对地位"取之无道",实在非君子所为!

我乃一凡夫俗子,七情六欲与众人无异,向往名誉,在意进退。我不敢自称君子,但回顾几十年的人生路,不知是禀性使然,还是笨拙不善机巧,自觉得没走过邪门歪道,心里很踏实。进大学、攻读研究生,走的是正规的国民教育途径,虽然谈不上"头悬梁,锥刺股",却也经过了一番努力,对于学历、文凭,人前人后,心中泰然。

我的工作多与知识分子打交道,颇具谈笑有鸿儒、往来无白丁的味道。我们是可以参加评定职称的,朋友也劝我,为了工作方便还是有个职称好。我自己也觉得,无论学历、外语水平,还是从事专业工作的年限、专业成果,应该说是够条件的。于是,我提交了参评职称申请。后来听说,二十七个高评委,二十四人投了赞成票,三人投了反对票。反对的理由基本一致:条件够,但已经是领导干部了,还评什么职称,不能什么好处都占着!我听了,觉得这很真实,自己没有"巧取豪夺",心里很受用。

在机关工作,说不在意职务升迁,那是骗人的。这也很正常,俗话说得好,人往高处走,水往低处流。我当然也不免俗。我生在川南小镇,工作在边陲小城,研究生毕业后走进大机关,觉得自己是"刘姥姥进了大观园"。看看我的领导,清一色的老革命。心中毫无非分之想。我庆幸自己遇上了一批好领导,他们都是一刀一枪拼搏出来的，对下级的要求就是好好工作。我留意向同志们学习，尽心尽力做好工作。一度度冬去春来，自己居然有了"进步"。

在不少同志眼中，我这几十年是很顺利的。的确，我这一生有不少顺风顺水的时候，不过也有过几多曲折，甚至摔过跟斗。在职务升迁的问题上，也有过委屈、郁闷。领导不知是看出了我的情绪，还是出于担心、关心，曾经问我：怎么样？心里不平衡啦？我答道：我一个贫家子弟，做到"七品知县"，乡亲们都说我们家的祖坟冒青烟了，我还有什么不平衡的！我说的是实话。委屈、郁闷不久，我想通了。我出身草根，既无过人的本事，头上又没罩着光环，能有今天的光景，比我的好多同学、朋友幸运多了！过了些年，我被提拔了。对此，好多同志说："老高被发配了！"提拔了，未被非议、指责，反而获得一些同志的同情，我心里虽然有些酸楚，但更多感慨。我以为，人不是不可以与他人比较，但要上下左右都比比，比上不足、比下有余，心里就平衡了。

名誉、地位，我亦所欲也。自认未走邪门歪道取之，故老来心安理得，往来泰然。

身份与辈分

有同志不解,老高也算得有点身份的人,为何司机呼之"老头儿",有人称为"老爷子",至于"老高",几乎成了众人呼之的名字。其实,这很自然。

我这个人,几十年来,无论是身为白丁,还是戴了顶小小的乌纱帽,一直就那么大大咧咧的。跟一个部门的同事、机关的司机、食堂的大师傅,大呼小叫,嘻嘻哈哈。中午饭后,午休时间打扑克、闲聊天,高兴时眉飞色舞,争论时面红耳赤。大多同志对此没有什么感觉,似乎本来就是这样的,当然也有人觉得我这个人"没正形"。我自己觉得这很正常,不管别人怎么看、怎么说,仍然我行我素。

回到老家,从小一起长大的老同学、老朋友们聚会,有干部、教师,也有贩夫走卒、农民,仍与儿时一起玩耍差不多。谈国家大事,大家争先恐后抢话头,时而击掌称快,时而感慨不已。说到儿女,有人兴高采烈,有人叹气摇头。回忆儿时下河洗澡,岸上的裤儿被人抱走了,光屁股回不了家,大家笑得前仰后合……岁月改变了我们的容貌,没有改变我们之间的情义。对于我,除了因为我从外地回老家,难得一见,大家多了一些问这问那,跟其他同学没有什么异样。谁管你是什么长、什么家,都是发小。

在亲人堆里,更是随随便便。"三哥""大姐夫""舅舅""姨夫"……只是辈分。除了长幼有序,拉家常、钓鱼、搓麻将、打扑克、上饭桌……本来就是一家人。

对于我这个人,批评我各种缺点、毛病的人不少,但是说我摆架子、打官腔的人几乎没有。这里说"几乎没有",是因为可能有而我不知道。无论是当年种地、当工人、做教师,还是后来进了机关,大多数人都觉得我这个人容易相处、好交往,是个"好老弟""好老哥""好老头"。

为什么会这样?我真没有好好想过,似乎一切本来就如此。白丁时,我也乐呵呵地做事、生活,并不自卑。有了一官半职,我觉得太阳还是跟当年一样亮,月亮还是一样圆,没有怎么当回事。老了想起来,如果硬要总结点什么,在我的思想中或者说潜意识中,倒是有一个观念:在生活中只有辈分。即是说,在生活中只有长幼之分,不应该受身份的影响;生活中只有辈分,那么奉行的原则是尊老爱幼。

在工作单位中、圈子里,虽然也有年龄长幼不同,但就做工作而言,遵循的不是长幼不同,而是身份之别。

不要误解,我这里说的"身份",并不是说在工作中要以级别论尊卑,而是说不同的身份,既有不同的权利,也有不同的责任和义务。在我看来,所谓"身份",一是公职身份,一是职务身份。

当年在机关的时候,我经常对同志们说,在党的会议上、研究工作的时候,大家可以畅所欲言,个人有什么想法都可以说,包括不同看法,甚至可以对会议上的决定保留意见。但是,在外头讲话,哪怕是以个人身份谈看法,必须按上级的要求、集体的决定讲。有年轻的同志说我这是"双重人格"。我回答,不是"双重人格",而是公职身份。在一个机关工作,就要按照这个机关的要求说话办事。人家请你谈谈个人意见、个人看法,为什么不从大街上随便拉一个人来谈,而偏偏请你呢?还不是因为你的公职身份!既然是公职身份,当然就要负公职身份的责任,遵守公职身份的纪律。

所谓职务身份,在我看来,首先要努力做好本职工作。属于你职责范围的事,不敷衍,认认真真、一是一二是二,尽力做好;不推诿,敢担当,不能不谈自己的意见就推给上级领导去做决定,更不能推给下级,该负的责任要负,该担的风险要担。其次,不越级、不越权。尊重上级的意见,不超越自己的职权说话办事、做决定。如果对上级领导的意见有不同看法,可以提出。若领导没有采纳你的意见,做出了决定,你必须执行。对上级意见有不同看法而不提出,是一种不负责任的消极怠工,实不可取。消极怠工,既是对工作不负责任,也是对领导、对自己不负责任。我以为,作为下级,执行上级的指示是责任;向上级提出自己的意见,也是责任。提出了意见,无论领导是否采纳,你已经尽责;领导一旦做出决定,你执不执行,那就是遵不遵守下级服从上级的纪律问题了。

在工作中虽然也要尊敬老同志、爱护年轻同志,但首先要讲身份,而不是像在生活中那样只有辈分。首先遵循的原则是尽职尽责。在生活中尊老爱幼,在工作中尽职尽责,是我几十年对自己一贯的要求。

这一番话,似乎有点在念"官经",但我不这样认为。我认为,人生几十年,无非就是做人和做事。首先是做人,其次是做事,而怎么做事中又反映着怎么做人。作为人,只有长幼、善恶之分;只应该长幼有序、尊老爱幼,爱憎分明、惩恶扬善。不可用身份定尊卑、善恶。做事有公事、私事之分,做私事其实就是在具体地做人,做公事尽职尽责乃身份所系。当然,在工作中也可以看出一个人的为人。

　　这些,只是我的一管之见。人有不同的活法,大概对辈分与身份,也就有不同的看法和态度。

背后常常有真话

俗话说,"谁人人后无人说,谁人人前不说人"。这道出了一个事实。可是,背后议论一个人的为人处世、长长短短,生出来不少是是非非。我一俗人,自然不能免俗,被人人后议论,也曾在人前议论他人。当年忙忙碌碌,虽然曾经为"人后说人"的是是非非烦恼过,可没有时间细想。如今想来,此中不乏一些做人的道理。

对于"人后说人",就一个人而言无非是两点:怎么对待被人背后议论;怎么对待背后议论别人。

我年轻气盛的时候,传来他人背后对我的议论:如果是表扬我的,心里觉得很受用;如果是批评我的,心中有几分不快,有意见当面提。若觉得别人的议论是误解,就总想找个机会解释一番。若觉得是无事生非、恶意中伤,恨不得立刻把那人拉来训斥一顿。年头久了,背后的各种议论一大堆,如想事事弄个清清楚楚、明明白白,那还不得累死。加之上了点年纪,想通了一些问题,对被人背后议论的态度,有了不小的改变。

问人莫如问己心。背后议论,表明了议论者对被议论者的看法。人都会很在意别人对自己怎么看,因为怎么看反映了你在他人心中的形象和位置,他人就像一面镜子。所以说到底,在意别人的议论,实际上是在关心自己:我是一个什么样的人,我怎么样了。这是人之常情,人生在世,谁不关心自己是个啥模样呢!可是,由于人的价值取向、利益所在、远近亲疏、立场角度等不同,对同一个人会产生种种不同的甚至相反的看法和印象。所以,你在一百个人眼里,可能有一百个形象。如果我们都很在意,事事想说清楚,个个想弄明白,累死你也做不到。更何况嘴长在别人身上,你管得了吗?你说一说就能改变别人的看法吗?

其实,只有自己才是最了解自己。我们在意别人对自己的看法,不如首先来一番"自我反思",扪心自问。只要我们"自强不息,厚德载物","诸恶莫作,诸善奉行",那就问心无愧了。至于别人怎么看,那就让他去吧。即使是诸葛亮、周瑜、曹操这样的一代伟人,功过是非也任"白发渔樵"在江渚上品浊酒谈笑评说,何况我等凡夫俗子!

"与其防不胜防,不如干脆不设防。"背后议论,有时候是会对人造成伤害的。如果是别有用心的放暗箭、耍阴谋,那对人的伤害就更大了。为了避免受伤害,就要去防。可是怎么防?君子之心难度小人之腹,阳谋常常难敌阴谋。俗话说得好,防人之于易,防人之口难。为了活得轻松些,我赞成并奉行大作家王蒙的主张:"与其防不胜防,不如干脆不设防。"不设防虽然可能受些伤害,但活得轻松、洒脱许多。

背后常常有真话。背后议论他人,心怀恶意者毕竟是少数。除了那些心怀恶意者、无事生非者,我倒觉得背后的议论说的常常是真话,值得我认真思考一番。不是每一个人都有当面给你提意见的勇气的,特别是下级对上级。当着领导的面说话,大多会十分注意分寸,话到嘴边留三分甚至个之奉承。而背后的话,少了许多顾忌,往往比较真实。听见有人背后议论我们,其实是在给我们提意见,我等理当认真考虑、检讨,以"有则改之,无则加勉"态度待之。

有时听到比较激烈的议论或是带有讽刺挖苦的话语，我很不快甚至气不打一处来。但冷静下来一想：我是不是对哪件事处理不当，损害了他的利益，甚至伤害了人家呢？检讨一番，如果真伤害了人，或弥补，或道歉；如果自己没有什么不妥，那就权当别人发牢骚吧。即使有人在背后骂你，那也是真实的，说明人家对你真有气，你可要注意了。当然，至于我们该不该挨骂，那是另一回事了。

几十年，我从他人的背后议论中得益多多：或思过改错，或改进对人对事的方法，或更注意团结他人，或增加了对某人的了解，或引起了警觉……

老实说，听见别人在背后议论自己，心中总是多少有些不快。"己所不欲，勿施于人"，我这个人不喜欢在背后议论他人。这倒不是我有多么高尚。一则我胸无城府，性急气躁、一点就着，心里存不住话，有话就说了，常常等不到背后再说。再则，我觉得人与人之间为什么不可以真诚、坦荡一些呢？有什么想法聊聊呗，何必非得到背后去议论！再说，背后议论，你传我、我传他，传来传去，不知变成什么样，容易徒生是非。

如果遇上特殊情况，非要在背后评论他人，我有自己的原则。尽量客观，不以远近、亲疏论优劣、是非。不因与我有芥蒂，就看不到他人的长处，对他人的不足添油加醋。从善意出发，与人为善，就事论事，不上纲上线，不说过激的话，绝不伤害他人。说话留有余地，更不可言过其实。

如上一番话，似乎有点自我吹嘘的味道。但我自己觉得不是在自我表扬，我就是这样想的，也是这样做的。也可能有同志认为我太书生气了，不知"江湖险恶""人心不古"，一厢情愿甚至有点冒傻气。唉，有什么办法呢？大概因为我是一个"性善论"者吧！与我交往者，多认为我是一个"好人""好老头"，众人心里有杆秤。

谁知你是啥子"长"

与老伴儿在公园里散步,身边走过一老者,两鬓皆白,穿着运动衣裤,边走边甩胳膊扔腿,神清气闲。待老者走远,我悄声问老伴儿:"刚走过去的这位老人,你认识吗?"老伴儿答道:"似乎有点面熟,但不认识。"我说:"这位就是×署长呀!"老伴儿闻言,眼睛瞪得老大:"××总署的×署长,那可是个大名鼎鼎的人物!"我缓缓说道:"当年叱咤风云,如今一白发老者而已!"

一日,我到菜市场买东西,见两个拎着筐的老人,穿着一身宽大的旧布衣裤,有说有笑,正在菜摊儿上买菜。摊主道:"老先生好眼力,这种菜只有南方才产,看来您是南方人吧?"一老人说:"我种过地,这种菜就是在南方也刚下来,怎么就在这里上市呢?"另一老人接着说:"嗨,现在的物流多发达,全国的东西,哪儿买不到!"听着他们议论,我心里陡生一种特别的感觉。我认识这两位:一位是×部长,一位是×局长。

在机关工作多年,认识一些大大小小的领导。退休之后,这些人大多过着如上那样的生活。公园散步,坐地铁、公交车出门,拎着筐到市场买菜,系上围裙上灶……至于穿着,比好多青年人差得不是一星半点。站在地铁车厢里,走在大街上,就是一个个普通得不

187

能再普通的老头、老太太,谁知道他们曾经是啥子"长"。

我也曾经是一个"小官吏"。退休后的生活,真切地使我感到:金戈铁马曾经是,"平平淡淡才是真"。对退休后这种真切的生活,有人心安理得、很受用,也有人感到有些失落。与朋友交谈,也据我所见所闻,加之我的体会,退休后能把平淡生活过得有滋有味的,有几类人。

没把"乌纱帽"看得太重者。退休和在岗,在工作上、生活上、环境上,有很大不同。当年早七晚八,风风火火甚至点灯熬油,如今天天过周日,周周放长假;当年门庭若市,车水马龙,电话铃声不断,如今门可罗雀;当年排队等你"接见",办事人求你,如今你排队等候接见,办事你求人……从在岗到退休,谁都有一个适应过程,但有人适应很快,有人却久久难以适应。何以?据我观察和体会,对"乌纱帽"的态度有异,是一个重要原因。

我自己对退休前后的变化,没有多大的感觉,不到一年半载就习以为常了。朋友们问我,何以过得如此悠闲自在,我一时真说不出什么原因来。如今细细想来,倒是有些原因的。重要的原因是我没有把一官半职看得有多重,没有认为自己有了一官半职就比别人强多少。

我出身平民之家,有了一官半职,按常理应该很看重才是,可我似乎例外。当然首先是党的教育,不改本色、不忘初心。此外,我觉得自己之所以担当一定职务,不是因为有多少过人之处,而是赶上了机会,幸运而已。我的几位老领导,有的是二十世纪三十年代参加革命的老同志,有的是战地记者出身,有的年轻时就是出类拔萃的佼佼者,工作业绩非同一般。我与他们相比,无论是资历、人望、水平、业绩,都不可同日而语,但是,他们没赶上机会,而我赶上了。在同学中,我就是一个"一般生",我之所以职务比不少同学高,是因为我遇上了比他们好的环境。既如此,头上的那顶"乌纱帽"有什么了不起!故"得之不忘形,失之不丧志",有了、没了,一切似乎就那么自然而然。

还有,念过一点书,有过一些风风雨雨的经历,也明白了一点道理。忘了在什么地方,我曾看见一座老戏台两边的柱子上刻有一副对联:看一看人生就是一台戏;想一想上台终有下台时。我虽然并不完全认同对联的观点,但我赞同其中的道理。台上的角色是一时的,素颜平淡的生活才是常态。

学有所长者。我有一位领导,在职时拿得起放得下,聪慧干练,政绩不俗,退休之后很潇洒。他本来是学画出身,后来步入仕途,只好把画业放在一边。退休了,有了时间、精力,可以按照自己的兴趣爱好做事了,他又拿起了画笔。作画、采风、交流,生活丰富多彩。因为有了许多年的社会阅历,他的画不仅画技大长,而且有一种特殊的风骨和韵味。美术馆收藏他的画,宾馆、礼堂挂他的画,还有人临摹他的画署他的名,拿到市场上卖高价——因为他从不卖画,所以一画难求。我开玩笑地问他:"你怎么不去维权?"他笑了笑:"看得出来,临摹我的画的,是一些学生,让他们挣点钱吧。""这不是假冒伪劣吗?""艺术品市场不好打假的,买了假画,说明你没眼力,怪不得别人。"看他穿着一身粗布工作服,那么随随便便地谈笑风生,我心里想:这哪里像曾经的大干部!

有情趣爱好者。退休了,没有了大堆公文要办,没有了无尽的会议要开,没有了许多人等着你见……有了属于自己的时间。如果除了开会念稿子、分配工作、写报告……学无所长,又没有什么兴趣爱好,那生活会变得十分单调无趣甚至百无聊赖,难以打发时光。我看到不少同志退休之后,或著书立说,或学书画,或下围棋、打乒乓,或弹琴、唱歌,或三五朋友相约野外垂钓,或买菜下厨研究、享受

189

美食……"忙"得不亦乐乎!

　　人们说"平平淡淡才是真",我觉得此言不虚。无论你曾经多么"气壮山河",终究要过普通人的生活。别把一官半职看得太重,有点专长,多些兴趣爱好,退休后的生活也许更美好。我觉得在芸芸众生中你来我往,众人不知你是啥子长,是一种回归——我们原本就是一个白丁。你会发现,没有了什么"长"、什么"员"之类的界限,人与人之间更多了平等、和谐、友善。

　　不知你是啥子"长",挺好的!

六、恋旧喜新

"想当年"与"等将来"

要说起来,日子真不禁过,一不小心,年届八十——老了。年轻的时候,特别是挨饿的那几年,觉得日子过得好慢,吃了早饭,等呀等呀,好久好久也吃不上午饭,一天像一月,一月像一年。花甲一轮,退了休,觉得日子过得好快:刚吃了早饭,怎么又要吃午饭了?一眨眼又是一年。

一些年过去了,亲友们说我没有什么变化。我想,这大概是说我的外貌吧。我这个人,年轻的时候就没有怎么年轻过,五十多岁就白了头,而且"中火"全光,像一老僧。提前老得太多,再老也就老不到哪里去了!当然,亲友们的说法带有鼓励、安慰的意思,人哪能老而不变呢,只不过我的外貌可能变化得比较慢罢了。与外貌变化不大相比,细细想来,这些年在心态、思想上变化是很大的。

遇事不再那么急了。在岗时,办事风风火火,一天的事一天办完。如果当天的事没有办完,就像欠了债似的,寝食难安。上了年纪,虽然还是急性子,但办事情不再那么追着赶着了。事情没做完,一想还有明天呢,反正不上班,着什么急。不仅做事,说话、走路、想问题,都渐渐放慢了节奏。

想大事少了,想小事多了。在岗时,一天到晚满脑子是公事、国事、天下事,家事、小事排不上号。退休了,作为一个老党员,当然对国事、天下事仍然关心,仍然免不了"胸怀祖国,放眼世界"。不过,已经不是演员,成了观众,无需"做、打、念、唱",想想也就行了,最多三五好友茶余饭后高谈阔论一番。更多的时候,想的是今天看点什么书,明天到郊外钓鱼,孙女要考试了……

说起来,变化明显的,应该是"口头禅":年轻时挂在口头上的是"等将来",如今常说的变成了"想当年"。"想当年"出现得太频繁了,以至于老伴儿说我"总是翻老黄历",动不动就"想当年"。为什么会有这样的变化呢?细细想来,"口头禅"的变化,反映了一个人心态的重大变化:向前看还是向后看。

一个人老了,退出了工作舞台,即使发挥一点余热,也就是帮帮忙、跑跑龙套,不再是主角。辉煌,是在当年。儿时温暖有趣的无尽记忆;青年时意气风发、指点江山,望万里苍穹立鹏程之志;走上工作岗位,不惧风雨,无畏坎坷,金戈铁马,"攻城略地"……回头看风光无限,当然要"想当年"了!往前看是什么?即使乐观些,也难免感慨"夕阳无限好,只是近黄昏"。要是悲观点,那就会感到秋风阵阵凉,"无边落木萧萧下"。如此,当然不愿意多往前看了。

青年则大不同。青年人,回头看,儿时虽然有趣,但不过玩耍而已,有多少可在人前言说的呢;上学读书,十多载寒窗,千百次考试,苦不堪言……往前看则大不同了,早晨八九点钟的太阳正在冉冉升起,光芒四射,大气磅礴,气象万千。遥望无垠蓝天,有多少美好的图景……当然要"等将来"了。

青年人和老人的不同心境,是很自然的,可以说是合情合理的。青年人常说"等将来",表达了对美好未来的期许,展示了决心干一番事业的志向。目标和希望,是人前进的动力。青年人蓬勃向上,正因为他们有理想、有追求。我以为,老年人把"想当年"挂在口头上,表达了对青春的留恋,对生命的热爱。常言当年,那是对青春的恋恋不舍,是对献身事业的欣慰,是对美好情景的怀念。

当然,"等将来",体现了一种积极进取,而"想当年"就显得保守了。我以为,的确如此,但不是无缘无故的。年轻人,富于积极进取精神,敢作敢为甚至不惧冒险。因为他们走上社会不久,即使有些进步,也谈不上多大成就,也就没有什么包袱。他们寄希望于未来,敢于创造,不怕失败,因为他们还年轻,来日方长,即使失败了还可以从头再来。老人则不然,他们的成就、辉煌都在过去,总担心打破已有的"坛坛罐罐"。他们已经承受不起失败,因为已经退出舞台,而且来日不多,一旦失败几乎没有机会重新开始。因此,老人做事十分谨慎,表现出守成、保守。

我这里说老人常常把"想当年"挂在嘴边有一定的道理,并非主张老年人像《封神演义》里的申公豹似的一味地头向后方,只是想说要理解老人们的恋旧和守成。作为老年人,我以为应该以一种积极的态度对待"想当年"。

"想当年",更要热爱、珍惜老来的岁月。当年,我们上学读书发奋了,工作做事尽心尽力了,没有虚度年华,无怨无悔。甜蜜的爱情有过了,美好的生活享受了,儿女成人了,知足了。风风雨雨经过了,坎坎坷坷走过了,喝了饱含人生酸甜苦辣的酒,许多道理明白了。既然如此,"当年",可以回忆,可以留恋,但更应该成为热爱、珍惜、安享晚年生活的动力;不可因当年的辉煌而暮年悲悲戚戚、感慨来日不多,夕阳虽然"近黄昏",但毕竟"无限好"!

"想当年",要更加爱今天。当年,有过许多美好的东西,可也有不少艰辛:三餐粗茶淡饭,花钱捉襟见肘,失意时精神苦闷……今逢太平盛世,精神爽,食有鱼,出有车,大好河山任我游……莺歌燕舞"今胜昔","想当年"理当更爱今天,切不可因一些枝枝节节而误入"今不如昔"的歧途。

我们,"想当年"金戈铁马,人生不虚度;"看今朝"其乐融融,晚霞更灿烂。

记远忘近

前些日子,我出版了一本小书《江边 小镇 男孩》。这是我第一次给孩子们写点东西,回忆我的童年生活。亲友看后,颇为吃惊:"老兄,你的记忆力也太强了,六七十年前的事情,还记得那么一清二楚!"

是呀,那些是好多年前的事了。和小伙伴们在长江边的沙滩上玩耍,光着脚板儿追逐北去的雁群,高喊着:"人来了,人来了!扁担长,扁担长!"因为听老爷爷说,高声喊"人来了",天上的雁群就会排成人字形,喊"扁担长",大雁就会排成 字……我也有几分奇怪。眼下,几个月甚至几天前的事,往往记不住,而多少年前的事却记得很清楚!

我以为自己出了什么毛病,跟老伴儿说了。老伴儿笑了笑:"啥病没有,我也跟你一样,眼前的事总是丢三落四的!"跟朋友谈及此情况,朋友们大多也跟我差不多。于是,我觉得这是一种"常见病、多发病",并把这种现象归纳为记远忘近。我这个人,说得好听点是喜欢动脑筋,说得难听点就是好胡思乱想。这些日子,我便反复琢磨,老年人为什么会记远忘近呢?细细想来,还真是事出有因。

白纸上画的画清晰,可以保存长久。我们常说,孩子的头脑就是一张白纸。孩子来到这个世界,头脑一片空白,没有带来任何痕迹。孩童时期的人和事,就像在白纸上画上的一幅幅图画,一笔一画,清晰无瑕,色彩鲜明。这样的画即可保存长久。人生几十年,风风雨雨,坎坎坷坷,在头脑这张纸上不知道画了多少画,重重叠叠,而且画了擦、擦了画。这样的画很难清晰,再往上画新的,那就更模糊了。模糊不清的东西,很难记得住。

"少"易记,"多"易忘。孩童时期甚至青年时期,虽然有些经历,但在记忆的匣子里装的东西毕竟还不太多。几十度冬去春来、花开花落,一个人历事无数,阅人成行,记忆的匣子已经挤得满满登登。一件事容易记住,而要记住一百件事就难了;十件事中的一件容易记住,要记住一万件事中的一件,那就难了。

刻的字难平,写的字易淡。孩子来到这个世界上,睁眼一看,花花绿绿,一切都那么新鲜,对一切无不充满好奇。新鲜、稀奇的东西,容易留下深刻的印象,难以忘怀。孩子的头脑,就像一块未经雕刻的璞玉。这时的记忆,就像刀刻的字,深而牢固。老了,经历的事情太多了,见怪不怪,对人对事已经没有多少新鲜感甚至有些麻木。这时的记忆,有点像在沙滩上写的字,容易淡,甚至像物上的浮尘,风一吹就无影无踪了。

要承认"老了"。我想,记忆力是一种生理机能,随人的衰老而减退,是自然而然的事。我们年轻时走上三五十里路,那是小菜一碟;爬几十级台阶,面不改色心不跳甚至大气不喘一口。如今我们七老八十了,还行吗?不行,腿脚老了,功能减退了。我想,头脑何尝不是如此呢!

可以不服老,但不能不承认老。记远忘近也就没有什么值得忧心的了。不过,记远忘近倒是给我们提了一个醒儿,步入老年,有些事需要注意了。

"好记性不如烂笔头。"如今上了点年纪,真有点提笔忘字,转身忘事。小事情忘了也就罢了，有些比较重要的事忘了就麻烦了。本来答应人家去出席座谈会，可等我突然想起来时，座谈会已经开过两天了。本来说过几天给朋友发一个祝贺生日微信，可过了几天总觉得有件什么事，又想不起来是啥子事了，好不容易想起来了，但已经成了"马后炮"。几次出错之后，我想起了一句俗语，"好记性不如烂笔头"。于是，遇到比较重要的事，我便记在笔记本上。如果是近期要办的事，我干脆写一张小纸条放在办公桌上。每天翻翻笔记本，看看桌上。这样一来，基本上没有再误过人事。

不可太自信，说话留有余地。年轻时，虽然谈不上记忆力超强，但算得中等，很少因为忘记或记错耽误过事。于是说话从不含糊，有时甚至有点太自信"这事绝对没错"，就是一周前的事，百分之百！没想到很自信的我，前几年一连出了几次丑。我信誓旦旦地说，错不了，我确实把文件带回家了。翻天覆地找了好久，没有结果，最后发现忘记在车上了！犯了几次错，我开始吸取教训。我的一位老领导说得好："上了年纪，什么都可以相信，就是不要相信自己的记忆力。"知错就得改。这些年，我对自己的记忆，经常打几分折扣，不再把"百分之百""绝对没错"之类的话挂在口头上，而变成了"可能""大概"。留有余地，于自己主动，对别人比较尊重，由于彼此都有思想准备，也就较少误事。

想起来的事就办，别等别拖。说起忘近，有时候简直到了不可思议的程度。安排明天要做什么事，第二天忘得一干二净。想着出门时要带点什么，结果到了外地一看，还是没有带。为了解决这个问题，我现在想起来要办什么事，马上就办。想给谁打个电话，拿起电话就打，不再等等再说。出门想带什么，马上找出来放进旅行箱，哪怕提前了好几天。

笨有笨的办法，好忘事也得想点辙，谁叫我们老了呢！

"恋旧"之我解

好多朋友告诉我,退休以后各种聚会多了起来。老同事聚,老朋友聚,老同学聚,老同学又有大学的、中学的、小学的。我也有同感。为什么会这样?大家比较一致的看法是:老了"恋旧"。

说起"恋旧",在不少人的心目中总带有几分贬义,因为"旧"与"新"相反,总与过时、陈腐、破败等相连,故而"恋旧"就带有了保守、裹足不前、落后等含义。我的感觉与这样的看法有些不同。《现代汉语词典》中对此的解释是比较中性的:"恋",想念不忘,不忍分离;"恋旧"怀念往日的生活或熟识的人和事。也许我老了,也"恋旧"的缘故,我以为"恋旧"虽然带有几分伤感、守成的味道,但在老年人中容易滋生,不无它的道理;即使就中青年而言,"恋旧"也并非都是坏事。

不忘本。儿时的清贫生活,父母为生活在风风雨雨中奔波劳碌,党和政府为我减免学费,替我购买赴京上大学的火车票,助学金助我大学毕业……这些,让我终身不忘,从青年到中年直至老了,经常想起。这是一种"恋旧"吧。这种"恋旧"使我始终不忘自己是一个贫家子弟,没有共产党就没有我的一切。几十年,无论是上学读书,还是大学毕业分配,我服从组织的安排,觉得自己没有资格跟党讨价还价。工作了,入了党,我尽心尽力,决心踏踏实实为群众做点事情,只能为党争光,绝不给党抹黑。我觉得自己没有忘本,没忘本也就是没有忘记自己从哪里来,这与"恋旧"无关吗?

不忘初心。对于党的认识,我是从感恩开始的。我们家多少代没有人进过学校门,我是家乡新中国的第一批小学生,小学减免学费,中学、大学助学金,使我得以学有所成。读了些书,懂得了一些道理。知道了共产党不仅使我们家,也使广大劳苦群众翻身得了解放,党是为中华民族求复兴,为人民群众谋幸福的。我不能满足于只做一个党奋斗的受益者,我也要加入到党的队伍中,为民族复兴、人民幸福奋斗。高中时我递交了第一份入党申请,大学里继续申请,几经风雨,终于实现了自己的愿望,成了一名共产党员。几十年,无论是劳动锻炼、做工、当教员,还是进机关,无论是在花红柳绿的艳阳天,还是在风雨交加的夜晚,我没有忘记自己当初为什么入党。于我而言,这也就是不忘初心吧,也与"恋旧"不无关系。

不忘故交。我的大学同班同学共有四十一人,除了已不在人世的以外,全部互相联系上了,这得益于几位热心的同学。这几位同学,根据已有的线索,逐一寻找其他同学,不仅打电话、写信函,甚至不辞千里,北到哈尔滨,南到广东,西至新疆,亲自到实地调查寻访。有时候,为了找到一个同学,托付了一个又一个相关的同志。对于同学们的行动,我很感动。大家都退休了,有什么事要求同学办吗?没有!找到同学,建立联系,没有任何功利目的,为的是一份同窗情谊。"恋旧",不忘故交,给世间增加了几多温暖、友情,有何不好?

不忘糟糠之妻。我上的中国人民大学,是一所当年很火的名校。我念研究生的中国社会科学院研究生院,同学们本科大多毕业于全国一流的大学。而在我的大学、研究生同学中,居然有几位同学的夫人是"农村姑娘"。几十年过去了,有的同学成了专家,有的同学身居高位。娶了"农村姑娘"的同学,不但没有一个分手的,而且感情越来越深。一位曾经是"五品知府"的同学,在同学群里夸奖他的"农村姑娘":"我这一辈子最幸运、做得最得意的一件事,是娶了我这位妻子。"我很相信这位同学说的是心里话,因为我们都知道他曲折甚至有些苦难的经历。可以说,没有他这位妻子,就没有他后来的作为,也没有一双十分优秀的儿女。"恋旧",不忘糟糠之妻,难道不是一种美德?

对生命的热爱,对青春的留恋。我以为,"恋旧"既然是怀念往日的生活,那也应该包括对自己儿时、青春时光的怀念。发小、老朋友、老同学相聚,除了天南海北的国事、天下事,谈得最多的还是往事。谈起儿时的往事,上山抓鸟、下河洗澡、唱歌跳舞……一个个眉飞色舞,一片童心溢于言表。说到年轻时指点江山、意气风发、豪情满满、理想多多,仿佛又回到了"激情燃烧"的青春岁月。

为什么有些事让人津津乐道,有些事叫人不愿提起?细细想了想,我以为,津津乐道的,大多是那些让人感到美好、甜蜜、不舍的事。假若如此,那就不难理解老人为什么爱谈儿时、青年时的往事了。老人觉得自己已经是日薄西山,晚年生活虽然不错,但毕竟人生的路不再漫长。津津乐道儿时、青春往事,是一种欣慰、不舍,其实是内心热爱生命、留恋青春情感的外现。在这里,"恋旧"实际上是对生命、青春的热爱与留恋。

在这里,我对"恋旧"发表了一通自己的一管之见,也许不尽言之成理。我不否认"恋旧"可能有某些负面的东西,青年人对此可能不屑一顾。不过我想,如果大家都不"恋旧",一点都不怀念往日的生活或熟悉的人和事,完全忘却曾经的一切,那会是一番什么景象呢?作为一个老者,我更在意"恋旧"的合理性,甚至对"恋旧"心怀好感。

"人是旧的好"

坊间流传着一句俗话:"东西是新的好,人是旧的好。"东西是指物了。物是新的好,不难理解。房子、车子、家具、衣服……大多人都会认为新的好吧。可是,"人是旧的好"则不那么一看就明白了。

其实,人,是不大好用新旧来区分的。"新人",通常指新婚夫妇,或者再加上新来的、初识的人。大概不能把这些人以外的人,都称为"旧人"吧。我理解,这里的"旧",是从时间上讲的,与"过去的"含义差不多,近似于"老"。我心目中的"旧人",是指故交、故人、熟悉的人,即发小、老同学、老朋友、老邻里乡亲、老夫妻之类。如果我的理解有几分道理,那么,人,的确是旧的好。

北方称为发小、我家乡称为"光屁股朋友"的人,当然算得"旧人"。孩童时期,大家均怀赤子之心,纯真无邪,更无任何功利可言。一起玩耍,嘻嘻哈哈,其乐陶陶。虽然可能也有过争吵甚至打过架,但第二天最多过几天就忘得一干二净了,照样嘻嘻哈哈。说来也怪,发小、"光屁股朋友",哪怕几十年不见,即使彼此都已成了老头老太太,无论是什么长,还是贩夫走卒,见了面仍然是那么亲热,呼小名,说当年的趣事,笑得前仰后合。谁说人不是旧的好呢!

203

老同学。古有"十载寒窗"之说,以说明读书求学之不易。如今读书早已不是十载了,即使不上大学,小学六年、中学六年,就十二年了。十多年里,会有不少同学朝夕相处,一同切磋功课,一起运动、游戏,无数次抵足长谈,一起慢慢长大成人。少年、青年时期,正是身体成长和人生观、价值观形成时期,意气风发,充满憧憬和期待。这个时期,大家的思想单纯,彼此没有利害关系。学生时代的同窗之谊,往往让人终身难忘,有很强的凝聚力和生命力。老同学见面,无论身居天南海北,不管彼此身份有多大的差别,仍然是话语滔滔不绝,而且全无官腔套话。我们老同学聚会,只通知一次。如果谁既没请假又没到场,那么,第二次见面,大家会"玩笑话"到你无地自容——不管你多富有,也不管你官多大。这一切,若非"旧人",能做得到吗!

老朋友。一个人走上社会,一般要工作三四十年。在这几十年里,或因工作上的往来,或因兴趣爱好相投,或因某种偶然的巧遇,我们会结识不少人,与许多人打交道甚至建立联系。但是,随着时光的流逝,有人仅一面之缘,有人办完了事情、做完了工作也就失联了,有人终因志趣不同而难以为群,有人不欢而散……经过时光之水的一次次淘洗,"沙里淘金",沉淀下了一些人,成为朋友;如果直至退休、雪染双鬓还友情常在,那就可称为老朋友了。

真正成为老朋友的人并不多,真正的老朋友敢于直言彼此的过错,处危难拔刀相助,遇贫病慷慨解囊。老朋友中,或有一二,相知甚深,志同道合,趣味相投,可以同患难、共进退。这样的朋友就是知己,人生知音难求,得一知己足矣!老朋友、知己,当然是"旧人"了,这样的"旧人"自然非一般人可比。

老乡亲、邻里。我家在同一个地方一住就是几十年,邻居大叔大婶儿、大哥大嫂看着我出生、看着我慢慢长大。我几岁了,不知道邻居们的姓名,但晓得"马大爷""姚二哥""张五嫂"……哪家有点什么大事小情，不用招呼，大家纷纷前来帮忙。记得有一年春节前夕，我们家的房东老板逼着父亲和租户们下乡去挑谷子。老板开了一家碾米房，年关到了，想多碾些米卖个好价钱。父亲他们挑着谷子往回返的时候，天已经黑了，又下雨。父亲在过一座独木桥时，不幸滑倒掉进河里。邻居几位年轻人知道后，打着火把，沿江足足找了大半夜。

几十年的邻里乡亲，当然是"旧人"了。俗话说得好，"远亲不如近邻"。这样的"旧人"别说比"新人"好，即使远方的亲人也难相比。

老夫妻。要说"旧人"，最"旧"的莫过于几十年的老夫妻了。从结婚到白发苍苍，少者三四十年，多者五六十年过去了。老夫妻，有几十年相敬如宾者，有不时争执者，更有偶尔"热战""冷战"者。但是，几十年，那是多少个日日夜夜呀，有风和日丽的艳阳天，也有雷雨交加的漆黑夜；走过坦坦荡荡的阳关道，也携手攀援过险象环生的崇山峻岭；共享过成功的喜悦，也分担过跌倒的痛苦。上无片瓦，双双燕子衔泥千百回，点点滴滴垒窝。初为人父母，把儿女捧在手里，孩子笑我们笑，孩子哭我们痛，孩子病了我们心急如焚……这样的经历是什么也无法代替的，彼此在对方心中刻下的印记永远不会磨灭。

几十年的老夫妻，经过生活无数次的搓揉，早已被揉成了一团，哪里还分得出你我！彼此听得见对方的心跳，一个眼神、一举手投足，对方就马上会意。一般初识的"新人"，其"好"岂可与老夫妻同日而语！即使是新婚燕尔的"新人"，虽然有人间仅有的、如胶似漆的甜蜜、柔情，也无法与早已你中有我、我中有你的老夫妻相提并论。

"人是旧的好"，走过长路、经过风雨的人自知。我喜欢交新友、识"新人"，但我更珍惜"旧人"。

老骥伏枥

三国时的风云人物曹操,写过一首诗《龟虽寿》,诗中有言:"老骥伏枥,志在千里;烈士暮年,壮心不已。"曹操破袁绍,平定乌桓之乱,统一中国北方,已经五十三岁。那时候五十多岁的人,已经不年轻了。然而,曹操仍然老当益壮,锐意进取,遂有后来轰轰烈烈的南征吴荆。这两句诗,的确是曹操精神面貌的生动写照。

古往今来,这首诗特别是上述两句,鼓舞了无数老人,奋发图强,有所作为。人活着,是要有点精神的,精神是人的灵魂,没有了精神,无异行尸走肉。老人,也不例外。如果因为自己老了,便万念俱灰,一天到晚悲悲戚戚,"坐吃等死",那就太失人生的意义了。我很拥护曹操对"老"的态度。人老了,心不能老,精神不能老。

我虽然属马,也鞭策自己像马一样干活,但是天生驽钝,既无日行千里的本领,更无灵性,实在不敢与"老骥"相提并论。不过,我也要求自己不能因为老了,就成天懵懵懂懂、稀里糊涂地混日子。我期望为社会、为家人做点力所能及的事,尽量把自己的生活安排得充实些。

"老骥伏枥",的确鼓舞老年人。不过,我这个人好胡思乱想,近来琢磨,觉得在当今条件下如何全面理解、身体力行这句话,需要斟酌一番。

让大志、壮心,长在自己脚下的土地上。人老了,如果你是一位科学家,也许七八十岁还能出成果。如果你是一个民营企业家,只要你愿意,你可以叱咤风云到最后一口气。如果你是一位书法家、画家或医生,那越老越可贵……可是,我们大多数是普普通通的人,老了、退休了,可以志在千里、壮心不已,但已经不可能再有金戈铁马、轰轰烈烈。这就是现实,现实虽然无情,但不能不承认。企图离开这个现实去大有作为一番,似乎有点像希望拎着自己的头发从地球上飞起来。

退休,顾名思义,退而休息、修养之谓也。退休了,我们已经离开了能演出威武雄壮活剧的舞台。"时势造英雄",一个人要干出一番事业,需要诸多的客观条件,舞台——供你施展才能的天地,必不可少。无论多么优秀的演员,没有了舞台,是演不出大戏的。退休了,离开了舞台,我们已经由演员变成了观众。这种变化,并非领导寡恩,也非群众无情,这是历史的规律使然,"长江后浪推前浪,世上新人赶旧人"。我们要承认这种变化,适应这种变化。不演戏了,我们可以为后来的大戏喝彩。

本来已经退休了,如果我们还要去过问那些不再该我们过问的事,到处指手画脚,甚至去做那些不再该我们做的事,那就错了位,说得难听点是"不知趣""不识相"。不但事情做不成,而且弄得上下左右尴尬难受,甚至闹出笑话。一台戏正在演,突然上来一个不相干、不演戏的人在台上走来走去,岂不滑稽可笑! 退休了,就要找准自己的位置,可以胸怀大志,但不可去做不该自己做的事。

上了年纪,体力、精力都已经不如从前。年轻时,你可能"力拔山兮气盖世";当你走路都费劲时又如何呢? 我曾经苦恼过:怎么搬点东西就气喘叮叮呢? 当年我扛一百斤的麻袋上三楼也不费劲呀!

可仔细一想,这么多年过去了,哪能不老呢!"好汉不提当年勇",大概就是这个意思吧。如果硬要逞强,去做那些力不能及的事,做不成事小,伤身事大。做体力活是如此的,做其他工作又何尝不是如此呢!老了,可以"壮心不已",但凡事需量力而行,勉强不得。

有人说,希望太高,容易失望。我觉得此话有理。希望,是人生路上前方亮着的灯光,没有希望,那将彷徨于漆黑之中,茫茫然不知所往。人不能没有希望,但只有切合实际的、有可能实现的希望,才会生根、开花、结果。脱离现实的太高、太大的希望,虽然闭着眼睛想起来五彩斑斓、十分诱人,但很难甚至根本不可能实现,一旦破灭,将非常失望,对人的身心造成巨大打击。老年人,应该有些什么希望,想一想是可以明白的。

老了,不妨想大事、做小事。我们有信仰、有理想,曾经辉煌、风光过,至少我们已经为自己的信仰、理想尽力了,无怨无悔。老来想想当年,多几分坦然、欣慰。对于我们为之奋斗了一生的事业,不能因为老了就漠不关心。眼观四海风云,耳听八方雨声,想国事、天下事。这一切,理所当然。如果能为社会、为他人、为亲人做些力所能及的事,那再好不过了。随着年龄的增长,不能再做大事,不妨多做些小事。高高兴兴、锻炼、调养,护好身体;看书学习、游山玩水、琴棋书画,安排好生活。如此,不虚此生,自己快乐,也减轻了亲人的压力,同时还是对社会的一种贡献:省了医药费,让单位、同志们少操心。

"老骥伏枥,志在千里;烈士暮年,壮心不已。"作为一种人生状态,可歌可泣;作为一种精神,值得提倡。不过,我以为对此也要实事求是,理性待之。即使是天底下难得的宝马良驹,如果真成了只能伏枥的"老骥",那么纵有千里之志,还能日行千里吗?显然不能!即使是指点江山、气吞万里如虎的"烈士",如果真已暮年,连走路都费劲,还能轰轰烈烈地大干一番吗?显然不能!多少英雄豪杰、天之骄子,因年老而力不从心,留下了无数遗憾和哀怨。

作为精神,应该永不老,但老了毕竟是一个事实。年轻人做年轻人的事,老人做老人的事,是一种明智的人生态度。许多前辈,他们"老骥伏枥,志在千里",安度晚年;"烈士暮年,壮心不已",坦然面对来去。我向他们学习。

近"青"者青

前些年流传着一则"新闻",一位文化名人某老,已近百岁,仍然身体康健,精神矍铄,挥毫泼墨,嬉笑谈吐,宛若青壮。人们问他有何长寿秘诀,老者答曰:天天看大街上来来往往的年轻女孩儿。老者的回答着实使众人大吃了一惊,有人认为是无稽之谈,有人认为是玩笑之语,甚至有人斥之"老流氓"……

这则新闻是真是假,我无法考证,老者的说法的确近乎无稽。不过细细想来,老者的玩笑话语中,似乎隐约含有几分道理。据我观察,生活中有几类人显得比常人年轻。

幼儿教师。我见过一些女同志,做了一辈子的幼儿园老师,直到老了,脸上常挂着含有稚气的微笑,说话仍带有几分童趣,举手投足颇有点像孩子。我曾经和朋友谈起这个现象,他们大多有同感,并称之为"童心不泯"。

共青团干部。我曾经听一位老同志作报告,尽管他年纪已经不小,可说起话来仍然激情满怀、慷慨激昂,讲到动情处,手舞足蹈。我见状,轻声对旁边的一位同事说:"这位老同志怎么这样!"同事答道:"老人家是老团干部出身。"后来,我又观察了一些共青团干部出身的同志,果然,他们身上大多带有几分青年人的气质。

也许我看到的只是一部分事例,不能以偏概全视之为普遍规律。但我以为,存在的都是合理的,没有无缘无故的现象,即使是部分现象,恐怕也不无一定的缘由。

"近朱者赤,近墨者黑",是千百年流传下来的名言,并为无数事实所证明。这说的是人的品质。那么,人的心态、心理甚至某些生理,是否也存在类似的现象呢?我缺乏研究,不敢妄言。但据我看到的现象、听到的传闻,我认为恐怕有类似的现象,起码有几分相近。人"近"什么,容易受之影响。

有一位老领导,当年很智慧、很能干。可老来,患上了大脑萎缩症,俗称老年痴呆。奇怪的是,不久他的老伴儿也患上了同样的病。无独有偶,另有一对我熟悉的老夫妇,也先后患上了同样的病。我去看过他们。见他们浑浑噩噩若无知无觉,似乎世间的一切对他们都完全不存在,我心如锥刺:当年精明强干、叱咤风云的人,怎么被折磨成了这个样子!感慨之余,我的头脑中冒出了一个问题:为什么夫妻俩会得同一种病?有人说这种病是遗传的。可是,夫妻没有血缘关系,怎么会遗传同一种病?

我带着这个问题请教过医生,医生的答复很专业,我不大听得懂,也没有完全说服我。倒是一位专攻心理学的同志的一番话,使我有点开窍。他说,疾病特别是跟精神有关的疾病,不能排除相互影响的因素。夫妻俩一人得了这个病,另一人天天跟对方在一起,有意识无意识地用对方能听懂的方式讲话,用对方容易接受的方式做事……天长日久,两人就"走到"一起去了。我以为这位同志的话有一定道理。

如果这种说法有一定的道理,不也从另一个角度说明了"近"什么对一个人的影响吗?

回到开始的话题,人怎样才能活得年轻?不管别人信不信,我

211

信:要想保持年轻的心态,多跟青年人在一起,是一个办法。

多跟青年人聊天、讨论问题。年轻人,有激情,有他们关心的事,有他们的思维方式,有他们的表达方法。如果我们这些老人,完全用老人的一套跟他们交往,那就会"话不投机半句多",不几次就会"拜拜"了。要想跟他们多交往,就得融入他们的话题、方式、方法甚至喜怒哀乐之中。如此天长日久,我们的心态不变都难!

参与青年人做事。青年人喜欢新鲜的东西,我们不妨跟他们一起去赶点时髦,诸如穿点新款衣服之类。青年人出去旅行,我们可以搭伴儿……我们甚至可以做一些青年人做的事——当然不是去做那些很剧烈、强度很大的活动,例如偶尔听听流行歌曲,看看新潮电影,读读青春图书。如此一天天,心态慢慢就会有改变。

经常跟年轻人在一起,觉得自己还行,而不是这不行、那也不行,如此就会淡化"我们已经老了"的意识。大家把青年人和老年人交朋友称为"忘年交"。"忘年",不就是把年龄"忘"到一边了吗?老人忘了年,岂不变得年轻了!当然,"忘年交"的本意可能并不如此,这只是我的演绎罢了。

上边说的一大堆,也许有几分道理,也许并不成立。但是,不管别人信不信,反正我相信:人与人之间相处,是会互相影响的,这种影响不仅于思想、品质,也包括心理、心态。

要想年轻吗?那就不要只跟老年人打堆,多和年轻人在一起!

"老不正经"

我曾经几次被老伴儿斥之为"老不正经",也自嘲过"老不正经"。当然,老伴儿是嗔笑着说的,我是嬉笑着说的。而且,这里的"不正经",也并非常人所理解的歪歪斜斜、不走正道、不着调儿。老伴儿说我"老不正经",指的两件事:学开车、钓鱼。我自嘲有点"老不正经"的事,那就是学弹钢琴。

我五十九岁那年,决定学开汽车。老伴儿一听就反对:"儿子会开车,机关可以派车,学开车是年轻人的事,你一大把年纪了学开什么车?老不正经!"平常,我是很尊重老伴儿的意见的,有同志甚至认为我患了"气管炎"(妻管严)。可这次,我有点顽固,她说她的,我学我的。因为,我心中有自己的盘算。眼看要退休了,儿子上班,我总不能只有周六、周日才出门呀;退休了,从机关要车多有不便,总不能有点事就去机关要车吧。自己学会了开车,等于腿长在自己身上,有何不好!

对我来说,学开车还真不是一件容易的事。在驾校的教练场上,教练根本不知道我是干啥的,只是一个满头白发的老头儿而已。早上报到:"报告教练,学员×××报到!"教练:"大声点儿!说话都有气无力的,还能学开车吗?"纠正动作,教练:"错一次可以,不能而再、再而三哟!"最苦的是"倒库",俗称"钻杆儿"。就那么一点距离,反反复复地打方向盘,一遍又一遍,一弄大半天。回到家里,双肩痛得厉害,只好贴膏药。我也受过教练的表扬:"大家认真点,你们看那位老先生多认真!"

学会了开车,确实方便多了!看朋友、买东西、去郊游,说走就走。当我开着车奔驰在高速公路上的时候,觉得一切掌握在自己手中,心里不无几分得意。

钓鱼,是我儿时的爱好。我的家乡在长江南岸,大江滔滔,溪流纵横。小时候,砍一根竹子,去掉枝叶,找一根丝线,一分钱买一颗钓钩,地里挖几条蚯蚓,或者在大头白菜上抓几条青虫,就可以钓鱼了。钓鱼,给儿时的我,带来了不少乐趣。退休了,有了闲暇,我又重操旧业拿起了钓竿。当然,此时已经鸟枪换炮,碳素竿、尼龙线、关东钩、商品饵。

老伴儿对我钓鱼很不理解:"想吃鱼,到菜市场去买就是了,既鲜活,还比你钓的鱼便宜;跑几十里路辛辛苦苦去钓鱼,不知道你图的哪门?老不正经!"不钓鱼的人,体会不到钓鱼的乐趣,我只好给老伴儿算账:打保龄球什么,不也得付钱吗?钓的鱼比市场上贵,就算付的娱乐费吧!

钓鱼的乐趣多多。往郊区水边一坐,山清水秀,微风拂面,空气清新。抛钩下饵,抖腕挥臂,坐坐起起,锻炼了身体。静等鱼儿上钩,全神贯注盯着鱼漂,忘却了烦恼,甚至连折磨了我几十年的耳鸣也不觉得了。有时候,老半天鱼漂一动不动,那就要耐得住性子,这对于改变我的火爆脾气很有帮助。一旦鱼儿上钩,顿时兴奋不已。如果碰上大鱼,斗智斗勇,折腾一二十分钟。抄鱼上岸,那个高兴,就像中了千万大彩;要是鱼跑了,那个失落,似乎心里、头脑里全空了。钓鱼有挑战性,也是一种学习。同一个地方,自己钓不着鱼,而钓友钓着了;自己老跑鱼,钓友百发百中……或者钓位不好,或者鱼饵不对路,或者抛竿儿不准确,或者读漂有误……请教、学习,长了知识、学了技巧,增加了与朋友、同志的沟通交流。

钓鱼,能让那许多人乐此不疲。老人钓鱼,虽然有时候可能身体上累点儿,但精神上的愉悦是别的活动很难替代的。

岁月悄悄地流逝。未觉几多花开花落,一不小心过了古稀,又奔八十了。不知何时萌生的想法,此时我决定学弹钢琴。学弹琴,老伴儿很支持,可身边的人觉得很奇怪:七老八十学弹钢琴!于是,我自嘲为"老不正经"。

其实,我决定学弹钢琴,并非一时心血来潮。不知为何,我从小便比较喜欢音乐。自己做笛子、造二胡,学了几年,虽然谈不上什么水平,可也能吱吱呀呀奏出调调来。但是,我生长在偏远的川南小镇,除了音乐老师的脚踏风琴,我就没有碰过洋乐器。钢琴是洋乐器之王,有机会学学弹钢琴,是埋在我心里多年的愿望。

弹钢琴,需要心、脑、眼、耳、手、脚并用,而且不时要一心二用:左右手常常需要弹奏不同的音阶和旋律。于是我以为,弹钢琴是延缓老年痴呆的好办法,动脑、动手、动感情,让思想不停车,手脚保持灵活性。当然,人老了,头脑、手脚的反应不那么灵活了,记忆力也比不了青年人,学弹钢琴对老年人无疑是一个挑战。可我认为,这种挑战正好可以让我保持良好的精神状态、多保留一点"青春活力"。

以我的体会,老人最怕无所事事。如果一天到晚茫茫然,不知道做什么,用有人的话说"坐吃等死",那是很危险的。老人更需要充实生活。干什么呢?看书久了眼睛疼,运动多了体力不行。于是,我觉得学学弹琴,是一个不错的选择。我还真的得益了。疫情期间,不能外出,要是没有学弹琴这项营生,那日子恐怕要难熬多了。

　　老来学琴,的确很难。我不识五线谱,没有摸过钢琴,一切从零开始。我拜师学琴,用的是《幼儿钢琴教材》,"同学"最小的才三四岁,自己想着都觉得有点好笑。初学,弹音阶、练指法、读琴谱,反反复复,单调、枯燥、乏味。我咬牙挺过来了,冬去春来,终于可以学弹简单的曲调了。听着自己弹奏的曲子,虽然还不那么优美,可心里挺受用,甚至有点飘飘然,我仿佛年轻了不少。

　　也许,"老不正经",正是不老的法门。

钥匙在自己手里

一位哲学教授说,人类是从自然界中诞生,又独立于自然界的高级动物,因此,希望与自然界永恒同在,是人类内心最强烈的冲动。换句通俗的话说,那就是,长寿是人最强烈的愿望。是呀,"寿比南山",不是我们常用的祝福吗!

人们无不追求长寿。那么,怎样才能长寿呢?古往今来,炼丹修行、追求羽化成仙者有之,心无旁骛、清心寡欲者有之,调理饮食、服药练气者有之……今天,逢太平盛世,日子好过了,众人热爱生活、珍惜生命,各种长寿秘诀更是满天飞。

我虽然年近八十,但还算不上长寿,自然没有资格谈论长寿经验;对养生延寿毫无讲究,也就没有什么发言权。不过,这些并不妨碍我对长寿有自己的看法。我认为,长寿的法门可能多多,但从根本上说,开门的钥匙掌握在自己手中。

若干年前,有人对北京市的百岁以上老人做过一次全面访问,采访的综合报道发表在《北京日报》上。至今我还清楚地记得,报道的标题是:《生活习惯大相径庭,亲亲之情大同小异》。报道说,百岁以上的老人,在生活习惯上几乎找不到什么共同点,有人爱吃甜食,有人喜欢吃红烧肉,有人吃得咸,有人吃得淡,有人早睡早起,有人晚睡晚起……但是,有一条是共同的:百岁老人的家庭都很和睦,上慈下孝、亲情很浓。

我认同这个说法,亲情无疑是人健康长寿的重要原因。亲情像阳光,使人温暖;如春风,抚慰心灵;像雨露,让生活充满生机;如良药,治愈有形无形的疾病……如果一个家庭成天"战火不断",互相吹胡子瞪眼睛,彼此气得倒仰,能设想生活在这样家庭中的老人长寿吗?亲情对长寿很重要,而营造、培养亲情,要靠大家,也要靠自己,这是不言而喻的——钥匙在自己手里。

我们都知道,疾病是健康和生命最大的敌人,要想长寿,就要少生病、不生病。人生病的原因很多。不少研究证明,不良情绪是导致疾病的重要原因:最近看见一个材料,有心理专家认为,所有的疾病都是免疫系统打了败仗。以下是专家的基本观点:人的身体里有一套精密的免疫系统。人们产生各种各样情绪的时候,会受到刺激。对于这些刺激,即使大脑暂时忘记了,身体也会记住,并且消化这些刺激。而70%以上的人会以攻击自己身体器官的方式,来消化自己的情绪。根据中医的观点,不同的情绪会攻击不同的器官,如肾主恐惧、肝储愤怒、肺藏哀伤……有人做过统计,在患恶性肿瘤的病人中,大多有过煎熬、抑郁、伤痛、长期不愉快的经历。

另有一位医生谈到伤心的问题。伤心的时候心真的会碎吗?过度的悲伤,真的可以造成心脏事件,医学上称为心碎综合征。这种病是心脏病变的过程,类似于心肌梗死和心脏衰竭,会出现剧烈的胸痛、呼吸困难等等。发作的时候,左心室像气球一样的球形扩张,所以又被叫做"心尖球形综合征"。它是由于一些重大的情绪打击造成的,例如亲人去世、失恋、离婚或者股票暴跌血本无归。心碎综合征是一个良性的病变过程,如果顺利的话,四周至八周可以完全恢复,但也有一部分人,会发生猝死。

这些研究太专业了,我很难置评。不过,过度悲痛会伤身、伤心这点,我有过亲身经历。

我大学毕业后,被分配到内蒙古工作,十多年,远在四川的老父亲始终没有到过我的小家。一九八二年,我们一家四口搬到了北京。第二年,我实现了多年的愿望,把老父亲接到北京小家团聚。几个月后,父亲返回四川老家。可是,万万没想到,父亲在回四川的路上病倒了,而且一病不起。妹妹、弟弟埋怨我:在北京就没有一点征兆吗?为什么不到医院检查?把老爹接去了,为什么不亲自送回来?妻子向我申明:父亲来京,我是善待了的!父亲病重,我本来就很痛心,加之"里外不是人",真是痛上加痛。在病床前照料父亲的五十九个日日夜夜,胸中像塞满了棉花团,使我胸闷气堵,隔不久就要长长吸一口气;又像装了一块石头,不时把心脏撞击得隐隐作痛。父亲去天国了,见我的人都说我几个月老了不少,我发现自己的头发几乎白了一半。民间有"伍子胥过昭关一夜白了头"。这虽然有些夸张,但我认为道出了一个理。

二○一一年,我夫人被查出患了胰腺癌。看见诊断书,我顿时觉得天塌了!八九个月,几乎天天马不停蹄、风雨不误地四处问病求医,眼看着爱人的病一天天加重,我却无能为力!那个无奈,那个折磨,我一天天心力交瘁。尽管我和孩子、亲人们竭尽了全力,妻子还是走了,我真是悲痛欲绝。料理完妻子的后事,我的心脏出了问题:频繁早搏伴有严重的房颤。因有危险,医院不仅为我配备了急救用药,还通知了我的单位。平时,我的身体还是不错的。之所以出现这种状况,觉得自知病因。于是我放下一切操心的事,每天到公园学打太极拳,又分别回我的故乡和妻子的老家,与亲人们一起游山玩水、拉家常,"认真"休息了一段时间。三四个月后再去医院检查,心脏基本正常了!我深深地感到,古人造字、造词实在很有考究,

"伤心"一词就很确切,过分悲痛,的确会伤到"心"的。

看来,欲少生病或不生病,就要保持良好的心态,避免大的情绪波动。可是,要做到这一点,从根本上说还得靠我们自己,情绪只有自己才能控制。有朋友勉励我:"一念放下,万般自在。"放下,靠谁呀?自己放不下,谁也代替不了!

说了不少,总之一句话:我认为长寿纵有万千法门,钥匙还在自己手中。

七、友情朋道

不可没朋友

人们经常将"亲"与"友"连用,称为"亲友"。可见,友之重要,与亲几近矣,朋友在我们生活中有着不可替代的位置。人一生,不可没有亲人,举目无亲,茕茕孑立,不幸之大矣! 人生,也不能没有朋友,独往独来,形影相吊,可悲之甚矣! 人需要朋友,不仅是需要物质上的互相帮助,更重要的是需要精神上的相知、交流与扶持。俗语云,"人生得一知己足矣","士为知己者死"。朋友在精神上的作用,可见一斑。

我有一位同学,在学问上已经有相当造诣,被业界称为专家。他经常到国外讲学,国外也有大学邀请他留校任教,他一次又一次谢绝了。我曾经与他聊天,谈及此事,我说:"现在国内不少人想方设法要出国,你有现成的机会,为什么放弃了呢?"他道:"在国外住一段时间可以,久了不行,总有客居他乡的感觉。""夫人、孩子都去了,就不是客居了呀。""除了其他种种原因,重要的一条是我的朋友都在国内,没有朋友的生活多乏味呀!"

不要说国外,就是在国内,没有朋友的生活也很没意思。现在,收入提高了,生活改善了,不少人在外地买了房子。可是,好多人在外地的房子里住不长,总恋着家。我问过一位朋友:"你在×××买的房子那么大,设施一应俱全,又地处风景区,山清水秀,为啥还住不惯呀?"他道:"嗨,家这儿有我长期适应的生活圈子呀,亲人、朋友。"他停了一会儿又说:"有好的物质生活条件当然不错,但没有任何人际关系,跟软禁有多大区别!"

是呀,人需要朋友,这恐怕是不言而喻的。几十年,走南闯北,种地、做工、当教师、坐机关,我也深切地感受到人不能没有朋友。人为什么需要朋友呢?有人可能说,这还用问吗?就是简单的一个事实,还需要什么道理吗?世界上没有无缘无故的事,一个事实之所以存在,总是有它的理由的。对于这个问题,可能有许许多多的答案,自然我有自己的认识。

我想,朋友,一开始首先是一种生存的需要吧!远古的时候,人的能力低下,一个人不足以抵御自然灾害、猛兽袭击,于是需要群居。群居的,首先是有血缘关系的亲人,但随着群体的扩大,就不只是血缘亲人了,那时候,朋友恐怕就产生了。进入文明社会以后,人的生存能力大大提高了,但人与人之间的互相帮助仍然不可缺。俗话说,"多个朋友多条路","一个篱笆三个桩,一个好汉三个帮",大概就是这个理儿。细细想想,我们之中有几个人没有得到过朋友的帮助呢!我这一生,得到朋友的帮助多多。

社会是一个大而复杂的场域,好多事情,特别是一些大事、一项事业,仅仅靠亲人的力量是不够的,需要众多的同志、朋友一起努力。往远处说,隋末唐初的瓦岗群雄,宋代的梁山泊众好汉,一帮朋友干出了一番轰轰烈烈的事业。当然,这是文学作品中的故事。现实生活中,创办一个企业,开展一项活动……常常离不开朋友的支持帮助。

友情是一种不可缺少的情感。时事纷繁复杂,人生是美好的,也是艰难的。几十年风风雨雨、坎坎坷坷,尝尽酸甜苦辣。人是有感情、需要感情的动物,没有了感情,即使活着,也形同禽兽或者呆若木石。大家都认为人的情感世界十分丰富多彩。我以为,这既指情感的种类多,诸如七情六欲,也指情感的对象和来源、层次多种多样。我认为,在人生旅途中,亲情、爱情当然十分重要,但因为种种缘由还需要友情。

亲情和友情,是两种不同的情感,可以互相补充,却很难互相代替。有些事情,亲人之间可能因为专长、爱好、年龄等原因,不便一起做,例如讨论某方面的理论问题、出席某项活动、下棋、钓鱼。而有共同圈子、相同兴趣爱好的朋友一起做,则顺理成章、其乐融融。另外,我们都有这样的经历,有些想法、事情在亲人之间不便交流、谈论,而希望向朋友倾诉、交流。例如,孩子有些想法,不愿意跟父母说,却愿意跟好朋友交谈;夫妻之间出现了某些纠葛,不愿意跟亲人提起,却希望向好朋友倾诉……

其实,很少有人不知道人是需要朋友的,我这一番话实在显得有些多余。我说这些,是我自己有一个思想过程。在相当一段时间里,我对交友完全处于自然状态,一切听其自然。这当然也没有什么错。但是由于未做过认真思考,缺乏交友和维护友情的自觉性,做了一些动机良好、效果不好的事情。经过几多风风雨雨之后,我比较自觉地感悟到了朋友、友情的意义。在后来的岁月中,我把朋友、友情看得很重,即使在工作中,我也把同志不仅看作是同事,更看作是朋友。有缘在一起共事或者做一项工作,应该努力争取成为朋友。

增加了交友的自觉性,跟身边的人会处得更好,特别是在自己有一官半职的时候。抱着交友的态度对待同志,会更加平等待人,对同志更加尊重;自己也就不会有什么"架子"之类。说句自我表扬的话,跟我接触过的同志,绝大多数认为我这个人好接近,容易沟通。年轻的时候,不少同志认为我是一个老大哥;老了,大家觉得我是一个好老头儿,就连单位的司机,也有不少人叫我"老头儿""老爷子"。

我所在的部门,同志之间相处融洽,关系和睦,被有人誉为"颇有家庭气氛"。部门的工作任务完成得也不错,领导甚至把不大好安排的同志派到我们部门来,理由是"你们那里风气正、同志关系好"。我们部门还多次被评为先进单位。之所以能如此,原因多多,其中重要的一条是:无论上下级之间,还是年长者年轻人之间,都努力以朋友相待。

朋友、友情的作用和力量,往往是意想不到的。

给朋友扒个堆儿

朋友,是一个常见词,字面上的含义很容易找到解释,或曰志同道合者,或曰有交情的人,或曰交谊深厚者。我觉得这些解释都对,但又觉得有点抽象、单薄,不那么令人满意。我曾经想过,朋友到底是什么?朋友与同志、同事、熟人有什么区别?

思来想去,联系我的经历和感受,我觉得朋友应该是:相知、相投、相惜者。

相知。朋友是彼此了解,甚至可以说是彼此了解较深的人。仅有一面之交,只能算认识。打过一些交道,彼此相识有了些时日,也只能说是熟人。相知,是成为朋友的前提。当然,相知有程度上的差异,作为朋友,需彼此有一定的了解,知道对方的人品、性格、爱好、为人处世,甚至家人、成长经历等等。如果相知特别深,那就应该是知音了。相知是成为朋友的前提,但相知者不一定就是朋友。有的相知者可能只是路人,因为虽然相知,但不屑为伍;有的相知者可能是对手,甚至可能是"敌人",所谓"知己知彼"者是也。

相投。在相知的基础上,彼此觉得与对方或信仰、理想、追求相同,或价值取向一样,或性情相投,或为人处世方式接近,或某种兴趣爱好一致,方有可能成为朋友。虽然彼此了解,但或"道不同不足与谋"，或看不惯对方的为人，或话不投机半句多，如此不可能为友。俗话说得好，"物以类聚，人以群分"。不是一路人，难以为群，怎可成为朋友呢？因此，朋友不仅相知，还需相投。

相惜。相知、相投就一定会成为朋友吗？也不尽然。我见过一些相知、相投的人，他们彼此尊重、很尊敬对方，甚至视对方为楷模，但只是很好的上下级或同事，并未成为朋友。我觉得有些奇怪，曾经与人谈及，那人道，不觉得对方可亲可近、可信可托，没有相互交往的愿望，怎么能成为朋友呢？那人的话，使我仿佛悟到了一点什么，惺惺相惜大概是成为朋友不可缺少的条件。

相知、相投、相惜，说起来可能太知识分子化了。其实，朋友这个概念在我心中比较简单，朋友就是亲人之外，不但可以说"公话"，也愿意、可以说"私话"的人。"公话"，即天下大事、国家大事、工作上的事；"私话"，即家长里短、烦恼快乐、难言之隐。只能说"公话"的，是同事、同志，还算不得朋友。这样来说什么是朋友，大概就比较简单了，当然这只是我个人的浅见。

朋友，各种各样，在我看来，朋友也是可以"扒堆儿"的。我是这样给朋友"扒堆儿"的。

泛友，亦曰一般朋友。是朋友，但交往不深，或只是因为某种兴趣、爱好相同而有所交往。可以谈私事，但还不能知无不言、言无不尽，也能互相帮助，但非重大事由。

好友，交之深者。来往密切，或三五日一小聚，或十天半月一大聚。若居两地，鸿雁传书不断。可彻夜长谈，可为对方排忧解难、慷慨解囊，常在一起共谋大事。

挚友，好友中的好友。志同道合，知之甚深，交之甚厚。即使相隔千里，仍"天涯若比邻"；纵然三年五载不见，仍然心心相印。为共同的事业奋斗不计个人得失，可以直言对方的过错，甚至尖锐严厉地批评对方。可以同舟共济,一方有难,另一方可以倾其所有相助,甚至可为对方"两肋插刀"。这样的朋友可以称为知己,人生能得一二足矣!

人与人之间,之所以成为朋友,是有一定缘由的,也可以说是通过一定"媒介"的。

发小。北方人称为发小,我的家乡称为"光屁股朋友"。同生一地,一起长大。孩童时期,彼此怀赤子之心,没有利害冲突,任天性飞扬,开心了哈哈大笑,打一架痛哭一场……一起进入这个光怪陆离的世界。儿时的朋友是最纯真、最可贵的。长大成人之后,哪怕几十年不见,哪怕有人富、有人穷,有人为吏、有人是贩夫走卒,相聚仍然很亲热,畅言无忌。

同窗。一个人如果念到大学毕业,小学、中学、大学,就会有不少同学。同学天天在一起生活,特别是大学都住校,更是像在一家过日子。同学中间没有利益冲突。同样的老师,同样的环境,成绩好坏靠自己,平等竞争。至于当班干,众人认为那是为大家服务,没有任何特权,都不怎么当回事。共烛寒窗,切磋学问,锻炼嬉戏,谈天说地,自然产生友情。特别是同寝室的几位,更可能成为知心朋友。

回想我上大学的时候,同寝室的四个同学分别来自广东、湖南、黑龙江、四川,一开始彼此陌生,连说话都半猜半懂、笑话百出。第一天早晨起床,我嚷嚷着:"我的鞋子呢,哪儿去了?"其他三位同学哈哈大笑:"怎么,你结婚啦?""结啥子婚呀?""没结婚哪来的孩子呀?"原来,我们家乡把"鞋子"读作"haizi"的。一段段睡前躺在床上的时光,我们谈自己的家乡,自己的童年,自己的理想……连交女朋友的波澜,也在宿舍里起起伏伏。几年下来,都成了好朋友。

共事。工作了,自然就有不少同事,还会因工作上的来往结识一些人。岁月流逝,大浪淘沙,随着事情办完,工作结束,大多数结识者、同事渐渐淡漠了,但也剩下了一些,成为了朋友。

共历磨难。当年大学毕业,我被分配到内蒙古的部队农场种地锻炼,大家称之为"劳动改造"。风沙滚滚,天寒地冻;平地、挖渠、插秧,劳动艰苦繁重;吃的是窝窝头就咸菜疙瘩,住的是四面透风的大车库。这里,我有了些朋友。后来在中学教书,我又结识了一些朋友。

趣味相投。或都喜欢打球、钓鱼、游山玩水,或都钟情琴棋书画、唱歌跳舞……天长日久,便成了球友、钓友、书友、歌友……

儿伴无猜

前些日子,我出版了一本为孩子们写的书《江边　小镇　男孩》,回忆我的儿时生活。有朋友看了,觉得惊奇:"孩子时的那些事,都过去好几十年了,你怎么还记得那么清楚!"其实,我也有点奇怪。如今常常提笔忘字,转身忘事,好多年前的事情怎么没忘呢!

细细想来,儿时的情境的确很特别,儿时的事,儿时的伙伴儿,即使走到天涯海角,即使已经雪染双鬓,都还记得那么清晰。长江边,我和伙伴儿们一起摸"爬海"(我家乡把螃蟹叫"爬海"),有人的手指头被"爬海"夹住了,甩都甩不脱,痛得哇哇叫,大家哈哈笑:"快把手放到水里!""爬海"一入水,就会松开钳子逃跑。躺在江边的大石头上四脚朝天晒太阳,暖和和的,懒洋洋的,眯缝着眼睛看天上的太阳,五光十色。在沙滩上光着脚板儿追赶北去的雁群,大声喊:"扁担长、扁担长……""人来了、人来了……"听老人们说,高声喊"扁担长",雁群会从人字变成一字;高声喊"人来了",雁阵就会从一字变成人字。

儿时的伙伴儿几十年没音讯,可一旦联系上,嘻嘻哈哈犹如当年。要是见了面,拍肩膀、开玩笑,打打闹闹,哪像白发老翁!有一

231

天,我接到一个来自上海的电话,语声似曾相识,可一下子蒙住了,想不起来是谁。对方哈哈一笑:"嗨嗨,怎么忘了一起烧皂角米吃又吐又拉啦?"我顿时大悟:"你是周云册!""看来你还没有老糊涂!"

原来,来电话的是一个儿时的朋友。那一年,大家都挨饿。我们在乡下劳动,听说皂角米烧熟后可以吃,我们就弄了些皂角米来烧着吃。谁知道,吃了不久,大家都中毒了,哇哇吐个不停,连胃里的黄水都吐出来了。彼此知道了身份,话就像家乡的长江水滔滔不绝:从天上说到地下,从当年说到现在,从自己说到儿孙……

儿时的朋友不会忘,而且无忌讳。一次,有人找我办一件事,那时我还在岗位上,事情特别多,一天到晚忙得不亦乐乎。这人找到我的办公室,没说几句话就道:"快给×××打个电话!"我说:"我手边有点急事,下午打吧。""下午×××就出差了,快打吧,用不了多一会儿的。"事后,身边的同事很奇怪:"这是谁呀,简直把你绑架了!""嗨,'光屁股朋友',就这样!"

儿时的朋友为什么会如此?我经常在想。

孩子来到这个世界不久,还不大懂事,处于半懵懂半明白状态,较少社会性,而较多地保留了动物性。孩子之间的交往,几乎出于本能的需要,玩耍嬉戏,没有任何功利动机。因此,孩子间的感情很纯真。孩子的头脑几乎是一张白纸,而且是完全开放的,尤其对新鲜的东西有强烈的好奇感。头脑中的信息少,进入的信息会清晰地刻入记忆。因此孩童时期发生过的事情、纯真的感情,会深深地留在人的记忆中,终身不会忘记。

童年的朋友,后来上学读书、求职工作,往往各奔东西,甚至天各一方。步入社会,各种错综复杂的东西改变着人的思想,浸染人的情感。虽然成人的思想、感情,会与儿时有很大的不同,但儿时的那份纯真感情,具有相对独立性,常常像文物一样被保留下来,甚至被融入禀性之中。这大概就是儿时朋友老来相聚,仍然孩儿气十足的原因吧。

儿时的朋友可贵,儿时的情感值得珍惜。

我和身边的同志,老来大多热衷于"小朋友"相聚,发小、小学同学,找个理由就聚聚。我每次回到家乡,都要想方设法把"小朋友"找来热闹一番。何以如此?经常和"小朋友"相处,讲的是当年的那些顽童趣事,抓鱼摸虾、上房掏鸟窝、盖房子、做刀枪……不叫大名儿呼小名儿,"王胖墩儿""李马虎""刘鼻涕"……嘻嘻哈哈,大家仿佛又回到了童年,心态好像年轻了许多。

和"小朋友"聚会、相处,我真正感到自己是出身草根家庭的平头百姓。我们这一代人,经过几十年的奋斗,即使没有多大的能耐,"多年的媳妇熬成婆",也或成了什么老师、教授、专家,或有一官半职。与成年后认识的人、同事相处,任你自己多么平易近人,不管别人口头上怎么说"随便随便",你头上的帽子在别人心中是抹不掉的,人与人之间总是隔着一堵或厚或薄的墙。

"小朋友"相聚则不然。无论你位多高、钱多少,聚会只通知一次。如果有人"不请假"无故缺席,那下一次聚会有你好受的:"真忙呀,开董事会了吧?""哦呀,可能是列席书记处的会了!""哪是呀,人家见相好的去了!明天我就向他们家的纪委书记举报!"聚会场上,从来不称呼什么长、什么总、什么员之类,都是直呼其名,甚至干脆叫小名儿。平时不怎么吱声的,这时候都打开了话匣子。本来就话多的,更是口若悬河。你要是不积极点儿,简直没有你说话的机会。在"小朋友"的聚会中,我们都打从心里感到除了朋友,没有了种种身份的不同,没有了高低、穷富的差别。我参加过多次"小朋友"聚会,真有一种"回归感"。我想,欲不忘本,不妨多参加一点"小

233

朋友"聚会。

儿时无猜嫌,儿时的友情十分珍贵,我们都当珍惜。维护儿时的友谊,最重要的是不要让这份纯真的情感受到功利主义的污染。有用的人才交往,有利的事方去办,是当今许多人奉行的潜规则。我自认是很重感情的人,不过有时也难免自觉不自觉地受这类潜规则的影响。但是,我一直在努力维护儿时情感这方净土。

求完人者无友

除了极少数自我封闭的人以外,大多数人都希望自己有朋友。但是,为什么有的人朋友多,有的人朋友少,有的人甚至没有朋友呢?出现这种情况,原因很多。不过,我以为无友的重要原因之一,是希求与完人为友。

追求完美,近乎人的天性。人都希望自己、自己的配偶、子女长得越帅、越漂亮越好,智商最好是天才级的,说话滴水不漏,做事周到无缺……我以为,对于自己,追求完美作为一种愿望,无可厚非,但如果只求与完人做朋友,那就是一种谬误了:因为世上没有完人。

与一些同志交谈,得知一些人眼中的完人,一是这种人本身完美无缺,信仰、品行、性格、智商、情商、兴趣爱好……无不完美,二是为人、做事从来不犯错误。

世上果真有自身完美无缺的人吗?在现实生活中我没见过,即使是在文学作品里也未曾见得。"惜秦皇汉武,略输文采。唐宗宋祖,少逊风骚。一代天骄成吉思汗,只识弯弓射大雕。"皇帝、英雄豪杰尚且如此,何况我等凡夫俗子呢!

有无一生为人做事从不出错的人呢?我以为也没有。人为人做事,要受诸多客观、主观条件的制约。客观条件暂且不论(当然客观条件是十分重要的),就拿主观认识来说,从理论上讲,人类的认识能力是无限的,但具体的认识又是有限的,故具体人的认识不可能不出差错。人的行动是受认识指挥的,认识出错,做事就难免不妥。古语说"人非圣贤,孰能无过"。其实,即使圣贤也不可能无过,孔夫子、孟子、关云长是被尊为圣人的,可史书记载,他们也曾有"过"。

追求一生为人做事一点不出错,是不现实的。前些日子,有同志给我谈及他创造的一个概念"道德洁癖"。洁癖,是大家熟悉的一个概念。"道德洁癖"者,不容许自己在道德上有任何污点。稍有污点(哪怕这种污点只是一些人甚至某个人的看法或说法而已),则食不甘味,夜不能寐;若是有大毛病,则惶惶不可终日甚至痛不欲生。我觉得这个概念很传神。可惜,在现实生活中,求道德无瑕不仅不可得,"道德洁癖"患者甚至还可能因此造成悲剧。

无论从理论上说,还是从现实出发,完人终不可得,我们只能以非完人为友。其实,我们应该首先问问自己:我是完人吗?我想,没有人敢斩钉截铁地肯定回答!既然自己并非完人,那么只求与完人为友,也似乎有点不大合情理。

我们都不是完人,交友就会面临一个问题:怎么对待彼此的长处和不足。我与朋友们经常谈论这个话题,大家有一些共识。我们为什么要交朋友?我们概括为互相帮助,取长补短,同享乐趣,共渡难关。对待彼此的长短,需从交友的目的出发,以增进友谊为归宿。

圣人曰:"知人者智,自知者明。"(《道德经·第三十三章》)欲互相学习,那就需有知人之智、自知之明。对于自己,重在知己之短,知己不足方能虚怀以学他人之长,也才能不骄不躁、宽以待人。对朋友,重在知友之长,知友长方能有所学,也才能更尊重他人。其实,彼此之所以成为朋友,自然是觉得对方有可敬之处、可学之长、可交之点。互相学习、取长补短,当是交友的重要意义所在。

如何看待朋友的不足、缺点甚至错误呢?

我以为,对于朋友的小毛病,或视而不见,或巧妙地提个醒儿。俗话说得好,人食五谷,哪能不生百病。同样的道理,人处纷繁复杂、光怪陆离之世,焉能不出差错!见友之小过错,宜以宽容的态度待之,更不必大惊小怪,必要时提个醒儿即可。

如果是大毛病、大错误,作为朋友,绝不能置之不理,当视情况指出、帮助甚至制止;否则,就失去做朋友的意义了。这样做,出发点当然是与人为善的、友好的。不过,为了达到动机和效果的统一,说话的方法、艺术还是要讲究的。如何指出朋友的错误呢?我的一个好友,提出了一条我深以为然的原则:勿知浅言深,勿知深言浅。这即是说,说话的轻重、深浅,要视彼此相知的深浅程度而定。如果相知较浅,那么说话要注意分寸,说到一定程度即可。如果话说得太深,或者意见太尖锐,对方可能难以接受,甚至怀疑你的动机,不仅达不到规劝的效果,有可能适得其反。如果相交深,那么话就要说得深、问题提得尖锐,说到点子上。若是挚友,那就当明言以对、直陈利害,甚至大喝一声、猛击一掌。对挚友轻描淡写、说得浅了,不仅达不到效果,而且对方还可能觉得你在敷衍他,不够朋友,甚至与你疏远。

当然,"知不易,行更难"。这些道理说起来是比较容易的,要做好就不那么容易了。要做得恰到好处,有赖于我们的心胸、修养、磨练、经验。这些道理,我大多明白,然而在行动上,既有做得好的时候,也有做得差的时候。活了快八十年,我深深地感到,世界上最难的是做人,做人是一本永远念不完,甚至一辈子也读得不甚明白的书。交友是做人的一部分,自然也就要活到老学到老了。

甘苦见友情

友情是人间的美好情感,人需要友情,人希望有朋友。古今常有人曰"人生得一知己足矣",可见朋友特别是好朋友在一个人心中的位置。风风雨雨几十年,生活告诉我,朋友不会从天降,那是需要"交"的。交友、交友,不交不成友。

人与人成为朋友,可能有诸多的缘由。都喜欢下棋,楚河汉界,兵来将往,天长日久成了棋友;都钟爱钓鱼,一同在绿水边悠闲自在,切磋钓技,享受鱼儿上钩带来的欢乐,来来去去成了钓友;一起做某件事,起早贪黑,成成败败,同尝酸甜苦辣,久而久之成了朋友……不过,在我看来,这类朋友大多只能是泛泛之交,很难成为好友、挚友,要真正成为好朋友,需经甘苦的磨砺,同甘共苦方能情深谊浓。

俗话说得好:"日久见人心,患难见真情。"困厄,既是增进友情的催化剂,也是检验友情的试金石。一个人,在困境中更能看清许多人和事。我曾经陷入困境,痛苦不堪,头大如斗,胸堵若石,终日惶惶然。一些平日有交往的人,大概怕沾染上了什么,离我远远的。我心中添了几分凉意,但并不觉得奇怪,人嘛,趋利避害几近本能。也有怪事,上班到办公室,我看见桌上扔着两盒烟,一个烟盒上写着:抽吧。有人给我打来电话:"你这个人,光着身子赤裸裸地扑向生活,还不碰得满身伤痕！别泄气,吃一堑长一智！"也有人站出来说话:"×××这个人就是一时冲动说了错话,不是什么立场问题。"事情过去了,我自觉不自觉地和有些人近了,与有的人远了。

朋友遇到了困难又当如何呢？朋友遇到了困难,考验我们的判断力,也检验着我们的胸怀和友情,艰难之中见真情。我感到,不经风浪成不了好水手;不共历艰辛,难成好朋友。

不言而喻,我这里说的朋友遇到的困难,是事业、工作、情感、家庭、经济等方面的,而非因违法乱纪、使坏作恶受到的惩罚。古往今来,为朋友挺身而出、排忧解难的佳话多多,也不乏为解朋友之难,不惜承担风险、倾其所有的"忠肝义胆"之士。人处危难之时,是最需要朋友的时候。朋友之间,风平浪静之时,把酒高谈阔论、豪言壮语一番是很容易的;遇到艰难时,能同舟共济就不那么容易了。

我虽然谈不上能为朋友"赴汤蹈火、两肋插刀",但自认为是重友情的性情中人。尽管能力有限,但为朋友做点事情还是尽心尽力的;尽管并不富裕,生活上对自己甚至有点抠门儿,但对朋友还是大方的;朋友身陷是非,我没有怕受牵连、一拍屁股扬长而去;朋友有了过错,我能直言以告……当然,这是我自说自话,至于他人怎么看,那就不得而知了。

共历艰难、同经风雨,不容易。不过世间之事是很复杂的,也有能共苦而不能同甘的人。有几个朋友合伙创办了一家公司,他们曾经同在一个外资公司工作,都是技术骨干,关系很好。创办科技公司十分艰难,研发产品用了几年的时间,几度失败,资金难以为继,连职工的工资都发不出来,他们把自己的住房都抵押贷了款。好不容易产品出来了,渐渐有了销路,开始有了盈利,应该说苦尽甘来了。可是,创办公司的几位却因为发展思路出现了分歧,在股权分配问题上发生争执,散伙了。

据我所见所闻,朋友也好,夫妻也罢,能共苦不能同甘的事例,不是个别的。有一位先生说得好:艰难困苦可能成为一种压力,把朋友挤压在一起,抱团共度时艰;利益、好日子反而可能成为一种离心力,"共苦不容易,同甘可能更难"!

能肝胆相照、同舟共济的朋友,本来就不可多得,恕我直言,在今天的现实生活中,就更少、更少了。过去一些年,我们强调集体利益、他人利益,对个人的利益重视不够;今天,不少人走到了另一个极端,心中只有自己,完全不顾他人。一些人信奉金钱拜物教,为了金钱可以不择手段,亲情、友情淡漠了,甚至被完全抛到了一边。为了金钱,为了自己的一点利益,不惜父子反目、弟兄成仇、夫妻分手。在这种境况下求能同甘共苦的朋友,实在不容易!

当然,尽管物欲横流、世态炎凉,但追求真、善、美毕竟是人间正道,是多数人的愿望。人间自有真情在,世上仍然不乏能同甘共苦的朋友。据我观察,朋友间能同甘共苦原因很多,其中重要的一条是:多奉献,莫索取。《水浒传》中的宋公明,可谓朋友多多。为何?他是"及时雨"呀,哪里缺水、谁人干渴,他就及时"下雨"。其实,他就是及时为人提供帮助,大到给晁盖等人通风报信,逃避官府追捕,小到慷慨解囊济人之急。小旋风柴进也是呀,替人"遮风挡雨",为朋友不惜散尽千金。现实生活中也是如此,看看身边朋友多的人,哪个不是乐于助人者!

不奉献、只知道索取的人,不可能与人共苦,因为这是要付出甚至要有牺牲的;也不可能与人同甘,这意味着与人分享。只知道索取者心中只有自己,别人只是被索取的对象,他们拼命为自己捞好处,恨不得全部占有,哪容得别人分享。只知索取者,是不会有真朋友的。

甘、苦面前,方见友情,真假朋友,一看便知。欲求好友,那就从自己做起吧!

朋友不可无是非

既是朋友,那当然应该和睦礼让、互相帮助、情谊常在。但是,这并不等于朋友间就是一团和气没有是非。生活中的事实说明,没有是非,彼此都会受到伤害,友情不存,也就不再成其为朋友了。

是非,首先是大是大非。民族大义、党纪国法等,就是大是大非问题。当年,以阶级斗争为纲,强调人与人之间的关系是阶级关系,父子、夫妻之间都要划清阶级界限,就更不用说朋友之间了。这一切已经成为过去,今天不必再端着阶级斗争的戈矛,瞪着眼睛、板着面孔做人。但这并不等于人与人之间就没有大是大非问题了,维护国家、民族利益,遵纪守法,这些是每一个公民都应该做到的。如果朋友间涉及这类问题,当然必须立场坚定,态度鲜明,不容有半点含糊。这些是不言而喻的。不过,一般朋友之间,涉及这类问题的,并不多,属于"小概率"事件。是非清楚,应该持有的态度明白,这里就不赘言了,我只想说说生活中的事。

有一个在中央机关工作的同志,因为工作关系,经常接触到一些重大机密。某年,中央要召开一个十分重要的会议。他的一位朋友向他打听会议的筹备情况。他推说自己不知道:"我就是一个普通工作人员,哪知道如此重大的事。"那朋友道:"我还不知道你们的事儿！都是好朋友，就是私下聊聊而已，打什么官腔！"此人与他曾经在一个部门共事多年，彼此相投，交往甚多，算得上好朋友；而且此人也在另一机关工作，应该是可靠的。他的确就是一个一般干部，但经常作为工作人员参加一些重要会议，对方是知道的。于是，他拉不开朋友间的面子，只好随便说了点有关情况。不料他这位朋友后来泄密，造成严重后果，受到惩处。有关部门追查信息来源，最终查到中央机关这个同志，这个同志自然难脱干系，受到纪律处分。

有人说朋友间聊天，可以无话不说。我认为此话既对也不全对。既然是朋友，谈天说地，交流信息，沟通心得；家长里短，说苦谈甜，共享欢乐，慰藉伤痛……应该无话不谈，甚至比跟一般人谈得深。但是，不可因为是朋友，就心中无底线、嘴里没有把门儿的，不守纪律。

上面所言涉及政治生活，经济生活中又如何呢？

某君在一个单位管钱物。一天，一位朋友来求他，说急需用一笔钱，而手中的支票又暂时在银行兑不了现，希望他先用单位的钱为之兑现，以解燃眉之急。某君问单位的财务部，财会人员说，支票要待银行确认后方可兑现，需要三天时间。这位朋友道，我急用钱才来找你帮忙，三天后我自己就能解决，还找你帮什么忙！此人与某君相识多年，来往密切，而且此人负责的公司实际上是某君单位的下属公司。某君出于对朋友的信任，未待银行确认支票，先支了这笔钱。不料，后来发现朋友拿来的是一张无法兑现的空头支票，结果，造成了单位的一笔巨款被骗。某君没有得到任何一点好处，可仍因渎职差点儿获罪。

急朋友之难，为朋友帮点忙，这是朋友间常有的事，也是友情的应有之义。但是，不能没有规矩、原则。帮忙可以，有规定的就要按规定办，特别是涉及公款、公物，更要循规蹈矩。俗话说得好，"人亲财不亲,来往要弄清"。规矩,像一道栅栏,束缚了友谊,也维护着友谊。

我认为,除了有形的规定、纪律,"走光明正道、惩恶扬善",也是朋友间的一条原则。有共同的价值取向,近似的善恶标准,是人们走到一起成为朋友的重要原因。社会纷繁复杂,人可能有走错道儿的时候。这时,作为朋友应及时指出,好言相劝,甚至大喝一声,以尽朋友的责任。如果明知朋友走错了路,不加劝阻,那就太"不够朋友"了。

现在的诱惑太多,人可能自觉不自觉地做了错事甚至"恶事"。作为朋友,应该及时制止,尽力帮助对方改正过错。交朋友不仅是为了共享乐趣,也是为了互相鼓励、共同进步,互相匡正彼此的所思所为,多成功少出错。良友就应该像彼此照见己过的镜子、相互治病的良药。如果此人出错,彼人听之任之,那彼人这样的朋友交之何益!若果朋友做了恶事,我们不仅不规劝,反而同流合污,那就成了被世人唾骂的狐朋狗友了!朋友之间只图一团和气,不讲是非、善恶,成天大吃大喝,那是酒肉朋友,非君子所为矣。

谈论在朋友之间有是非,可能有人总觉得别扭,甚至不合时宜。我以为其实不然。有人的地方就会有是非,即使亲人之间也不例外,何况朋友呢!在我看来,交朋友的目的之一,就是当你犯错时有人给你指出,帮助你改恶从善。不知道是否为天性,人总愿意听悦耳之音、顺耳之言,对逆耳之言难以接受。但是,对亲人、师长、朋友的逆耳之言,一般人会思索一番,相对容易接受一些,因为有亲情、友情的基础,也不大会怀疑他们说话的动机。规劝朋友、帮助朋友认过、改过,是友情的重要价值。

在现实生活中,有多少一团和气、不论是非的朋友做得长久?我所见很少。倒是那些讲原则、明是非、分善恶,敢于直言彼此过错的朋友,不仅友情长久,而且往往成了挚友、诤友。

我还以为,讲不讲是非,是检验友情的试金石。整天在你面前只说好听的,甚至吹吹拍拍,这样的人,或为人虚假,或有求于你,不交也罢。让你破规越矩办事的人,不是品行不端,就是极端自私自利,不可交矣。真正的朋友只在这样的人之中:有进步时真心为你高兴,有困难时及时向你伸出援手,有错误时对你直言以告甚至大喝一声,走错了路把你从错路上拉回来……

不是一群难为友

滚滚红尘,芸芸众生,在茫茫人海中,为什么有些人成为了朋友?此中固然有诸多的机缘,然我以为,"物以类聚,人以群分",方是根本原因所在。

那么,又是什么将人分为"群"呢?我见到一个说法,颇以为然:"道不同不相为谋,志不同不相为友。"有人解释,此话的意思是走不同道路的人,无法一起谋划;志向不同的人,无法长久做朋友。我以为这种解释只是说明了字面上的含义。"道不同,不相为谋",语出《论语·卫灵公》。我觉得,记录孔圣人名言警句的《论语》里的"道",主要是一种借喻,既指道路,也引申为更广、更深的含义,似应有今天所云之道路、道理、信仰、追求、处世为人之法等意思。我们说"人间正道是沧桑""志同道合",此中之"道"就不仅是路了。

如果我的理解有几分道理,那我以为正是"志"与"道"的同异,将人分成了"群",不是一群难为友。

志同道合方为友。关于志不同不相为友,有一典故。东汉时,管宁与华歆二人为同窗好友。有一天。二人同在园中除草,发现地里有一块金子,管宁对金子视如瓦片,挥锄不止,而华歆则拾起金了放在一边。又一次,两人同席读书,有达官显贵乘车路过,管宁不受干扰,读书如故,而华歆却出门观看,羡慕不已。管宁见华歆与自己并非真正志同道合的朋友,便割席而坐。自此以后,再也不以华歆为友。一个视金如瓦,一个在意金钱;一个对地位、富贵视而不见,一个羡慕不已。志不同也,故难为友。

现实生活中不乏情同此理的例子。本来是十分要好的朋友,却因为"观点"不同,分属两派,不仅恩断义绝,而且怒目以对,甚至拳脚相加,更有置对方于死地者。

交友可能有种种性格、爱好、情趣等等方面的因素,然而要成为好朋友、知心至交,志同道合是基础。

无诚不为友。交友诚为本,以诚待人,是做朋友的根本。说来,这乃是一句老得不能再老的话了。可如今假的东西实在太多了,有人甚至极而言之曰:"如今除了假是真的假以外,其他都是假的。"在此情景之下,"诚"便显得特别可贵。待人需诚,交人更是无诚不成友。这一点被身边的事实反复证明。有两位同志过往甚密,在许多场合,常常此唱彼和;红白喜事,事事到场。二位被众人视为好友。可是,后来两人反目了。有人找到其中一位,问道:"汝与彼交往多年,即使不相知,也该是一般朋友啊。为何竟然反目成仇呢?"被问者说出一番话来。彼在此君面前,曾很多次表白彼此是肝胆相照的朋友。此君深信不疑,对之无话不说,无事不帮。可后来此君发现,彼为获得领导信任,不仅将二人间的一些议论报告领导,而且编造谎言,栽赃他人。彼还有多次在背后里说他的坏话。"此等伪君子,可交乎?"呜呼!诚之不存,信之不立,一般人相处尚不可取,当然更谈不上够朋友了。

另有一例,则与此相反。甲、丁两人只是一般的泛泛之交,因为一件事还闹了一个老大不痛快。可过了一些日子,两人居然成了很好的朋友。有人问丁为何与甲成了朋友,丁曰,他俩真正的交往是从那次闹矛盾开始的。因为闹了矛盾,两人交换过一次意见。不料,彼此都感到对方能实事求是地看问题,不讳言自己的过错,也坦率地指出了对方的不妥。于是,两人的来往多起来。两人之间,办不到的事绝不说,说了的事一定办到。丁说,有一件事给他留下了深刻的印象。一次,丁遇到了一个很大的难题,可是后来居然顺利解决了。根据甲的身份和所处的位置,丁认为是甲帮了忙,其他人也持这种看法。可当丁向甲致谢时,甲却说:"你不必谢我!此事我的确过问过,可当我过问的时候,问题已经解决了!"丁语气深沉地曰:"在许多人推过揽功的今天,甲之诚能如此,实在难能可贵!"显然,是"诚"使他们成了朋友。

心胸和为人处世之道,也是人与人之间能否成为朋友的重要条件。一身正气,襟怀坦坦荡荡、做事对人光明磊落的人,被人视为君子;而心中阴暗曲折、待人处事奸狡多诈的人,被大家斥为小人。君子对小人,根本不屑一顾,甚至深恶痛绝,岂能走到一起成为朋友!这是不言而喻的道理,生活中的事例比比皆是。不用多言,大家心里都明白。这两种人,也应该算作是"道不同",故不可能为"群"。

交朋友不能以功利为唯一目的。如今追求利益的最大化,无利不起早,是许多人为人做事的基本原则。其实,这也无可厚非,趋利避害是生物的一种本能。在事事等价交换的大环境下,凡事是得计较得失的。为了某种需要而去交朋友的事,实在不少。但是,如果希望交下真朋友,希望友谊天长地久,就不能太功利了。真正的友谊才能长久,而真正的友谊是非功利的;即使因功利一时结下了友谊,这种友谊也注定是短命的;索取、利用,早晚会断送已有的情谊。某君乙给我讲过一个故事。他有一个既是校友又在一地工作的朋友丙,后来因工作变动相隔千里,但断断续续一直有些联系。一日,丙夫妻双双来到他家,说起话来热情得不得了,多年不见如何思念,又是如何渴望相聚云云。不仅如此,又送礼,又请客,还把儿子叫来相见。丙当着某君乙的面对儿子说:"儿子,你乙叔叔与为父从小一起长大,与我们家交情甚深。汝当以父事之!"原来,丙是要求乙为他的儿子安排工作。当时,安排一个孩子的工作,对于乙来说也是十分困难的。但是看在"小朋友"的情分上,乙不惜费九牛二虎之力,放下身份拉着脸,四处求人。孩子的工作总算落实了。可从此以后,丙便失去了音讯。丙之子与乙同在一地工作,可多少年连一个电话也没有。乙是一位善不思报的君子,他并没有怎么在意这件事。但据我所知,这件事在朋友圈儿里传开后,大家与丙都渐渐疏远了,曰:"现用现交之人,不可交矣!"

呜呼!"物以类聚,人以群分",不是一群,终难为友矣!

聚散随缘

人与人之间,能成为朋友,是一种缘分。

"缘"是什么?我曾经写过一篇小文章《与僧论缘》,讲的是我游武夷山天心永乐禅寺,与泽道禅师讨论"缘"的事。经过讨论,我们将"缘"归纳为四点:其一,时缘。我到永乐禅寺,泽道禅师那天也在永乐禅寺,这才有了相遇的可能性。如果我去他不在,或者他在我没去,那就无缘了。其二,空缘。我去永乐禅寺大雄宝殿礼佛,正巧泽道禅师也在大殿,我们方有缘相遇。如果我到大殿时,神师在寺里别的什么地方,虽然同时,但不同地,也无缘相见。其三,事缘。禅师乃僧人,自然潜心研究佛学。我虽不信佛教,但对佛学颇感兴趣,景仰佛学中的智慧。有了共同的话题,才有我们后来的交谈。如果我对佛学毫无兴趣,虽然与禅师同时、同地,但擦肩而过,也无缘矣。其四,心缘。此缘最要紧。我们交谈,越谈越投机,心有灵犀,有缘矣。如果心无灵犀,虽然谈论佛学,但话不投机半句多,也是无缘矣。

我们所论,是一般的缘分,成为朋友当然不例外。人与人之间,之所以成为朋友,首先是有机会相识,素不相识之人,不可能成为朋友。有机会相识,缘初具矣。相识之后,或共同做某件事,或有共同爱好，或有共同的话题，或为邻里……这样方有可能相知。往来多了，天长日久，彼此发现大家志同道合，或情趣相投，诸缘皆具，成了朋友。

我们都希望友谊长存，大家永远是朋友。这是人之常情，是良好的愿望。几十个寒来暑往，使我深感古人说得对，世间之事总是分分合合、合合分分。年届八旬的我，有些朋友多年如故，的确是"友谊之树长青"，即使远隔千山万水，也是"海内存知己，天涯若比邻"。也有些朋友交往日少，渐渐淡了。有的朋友则慢慢断了联系。我曾经为此感到失落，经过一番思考，我释然了，认识到这是自然而然的事。

有些朋友，是因为工作上的往来交下的。大家都退休了，没有了工作上的联系，纽带也就断了，开始还有些"余温"，天长日久，自然就慢慢淡了。有些朋友，感情很深，但大家都老了，或者奔赴各地照看第三代，或者懒散了，或者行动也有不便，联系自然渐少，虽然彼此心心相印、时常挂念，但毕竟不如当年热烈了。

退休了，老了，老人们在一起交谈，一个常说的话题是"世态炎凉"。特别是曾经身有一官半职的同志，退休以后更倍感炎凉的变化。何见炎凉呢？过去来往不断的人，现在罕有往来了；有人昔日一谈，个把钟头仍嫌仓促，而今不足一刻钟就已经有点儿无话可说了；当初常常他人找你，今日时时得你找他人了……

此情此景，人际气候的确有了变化。但细细品味，这与通常所言的"世态炎凉"似有所不同。昔日，有些人是你在单位上的上司或下属，不断有工作要布置给你，或遇事要请你拿主意，自然往来频繁。即使是外单位的相识，因为都在岗上，或彼此传递信息，或相互有事要办，或互通有无，自然也就不时见面，电话频繁。人与人之间的联系，大多因事而起。事少了，特别是大家都关心的事少了，联系少了些，我觉得很自然。试想自己在岗之日，对一些已退下来的老领导、老同志、老朋友，感情依旧，常常挂念。可比都在岗时联系毕竟少了。诸君恐怕不会因此承认自己是势利之徒吧！

与彼此相关的事少了，话题自然会少。昔日有做不完的事，也就有说不完的话。而今聊聊家常，谈谈市井新事，说说天晴天阴，若再没完没了，恐怕大家都会烦吧！

至于谁找谁，那是因情势所变而致。你在岗位上，能替人办事，求你的诸君当然要找上门来。我们都是食人间烟火的凡人，大多摆不脱"无事不登三宝殿"的俗咒。如今情势已异，今天我们自己有事要办，而能办此类事的人又大多在岗位上，自然也就时时得找他人了。如是往复，大多数人都免不了陷入这种角色变化的轮回，岂不自然吗？

如是说来，世人所说的"世态炎凉"岂非子虚乌有么？不然！确实有些人，你在台上时，称兄道弟，好话唯恐说得不够分儿，连你身上的虱子都被说成双眼皮的，处处看你的眼色，遇事他为你想得比你自己想的都周到。你下了台，他不但离你而去，而且唯恐坏话说得不尽，甚至指鹿为马，给你网罗一堆不是。本来于理于情该办的事，到了他那儿一概难以通过。炎凉之别，势同冰火。

对于这种人，你可以感慨，可以不齿，但大可不必伤心伤肝。这种人虽少，可古来有之，不绝于世。如同世间的小偷小摸，虽然为众人所恨，大家都追求"夜不闭户，路不拾遗"的境界，可仍不绝于世。再如生活中的蚊虫、虱蚤之类，人皆曰可杀，可它们仍然逐人繁衍。既如此，在相当一个时期内，就应该视为自然。无小人则无以显君子，无虫害则无以生良药，这大概就是自然界和社会生活的丰富多彩吧！

在我看来，人间冷暖的变化，有需要增强道德修养、使之更趋合乎情理的一面,也有其自然的一面。就我们这些退下来的人而言,对自然的一面应该看得多些才好。无炎凉则无四季,暖春不因我们期之而早临,寒冬不缘众人恶之而不致。见身边有些同志,退下来不久便疾病缠身。我以为,不适应"炎凉"的变化,恐怕是一大原因。我常告诫自己,平心处事,热诚待人,淡泊名利,随冷暖变化而增减衣被,定会有健康的身心,愉快的晚年。

世间之事,缘具而生,缘尽而灭。友情也是如此,朋友之间,缘具而聚,缘尽而散。只要我们自己够朋友,无愧于朋友,那就一切听其自然,聚散随缘。如此自可心宽气顺,落得一身自在。

八、桃源何处

人间烟火

东晋文学家陶渊明的散文《桃花源记》，使多少人向往那迷人的仙境——世外桃源。我也是如此，特别是身陷动荡不安、纷争不已、烦恼不断的旋涡之中的时候。是啊，青山碧水，桃红柳绿，鸡犬之声相闻，无尘世喧嚣；阡陌纵横，男耕女织，人人怡然自乐，无争无斗；不知有秦，何论魏晋，不问人世沧桑……这样的世外仙境，怎不令人心驰神往！

风雨沧桑，悲欢离合，物是人非，使人伤感多多；天灾人祸、战乱争斗，生老病死，叫人痛苦不断；是是非非，阴谋诡计，明枪暗箭，令人深恶痛绝……茫茫人世间，滚滚红尘中，有欢乐、情趣，更有无尽的烦恼、痛苦。于是，人们向往陶渊明所描绘的世外桃源。追求幸福、欢乐、祥和，远离痛苦、烦恼、纷争，是人类美好的愿望。可是，古往今来，有谁寻得世外桃源呢？

"世外桃源"，在我看来起码要具备两个基本条件：一是"世外"，二是"桃源"。"世外"之义很明白，就是一个地方不涉外界风雨，不与外界同凉热，不受外人管辖，与外界完全隔绝。"桃源"，山清水秀，日朗风清，这里的人们男耕女织、日出而作、日入而息，过着与世无争、自给自足、和睦悠闲的生活。

具备这两个基本条件的地方,实在很难找到。远古时,当有不少地方与世隔绝,但那里的人茹毛饮血,衣兽皮树叶,为毒蛇猛兽所侵扰,被狂风暴雨所袭击,虽然"世外",但算得上"桃源"吗?人类进入文明时期之后,出现了国家,普天之下,莫非王土;率土之滨,莫非王臣。就很难找到完全与世隔绝的地方了。假设有这样的地方,那里的人脱离文明,过着近乎原始的生活,虽然"世外",但也绝不是"桃源"。

当今社会,飞机满天飞,汽车、火车遍地跑,一张互联网,网尽了都市的大街小巷、乡村的山山水水,地球成了一个"村"。更有卫星的天眼,可见地球上的每一个角落。如今还能有"世外"之地吗?大漠戈壁、莽莽原始森林深处,可能"世外",但荒无人烟,与"桃源"何干!即使有人生活在与世隔绝的大山、林莽深处,那也与原始人的生活无异,何来"桃源"!

说了这许多,话题有点远了。其实,我就是想说,人间、世上没有什么"世外桃源",定说,不过表达了饱受战乱、苛政、天灾人祸等种种苦难困扰的人们的一种美好理想。"世外桃源"虽然只是一种空中楼阁式的美好理想,但仍然是有意义的。美好的理想,对人的精神是一种慰藉,鼓舞人们去追求美好的生活,没有理想、没有期盼、没有追求而陷于绝望,那将多么可怕!

人哇哇啼哭着来到人世,就不可能再到"世外"了。特别在今天,人的分工越来越细,相互依赖的程度越来越高,欲过上类似"桃源"般的生活,衣食住行不可能在一个完全与世隔绝的小空间里实现。人类已经是一个命运共同体,气候变化、环境污染是大家面临的问题。一个地区战乱,波及世界。新冠肺炎肆虐全球,无一国能独善其身。故我以为,希望过上美好的"桃源"般的生活,不应到"世外"去寻求,只能立足于纷繁复杂的现实世界,用奋斗、汗水去建设。

我们国家扶贫攻坚的成果，给了很好的启示。几年前，一些贫困地区，自然条件恶劣，或为大山所隔，或为荒漠所困，温饱无保证，甚至连饮水都困难。孩子上学、群众就医、老人养老，更是困难重重。有些地方，出入要翻崇山、越激流、登天梯，颇有些"世外"的味道。但是，那些地方群众的生活，却与"桃源"根本不沾边，只能说非常艰难！通过这些年的扶贫攻坚，中央有坚定的决心、得力的政策措施，各级努力，群众艰苦奋斗，贫困地区的面貌发生了翻天覆地的变化。那些颇有"世外"味道的地方，千方百计治理环境，发展生产，修桥筑路，打通了与外界的联系，山更绿、水更清了，有山居特色的新房星星点点散落在青山绿水之间。山里的土特产出了山，山外的游客进了山。这些地方从"世外"入了"世"，但却因其山水林泉、古朴村野、纯真民风、和谐环境，被山外人视作"桃源"！

年届八旬，"一番番春秋冬夏，一阵阵酸甜苦辣"，生活告诉我，既食人间烟火，就不可能再置身"世外"。我们所处的现实世界，既有温暖如春的艳阳天，也有风霜雨雪、酷暑严寒；既有浓浓亲情友情，也有悲欢离合；既有同心协力，也有争争斗斗……置身于这样的世界，而去追求"世外桃源"，不仅不可得，而且有企图拎着自己的头发飞上天、逃避现实的嫌疑。

现实也说明，虽无"世外桃源"，却有人间乐土。只不过这乐土不会不期而遇，更不会从天而降，要我们在滚滚红尘之中，坦然面对风风雨雨、是是非非，用百折不挠的艰苦奋斗去建设。一群人是如此，一个人也是如此。

大雨滂沱，哪能不湿衣衫

　　我出生在抗战最艰苦的年月，虽然是在大后方的四川，日子仍然很艰难。带着对旧社会的依稀记忆，进入了新中国，成为家乡新中国的第一代小学生。上小学时，我已经八岁了，可以说是生在旧社会、长在红旗下，跟着新中国一路走来。

　　学生时代，就曾经摇头晃脑地念过"光阴似箭，日月如梭"，"人生如白驹过隙"之类的名言警句，好像感慨多多。现在想来，其实不过是故作风雅、无病呻吟罢了。真正感到日子不禁过，那是在人过中年之后。一不小心，如今已年届八旬矣！小学、中学、大学、研究生，种地、做工、当教师、坐机关，川南、塞北、京华……一路走来，这几十年虽然算不上经历丰富，却也到过一些地方，做过一些事情。有人觉得我一帆风顺，人生得意；也有人认为我艰难曲折，"很不容易"。几十载冬去春来，其中冷暖，我心自知。

　　我自认襟怀坦荡，做事尽心尽力，但谈不上有什么成就，却有过不少失误和过错。有些过错是因为我觉悟不高、认识水平低；有些过错不是自己能左右的，非个人之错，潮流所挟，"势矣"。用我的话说，就是人在茫茫原野上行走，大雨滂沱，哪能不湿衣衫。不仅我如此，一般世人也在所难免。

个人的作用不可忽视,但在茫茫人海、滚滚洪流面前,个人实在太渺小了,就像一滴水,由不得你选择,时事的洪流裹着你或滔滔东去,或为瀑布"飞流直下三千尺"……

我这样说,并非为个人犯的错误开脱。我只是想说,一个人不要企求永远不犯错误,有的错误是大势使然,很难避免。我常说,如果空气、水被污染了,一个人很难不被污染所害,谁不出气儿、喝水呢?!社会生活也是如此。要想不湿衣,只有希望天不下雨。潮流行人间大道,社会风清气正、环境稳定,是我们个人少犯错误、不犯大错的重要条件。

既然有的错误是大势使然,那么我们犯了这样的过错,就不必过于自责。这些话好像是空洞的大道理,离生活好远好远,但于我们这代人而言,却有着切肤之痛。我和身边的许多人一起从暴风雨中走来,本来大家犯的错、所处的境遇都差不多。可是,有的人摔倒了又站了起来,继续往前走;有的人从此一蹶不振,颓废一生;有个别人,甚至走上了绝路。为什么差不多的情况会有如此不同的结果?我以为,没有认清是大势使然,太过于自责,失去了总会云开日出的信心,是重要的原因。如果认识到是大势使然,即使不去抗争,大概也不会自毁。

当然,我说不必过于自责,并不是主张不对走过的路进行一番反思。我们犯了错,付出了沉痛的代价,如果一叹了之,甚至浑浑噩噩,那就太不值得了。人生不怕摔跟头,怕的是摔倒了再也爬不起来,或者"不长记性",摔了一次又一次。所谓吃一堑长一智,就是摔了跟斗,需要认真想想,是路不平,雨太大,还是自己哪一步脚没有踩稳,或者走了神儿、分了心……说"失败是成功之母",是说失败了,认真分析、思考失败的原因,总结经验教训,避免再犯类似错误,可以走向成功。如果失败了,仍然不假思索,懵懵懂懂,那么失败多少次也不会成功。

我说的这些,是就常人而言。生活中,存在着少数不一般的人。他们有的善察时代风云,对潮起潮落、云卷云舒,了然于胸,或因势利导、顺势而为,或未雨绸缪、避风躲雨;有的认清了大是大非,一身浩然正气,敢于反潮流,成为英雄好汉;有的"众人皆醉唯我独醒",独善其身……我们若能成为这样的人,当然很好!可以有这样的理想、追求,但这样的人毕竟为数不多,一般人很难达到如此的水平和境界。

无论就人品、意志、心胸而言,还是于智商、悟性、水平而论,我自认是一个一般得不能再一般的常人,不敢有过高的奢望,故想常人之所想,做常人应该做的事、常人能做成的事,是我的追求。

你不撞他，他撞你

前些年，我到医院去看一位朋友。我拎了点东西，在街沿上边的人行道上慢腾腾地走着。走着走着，突然什么东西从身后猛地撞来，我还没有反应过来是怎么回事就摔倒了。原来，一个小伙子在人行道上骑自行车，从身后撞了我。我醒了醒神，站了起来，觉得腿有点痛，低头一看，右腿的裤子被撕开了一条长长的口子，膝盖磕破了。

我正要发作，那个骑车的小伙子笑嘻嘻地走了过来，点头哈腰地说："老大爷，实在对不起了，抱歉抱歉！"我有点来气："你怎么在人行道上骑车？""是我不对！看看哪儿摔坏了没有？"我动了动胳膊腿，似无大碍。他看见我的裤子被撕破了，忙道："真不好意思，我赔你一条裤子吧！"他掏了半天兜，没找到几个钱，红着脸说："今天没带钱，这点零钱不够，要不您留下地址，我明天寄给你吧！"那时候都是使用现金的，没有用今天的支付宝、微信支付之类。我看他态度很诚恳，便道："算了，你走吧！今后不可在人行道上骑车了，要真撞坏了人，你的麻烦就大了！"他深深地给我鞠了一个躬，走了。

我与朋友谈及此事，朋友安慰我说，不要见怪，类似的事情他也遇到过。前不久，他开车走在自己的车道上，突然"砰"的一声，车子猛地一震。原来后车追了他的尾。后车司机是个新手，态度又很好，协商解决了。朋友笑笑说:"这就叫你不撞他,他撞你!"朋友停了停又说:"走路、开车是这样,生活中好多事何尝不是如此呢?"朋友的话,让我若有所思。

回家之后,我想了很多。生活中,大家都希望平安、相安无事,自己没事儿找事儿的人,实在很少很少。可是,就像你不撞他、他撞你一样,你不找事儿,事儿却常常找上门来。找上门来的事,让人烦恼不已!经过了这件事,我就想:找事儿的对方会不会是无意的呢?

有两个同志甲和乙,本来关系是比较好的,后来慢慢疏远了。经过了解,原因是这样的。他们所在的单位有一个岗位空缺,领导做民意调查,征求甲的意见。甲坦诚地讲了自己的看法,认为×××比较合适这个岗位。没想到乙正在谋求这个岗位,当乙得知甲推荐了×××,便认为甲故意与他为难。其实,据我所知,甲并不知道乙在谋求这个岗位,完全没有伤害乙的意思,只是谈谈自己的看法而已。

仔细想想,在几十年的生活中,我们恐怕多少都无意地做过影响甚至伤害别人的事,也恐怕都曾经被别人有意、无意地影响甚至伤害过。在宣布我退休的会上,我说过:"如果我在工作中无意伤害了哪些同志,我向你们道歉,请你们原谅!"当然,我也曾经被伤害过。作为被伤害者,当然是很痛苦的。现在回想起来,有的事我处理得比较妥当,有的事处理得并不好。没有经验,只有经历。如果让我现在来处理被伤害的事,我可能会更冷静、理智些。

首先,不要把人想得那么坏。这也许是从小受我母亲"人性善"的影响。母亲一直教育我做人要善良,要与人为善。几十年来,我自认始终保持了一颗善心,总是以己心度人心,善意推测他人。虽然多次吃亏,却仍然"痴心不改"。这倒不是我有多么高尚,一者事后我发现,大多数伤害,对方的确是无意的,是一种"误伤",不涉及人性善恶。再者始终保持一颗善心，自己做事问心无愧，心里比较豁亮。说得玄一点，善心有点像一服良药，使我不生邪念、恶念。

多一些沟通。如果发现对方确无恶意，不是有意为之，那就一起聊聊。话说开了，彼此化解了心中的疙瘩，消除了敌意，对大家都是一种解脱。如果对方态度诚恳，那就不妨大度一些，原谅他人。将心比心，能保证我们自己不会无意中伤害别人吗？如果我们无意中伤害了他人，我们最希望什么？我最希望的是他人接受我的道歉、能原谅我。

如果人家的确是无意的，我们还不依不饶、没完没了，那就显得我们自己太没有肚量了！何况不依不饶又能如何？就像那个撞了我的小伙子，我能把他如何呢？骂一顿，显得自己太没修养；让他赔点钱，那又太小气了；打他几拳，更不可了……俗话说得好："得饶人处且饶人。"如此人与人之间会少一些无谓的争执，多一点和睦相处。

不轻易以恶意度人，多原谅他人的过错，可以使自己少许多烦恼。说人生是无尽的烦恼，可能有点夸张，但人生会有很多烦恼，是不争的事实。走过人生几十年之后，我感到有些烦恼是可以减轻甚至避免的。

人非草木，具有七情六欲。受伤害，会痛苦，会烦恼。如果受到的伤害重，这种痛苦和烦恼会延续很长时间。长期把痛苦、烦恼憋在心里，会对自己的身体和情感造成伤害，解脱是必须走的路。怎么解脱呢？不妨用一些时间和精力去了解、分析一下，伤害你的人是无意的还是有意的。如果对方确是无意的，那就如上所说沟通化解，原谅他人。其实，饶了别人、原谅他人，也是饶了、解脱了自己。说清楚了，原谅了，心里也就放下了。心里放下，烦恼之源消除了，烦恼自然也就没有了。

当然，如果对方是恶意中伤，那就另当别论了。

石头也不行

人生烦恼多多,几乎无人可以避免。有人说,我做一块石头,无言无语,与世无争,于人无碍,总可以没有烦恼了吧!做一块石头,没有欢乐,也可以少些烦恼。之所以说"少些",是因为生活告诉我,石头也不能完全没有烦恼。

当年读书的时候,老师说,世界万物都是互相联系的。我觉得有道理,但又没有完全想通:非洲大沙漠里的一块石头跟我有什么联系?同学认为我提这个问题是在抬杠,老师没有责怪我,耐心地说,事物之间的联系是有条件的,当你去非洲沙漠旅行时遇上这块石头,它或者供你坐下休息,或者成为你前进的障碍,那就与你有联系了。老师的话,让我似有所悟。后来的现实生活,的确告诉我,你即使做一块石头,也不能完全置之"世外",当一定的条件出现时,也有与他人发生关系的时候,也会跟你带来烦恼。

大学毕业,尚在特殊时期。据说因为我出身清贫的手艺人之家,在学校还算是个好学生,于是被分配到离家几千里的"反修前线"——内蒙古,在河套的部队农场"劳动锻炼"。农场有两百多名来自全国各地的大学毕业生,组成一个学兵连。都是来接受再教育的,同样的身份,同样的处境,大家应该是同病相怜,没有什么利害关系的。经历了一些风雨,有了些感悟,我决心好好干活,于其他事,就做一块"石头"。

转眼一年过去了,到了年底。我随宣传队下连队慰问演出归来,发现自己居然被评上了"五好战士",心中一阵高兴,喜形于色。同班的一位战友见状,对我说:"你高兴啥?差点没被打成反革命!"我闻言大惊失色。经过一番了解,事情的经过原来是这样的:

有人到连队指导员(部队派来的干部)那里反映:"高××学了毛主席著作想自杀。"在那个特殊时期,这事可大了。指导员有点怀疑:这家伙一天到晚傻呵呵、乐呵呵的,不大像想自杀的人。于是,找来据反映同时在场的战友左××核实。

这位战友如实报告了当时的情况。有一天割豆子,干活时谈起当天的"天天读"(那时,每天早晨的第一件事,是读半小时的毛主席著作,称为"天天读")。高说:"今天读了毛主席在成都会议上的讲话,文中讲到有许多人,在很年轻的时候就作出了大贡献;我们在这里种地,种出的粮食还不够发工资的,简直是白吃饭!"指导员听了道:"这家伙就是发牢骚。"于是,事情得以澄清,我未因此获罪。原来,告状的那位对我说的话,做了一番演绎:白吃饭,就是白活;白活,就是不想活了;不想活了,不就是想自杀吗?

我与那位告状者,往日无仇近日无冤,他为何要加害于我呢?经过思索,我自认找到了答案。告状者,无非就是想借这件事,说明他的阶级觉悟高,现在给领导留个好印象,将来谋个好去处。我是"石头",无奈成了别人的"垫脚石","石头"就能无烦恼吗?

有人给我讲过一个故事:

有一老一少,同在一个机关工作,关系不错,很长时间相安无事。可是,有一段时间,"老"不但想方设法将"少"的小错四处渲染为大错,还在背地散布"少"的是是非非。"少"很苦闷:我与世无争,与他无冤无仇,何故这样待我? 过了好久才明白,原来上级要提拔一名干部,"老"有资历优势,"少"有年龄优势,正赶上那时提倡干部年轻化,于是"老"觉得不把少弄趴下,他的晋升可能会增加难度,于是有了那一番作为。

你不是"石头"吗? 如果成了他人的"绊脚石",那就仍然不能置身事外,避免烦恼。

是否成为别人的"垫脚石""绊脚石",非我们自己的主观原因,也就不是我们自己能左右的。我们想做一块与世无争的"石头",以换得清净无烦恼。可常常不能如愿,做了他人的"垫脚石""绊脚石",实在很无奈! 这大概应了那句曾经常说的话,"树欲静而风不止"。

也许是我生性太善,也许是我过于软弱,也许是我无能,遇到自己成为他人垫脚石、绊脚石的情况,我都忍了,哪怕有时心里很痛苦。

有朋友很不赞成我的态度,阐述了他们的想法。当了"垫脚石",要看对方是什么人。如果对方虽然不是君子,但并非恶人,又没有对我们造成什么伤害,那么能为人铺路也不失为一种"价值"。如果对方是恶人,那我们就要及时抽身,不为其垫脚,让他摔个狗抢屎! 听任恶人踩,无异于助纣为虐。君子襟怀坦荡,做事平等竞争,凭本事过日子,除非遇到小人作祟,绝不会把同事、朋友视为"绊脚石"之类。一般来说,把他人视为"绊脚石",用一些不正当的小手段损毁他人者,绝非善类。对于这样的人,就应该以牙还牙、以眼还眼,狠狠地绊他一跟斗,让他摔得鼻青脸肿。

朋友的话,有道理,我也觉得就应该这样,不能让那些小人、恶人的伎俩得逞。但是,奈何我始终下不了决心,也不大会做。呜呼! 我这块"石头"禀性难移,只好听天由命了。但愿善有善报,恶有恶报!

阳谋难敌阴谋

看了些书,经历了一些事,深感世间之事,阳谋难敌阴谋。悲哀,令人心痛,不合情理,但这样的事从古到今却并不鲜见。

"阴谋"一词,起初本无贬义。阴者,不见阳光,藏而不露之谓矣。故阴谋,指秘密的计谋。《史记·齐太公世家》云:"周西伯昌之脱羑里归,与吕尚阴谋修德以倾商政……"说的是周时,商纣王将封于西周的西伯姬昌囚在羑里,姬昌从羑里逃脱归周后,与姜太公秘密谋划修德政,近来推翻商政权。这里的"阴谋"并无贬义,倒觉得有几分褒义,密谋修德政有何不好呢?《孙子·计篇》曰:"兵者诡道也。"曹操注为:"兵无常形,以诡诈为道。"诡诈不就是要阴谋吗?凡是用兵,不管正义与否,都得以诡诈为道,即都要要阴谋,这里阴谋是一个中性词。不知什么时候,阴谋变成贬义的了,专指暗中策划做坏事,暗中做坏事的计谋。我在这里谈的"阴谋",用的是约定俗成的贬义。

"阳谋"一词,在辞书上无法查到,不知道是不是老人家的创造发明。老人家说的阳谋,是反阴谋之义而用的。将上面《现代汉语词典》对阴谋的释义反过来,那就该是:公开策划做好事,明里做好事的计谋。其实,凡是策划、计谋,是不可能完完全全公开透明的。我在这里谈的"阳谋",自己确定了一个含义:光明正大地做事。

吾谓"阳谋难敌阴谋",即谓光明正大做事,常常难敌暗中歪邪的算计。这是为何?

其一,君子之腹难度小人之心。人们常斥责那些以阴暗心理,总往歪里推测他者的人,"以小人之腹度君子之心"。殊不知"以君子之腹度小人之心"的事,更是经常发生的。人们之所以有君子小人之说,源于芸芸众生之中,确有高尚低劣之分。何为君子?何为小人?虽有种种差异甚大的界说,但多数人心中有一个大同小异的标准。君子者,正义在胸,光明磊落,襟怀坦荡,识理谦和之人也;反之,则为小人。君子与小人,品格之高下实不可同日而语。君子所以为君子,不但以君子的标准律己,也以君子的标准待人。"待人"当然包括"度人"。若被度者也是君子,那当然再好不过,心心相印,君子之交,与人为善,己亦得善。若被度者是小人,那就"豆腐掉到灰堆里"了。所以分别为君子与小人,乃因信仰、心胸、品格等天壤之别、水火不同。"以君子之心度小人之腹",等于以东郭先生之心去度恶狼之腹,以农夫之心去度僵蛇之腹,岂不大谬!认识的出发点错了,认识自然不可能正确;认识不符合客观实际,是要付出代价的。君子以善意度小人,而小人非善。如此,君子难免落得东郭先生的尴尬,难免重演农夫的悲剧。君子以为世人皆善,故不伤人亦不防人。而小人则以损人而利己。君子将处于被人损而毫无防备的状态,结果不言自明。以为世人皆善而不防人,就会以为人世间全是蓝天白云艳阳天,坦坦荡荡阳关道。其实,人间不乏风风雨雨,更有小人挖掘的陷阱。风雨将至而不觉,近临深渊而不察,能不危乎?

其二,明枪易躲,暗箭难防。如前所述,阴者,不见阳光、藏而不露之谓也。故阴谋,潜藏于己腹,密计于暗室,行动于伪装,难以为人发觉。人的眼睛对光刺激的强弱,要通过瞳孔的胀缩作出反应,身处暗处可以看见光亮之处的东西,而身处明处却很难看清暗处之物。不知是否出于巧合,在社会生活中,明处之人也难看清,甚至很难看见阴处之人与事。故有"明枪易躲,暗箭难防"之说。暗箭之所以难防,乃因放自暗处,难以看见、无法觉察之故也。耍阴谋与放暗箭同出一辙。故光明坦荡之人,常为阴谋所伤害矣。

其三,阳谋取之有道,阴谋不择手段。古人云,"君子爱财取之有道"。其实,何止于财呢?君子之所以为君子,做人做事皆求合于道义。钱财、货物,若欲之则尽己力、竭己智坦荡取之;窈窕淑女、耀眼乌纱若爱之则百折不挠、卧薪尝胆求之。一言以蔽之曰:君子做事,阳谋矣。亦可倒而述之,阳谋乃君子所为,取之有道矣。

阴谋之所以为阴谋,还在于耍阴谋者为达到目的不择手段,颠倒黑白,无中生有,两面三刀,挂羊头卖狗肉,翻手为云,覆手为雨等等。无论多么下三滥的手段,只要有用便随手拿来。玩弄阴谋的人,只要需要,可以言之凿凿地将石灰说成黑如乌鸦,把锅底说得白若漂粉,甚至信誓旦旦地指鹿为马,硬说鸡蛋是树上结的。我朋友曾告诫我,与某些人说话、谈事,必须有第三者在场;否则,谈过之后,本来某件事你明明是坚决反对的,但他们可以煞有介事地对上对下说你已经答应了,甚至可以与你当面对质。一说有,一说无,你能说得清楚吗?某君可能要被提拔了,检举信如期而至,罪过列了若干。查了一年半载,水落石出。罪过全系子虚乌有,但某君升迁的机会已经"时不再来"了。有的人当张三说李四坏透顶,当李四又说张三已经不可救药了。待张三与李四火并之时,他便浑水摸鱼。有的人在大庭广众之中许下的诺言,转身就可以不再认账;同一件事,在这里说昨天刚发生,在那里可以肯定是三年前的旧账。有的人在厅堂上说得冠冕堂皇,暗地里却干着见不得人的勾当;今天夸

269

你是肝胆相照的好朋友,明天就痛斥你为十恶不赦的寇仇……阴谋的不择手段,较之阳谋的取之有道,手段当然多了许多,而且厉害了许多。

综上所述,阳谋常常不敌阴谋矣。至此,诸君可能要群起而攻之:"云溪子,若依你所言,岂不成了阴谋的天下,还有什么人间正道可言?还哪来什么邪不压正?"也许,吾之言有失偏颇,或者词不达意。我是一个乐观主义者,坚信"人间正道是沧桑"。耍阴谋者只是少数,虽然阴谋可以得逞于一时,但玩弄阴谋者终将多行不义必自毙,光明正义才是历史的主旋律。事实也是如此。我只是见有些君子为阴谋所伤,令人心痛;有些耍手段的人张狂得意,着实可恨。故有上述一番激愤之言。

性无善恶，人有恶善

人性是善还是恶？争论了千百年。这里说的人性，指的是人先天的人性，说得通俗点，就是人从娘胎里带来的人性。

有人主张"人性善"，认为人与生俱来的人性是善的。这种观点影响深远，几乎成了主流认识。孩童的启蒙读物《三字经》里就道："人之初，性本善。性相近，习相远。苟不教，性乃迁。"这就是说，人的原初本性是善的，如果后天不好好接受教育，善良的本性就会发生变化。

有人主张"人性恶"，认为人与生俱来的人性是恶的。持这种观点的人，更特别强调后天的教育、修养。只有后天好好教育，对先天之性进行一番磨砺、改造，人才会"改恶从善"；否则，人就会保留先天的恶性。

也有人主张，先天的人性，本无善恶，就像一张白纸。人性的善恶，完全是后天形成的。我赞成这种观点。我甚至认为，人来到这个世界之时，跟其他高级动物差不多，是无所谓人性的。人之初，有七情六欲吗？能分善恶、辨是非吗？显然不能。如果硬要说人之初有人性，那也只是一张白纸、一个"空灵囊"，或者说只是"抽象的人性"。

人世是一个"染缸",随着人慢慢长大、慢慢懂事,原初人性的白纸不可能永远白,"近朱者赤近墨者黑",逐渐有了颜色。人世间充满真假、善恶、美丑,五彩缤纷,是没有思想、言行、道德真空的。人长大了,原初人性的"灵囊"不可能永远空无一物,总会装进善恶。故我以为,人性之所以有善恶,完全是后天诸多因素作用所致。人性有了善恶,就从抽象的人性成为了具体的人性。

既然人性善恶是后天形成的,那么,我们欲成为一个善良的人,学习、修养、磨练、省悟就十分重要了。至于如何造就一个人的人性,那是一个非常复杂、艰深的理论和实践问题,有关著作汗牛充栋,以我的水平,难有什么见解。

后天具体的人性有了善恶,人也就有了善恶。对于人有善恶,大家没有什么分歧,现实生活也向我们充分展示。杀人越货、作奸犯科、欺凌弱小、坑蒙拐骗、贪污腐化……恶之大者矣;追求光明正义、全心全意为社会进步作贡献、助人为乐、扶危济困……善之大者矣。生活中有大善大恶,我们经常面对的则更多是"小善小恶"。这里之所以加一个引号,是因为我把美好、优良的言行都归于善,而将那些不道德言行、不良陋习也归于了恶。

汶川大地震,全国人民和全世界的华人,纷纷伸出援助之手,有钱出钱,有力出力,让我们看到了善的力量。在抗击新冠肺炎的艰苦斗争中,无数医护人员的忘我奉献,可歌可泣,又一次体现了大善的精神。

生活中有些事情虽小,却也闪烁着善的火花。有一次,我老伴儿把钱包丢了,钱包里有证件,还有好几百块钱,她很着急。几天后,她想起来曾经在一个卖坎肩儿的小摊儿上看过,钱包会不会忘在那儿呢?老伴儿匆匆赶到小摊儿所在的地方,那个四十多岁的中年妇女还在那里摆摊儿。老伴儿说明了情况,那中年妇女从包裹里掏出钱包,笑着递给老伴儿:"快看看少了啥没有。"老伴儿翻了翻钱包,一样东西也不少。老伴儿道:"真谢谢你!"摊主又笑了笑:"谢啥,应该的。那天我发现坎肩儿堆里有一个钱包,一想肯定是哪位顾客丢的,我就等着有人来找,这几天都没敢挪地方,担心失主找不着我。"老伴儿从钱包里掏出二百块钱塞到小贩手里:"是一定要感谢的!"小贩说啥也不收,推来推去好一阵,最后小贩说:"你实在要感谢,那就买我一件坎肩儿吧。""多少钱一件?""十五块。"老伴儿要买两件,摊主不让:"一样的坎肩儿,买一件就够用了。"

十五块钱一件的坎肩儿,一天能卖几件?除了成本,这个摊主一天能赚多少钱?摆一个这样的小摊儿作营生,想来她的日子一定比较艰难。但是,她却没有昧下装着好几百块钱的钱包,一心要归还失主!就是这样一位普通得不能再普通的中年妇女,难道不是善者吗?

生活是丰富多彩的,生活中有善者,也有"恶人"。有一天,我从外面办事回家,路过一家银行门口,看见一个汉子,大约三十岁,膀大腰圆,站在街边唾沫四溅地骂街,骂得那个难听,让人学不出口。我实在看不下去,上前小声劝道:"有什么事好好说呗,这样骂街多不好!"没想到那汉子二话不说,撸起袖子挥着拳头就冲我而来:"我叫你管闲事!"幸好有几位路人拉住了那汉子:"老先生,你还不快走!"我灰溜溜地走开了。

这个骂街的汉子,恐怕也算得一个小小的"恶人"吧。还有,在公共场所旁若无人地大喊大叫者,在公交车上跟老人孩子争抢座位者,排队加塞儿者,停车挡路者……即使算不上"恶人",起码也是"不善"吧。

我活了七八十年,感到生活中大恶、大善者毕竟是少数,大善、大恶之举也不常见。如果我们希望做一个善者,那就要从小事、小

273

节着手。我以为,古人云"勿因善小而不为,勿因恶小而为之",乃至理名言。做人与做事同一个道理,"不积跬步,无以至千里;不积小流,无以成江海"。从小事做起,积小善而成大善,终可成为善者;不防微杜渐,小恶就可能发展为大恶。我见到过一些善者,也见到过个别恶者,据我所知,他们并不是一开始就那么善、那么恶的,日积月累使之然也!

何以报怨

世间人情，是是非非，恩恩怨怨。既有恩怨，那又如何面对呢？有人对我说过，世人对于恩怨的态度，有四种：有恩报恩，有怨报怨；有恩不报，有怨必报；有怨不报，有恩必报；恩怨皆不报。

有恩报恩、有怨报怨者，恩怨分明，信奉"有恩不报非君子，有仇不报不丈夫"。他人对我有恩，我一定要报答甚至加倍报答，"滴水之恩，当涌泉相报"。对谁有怨，谁曾经伤害过我，那也必须以牙还牙甚至加倍还击。这种人的作为，近乎常理，因果报应嘛。据我观察，世人中这样的人居多。这样的人活得很痛快，受人之恩，报答了，心无歉疚；有怨、有仇，报了，出了气，解了恨。

有恩不报、有怨必报者，记仇不记恩。别人对他有多大的帮助、恩典，他或者视之为理所当然，或者视而不见、听而不闻，或者麻木不仁，当然也就谈不上什么报答。但是，对于别人对他的伤害、妨碍甚至不恭，哪怕其实"未必然"，而只是他自己的感觉，也记得清清楚楚、明明白白，而且睚眦必报。这样的人，虽然在世人中不是多数，却也不是个别的，忘恩负义者，当属于这一类。

有怨不报、有恩必报者，记恩不记仇。别人伤害了他、暗中使了绊儿、截了他的利，他似乎毫无觉察，或者察而不当回事儿，或者转

275

身就忘了。这样的人,从不伤害他人——哪怕是有怨于他者。而于别人对他的恩典、帮助、鼓励,无论大小,都牢记在心,并且一点一滴地尽力去报答。这样的人,有点超凡脱俗,颇具君子之风。

恩怨皆不报者,或者近乎麻木,或者只顾走自己的路,世人对他的恩恩怨怨,就像从他身边刮过的一阵风。如果不是感觉麻木者,要做到恩怨皆不报,是不容易的,需要有相当深厚的"修行"。人非草木孰能无情,不为恩怨所动,没有很强的定力难以做到。据我观察,这样的人为数不多。

一个人怎么对待恩怨,那是他的人生价值取向决定的,各人有各人的活法,很难简单地分个善恶、是非、曲直,更无法强求一致。

我似乎有点"另类"。不知道从何时开始,也不清楚是怎么形成的,在对待恩怨的问题上,我有一种追求:有恩报恩,有怨报怨——以德报怨。

我自认为是一个知恩报恩的人,这倒不是因为我有多么高尚,大概是亲身的感受使然吧。我感恩父母亲,总觉得无论怎么尽力,也难报答他们的养育之恩于万一。从有记忆开始,我就深感父母把我养大成人太不容易了。家里清贫,吃了上顿儿没下顿儿,父母为了我和弟弟妹妹的温饱,终日风里雨里去地奔波,没白天没黑夜地劳碌。我小时候又体弱多病,在那特别艰苦的几年,为了让我们兄弟姐妹多吃几口,母亲饿出了一身病,早早地离开了人世。为了让我们兄妹能够上学读书,父母不知道犯过多少难⋯⋯

我对党的认识也是从感恩开始的。我们家多少代,没有人跨进过学校门。新中国了,我成为家里第一个上学读书的人。小学减免学费,中学享受助学金。考上了中国人民大学,愁坏了父母:拿不出去北京的路费。是政府给我买了进京的火车票。大学里,助学金保证了我一日三餐无虞⋯⋯先不说政治上的事,即使就经济而言,没有共产党哪有我的人生路。从报恩开始,我亲近党;通过学习和组织的教育,我逐渐认识党;后来决心成为一名共产党员……

对于朋友、他人的帮助,我铭记在心,尽力报答。当走在泥泞的羊肠山道就要滑倒的时候,有人扶你一把;当风雨袭来的时候,有人递给了一把伞;当饥渴难耐的时候,有人给你一碗水……如此情境,是何感受?因为清贫,因为艰难,倍知他人帮助的可贵,这大概是我记人滴水之恩、常思报答的重要原因。

几十年,川南、塞北、京华,种地、做工、教书、坐机关,我抱定一个信条:坦坦荡荡做人,老老实实做事。该我的不推辞,不该我的不去争。多帮人,能帮的尽力去帮,能救的尽力去救,绝不主动整人。与我相处的同志,大多认为我是一个"好人""好老头儿",故与人很少结怨。不过生活很复杂,或挡了别人的仕途,或断了他人的财路,或别人看我不顺眼,或我不撞人、人撞我……自然也就免不了"有怨"。

人非草木,孰能不知痛痒!人非圣贤,孰能对恩恩怨怨完全无动于衷!与人结怨,我痛苦、委屈、郁闷。但细细想想,与我结怨者,基本上不是邪恶之徒、不是坏人,只是或者利害不同,或者为人之道殊异,或者人品有别罢了。别人有意无意结怨于我,我也不敢保证不会有意无意地结怨于人啦。如果彼此以牙还牙,那岂不是应了江湖上的一句话:"冤冤相报何时了!"何以解怨?我想到了古人提倡的以德报怨。我虽然不敢奢望成为什么君子、贤人,但对人多一些善意总是可以的吧。

于是,我有区别地以德报怨。我相信儿时母亲经常对我说的一句话:"人心都是肉长的。"对于一般伤害过我的同志,以心换心,不记恨,正常交往,该帮的帮,该给的给,相信他终有一天会明白。对于那些伤害过我的非君子、伪君子,也不报复,只是心中有数,或者少些交往,或者交往时谨慎些。当然,我说的是在同志、一般人之间,对于大奸大恶之人、大是大非之事,那就另当别论了。

有朋友认为我的这种态度,有点迂腐。的确,我的想法和做法可能有些书生气,但人世间烦恼、痛苦够多的了,我总希望多一些善意。

心净，脚下便是乐土

追求美好的生活，是人近乎天性的一种情感，也是人类社会前进的重要动力。人间没有"世外桃源"，但却有乐土。不过，古往今来的世事沧桑说明，人间乐土不是从天上掉下来的，需要人们不惧艰险去寻求，不辞辛劳去建设。我们国家取得了脱贫攻坚的历史性成功，许多偏僻、蛮荒、穷困之地，变成了山清水秀、人们衣食无虞的乐土，就是最好的例证。

对于我们这些老年人而言，探索、工作、创造、奋斗，已经成为过去。昔日金戈铁马，今人闲看云卷云舒；当年日行千里，如今已是老骥伏枥。那么，老人怎么去追求自己的乐土呢？这方面的书籍汗牛充栋，名言警句无数。我一凡夫俗子，生性愚钝，学识平平，自然谈不到有什么深刻的见解。但是，毕竟经历了近八十度冬去春来，走过一些路，尝过一些酸甜苦辣，不能说毫无感受。

我以为，老人寻乐土，须心净。心净便烦恼不生，怡然自乐。具体而言，最重要的是乐观、知足、放下。这几个词儿，被人说过了千万遍，老掉了牙！不过，如一位哲人所言，同样一句话，从不同的人嘴里说出，含义是不一样的。我说这些话，自然渗透、融汇着自己人生的风霜雨雪、酸甜苦辣。

大家公认,保持良好的心情,是身心健康的重要条件。要想心情好,那就要乐观。我认为,乐观,首先是一种心态。记得有这样一个故事:一个杯子里装了半杯水,乐观主义者见了说:"嗬,真不错,已经半杯了!"悲观主义者见了道:"唉,怎么只有半杯呢!"同样一件事,有人见了兴高采烈,有人见了唉声叹气,问题出在哪里?心态不同,故感受、结论不同矣。

世界上的事物是很复杂的,有诸多方面。一个人如果心态积极、阳光、开朗,那么容易看到事物的光明的一方面;反之,则容易看到事物阴暗、消极的一面。我认识一个同志,他和我谈到他的同事的时候,总是说某某有什么毛病,某某有什么缺点。我问他,你跟我说说,他们有什么优点。他想了好半天,也没有说出点什么。这位同志就有点悲观心态。

有人说,一个人是乐观还是悲观,是先天的性格决定的。我不大认同这种说法。如果是先天的,那我有时候比较乐观,有时候比较悲观又作何解释呢?乐观和悲观,与性格有一定关系,但和境遇有关。根据我的体会,不要一个人闷着,经常出去走走,看看大好河山,多与人交流,天南海北地聊聊,有利于保持好心情,不容易陷于悲观情绪之中。我还感到,忙时比较兴奋,太闲了容易多愁善感。我曾经写过一首小诗,其中有两句:"忙碌嫌日短,闲散恨夜长。"找点事情做做,读书写字、唱歌跳舞、钓鱼打拳……生活充实,也有利于保持乐观心情。

知足,说起来容易,做起来并不那么简单。俗话说得好,人往高处走水往低处流。不满足现状,是往高处走的精神动力,不可全无。但是,作为老年人,往高处走还能走到哪里去呢?我以为,老人,为了身心健康,还是多一些"知足"为好。当年,有一位同志写了一副对联"知足胜过长生药,长乐方能晚白头",横批是"知足常乐"。这副对联虽然近乎大白话,却说出了一个道理:知足才能常乐。

以我的体会,知足与否,是因为比较而产生的。比较,是认识事物的重要方法。人们不是常说"不怕不识货就怕货比货"吗?比较,没有错,但有个比法问题。如果事事总跟好的、高的比,那能知足吗?如果既比比好的、高的,也比比差的、低的,比上不足比下有余,心里就平衡多了。如果多比比那些不如自己的,就会知足了。以今天的生活为例,比比那些有钱人,我心里很不舒服,但是用自己今天的衣食住行,与当年的境况比比,对今天的日子我又很知足了!

知足,就能保持一种平和心态。心中波澜不起,心静气闲,当然有利于健康。

我们今天说"放下",更多的带有佛教用语的意味。所谓"放下",就是对世间的事情不要执着。我心目中的"放下",不是扔下不管,更不是看破红尘万念俱灰,而是对事情不能太执着,不可耿耿于怀而不能解脱。我们常说要拿得起、放得下,就是说做事的时候不犹豫,干脆利落,全力以赴;一旦尽力做了,就把它当作过去,不再陷于成败得失的折磨。

以我之体会,老年人最放不下的为:老伴儿、儿孙、生死。

俗话说,"少年夫妻老来伴"。对于老年人而言,老伴儿当然是很重要的。如果夫妻双双健在,彼此放不下,无时不互相牵挂惦念,那是一种幸福。现实生活是无情的,夫妻"同年同月同日生,同年同月同日死",几乎是不可能的。如果一方先走了,对活着的一方而言,无疑天塌一般!越是恩爱的夫妻,打击越甚。

我经历过夫妻间的生离死别,感受过灵魂、情感被一刀刀凌迟的彻骨痛楚。若遇这种情况,如之奈何?我以为放下,是一种正确的选择。心中可以永远怀念对方,终生不忘,但不能永远陷在痛苦之中!妻子去世后,我不仅心灰意冷,而且身体也出现了大状况。

朋友劝导我"一念放下,万般自在",儿子安慰我:"你与妈的尘缘已尽,该放下的要放下。"我也想,妻子在天之灵不是希望我痛不欲生,而是希望我好好地生活。于是,心里释然了,开始新的生活。

我有一位大学同班同学,还有一个朋友,都是在夫人去世后一年左右,自己也离开了人世。这样的事,实在令人痛心!逝者长已矣,生者当保重。放下,不仅是一种自救,也是对已去天堂的老伴儿最好的纪念。

儿孙,是自己生命的延续,也是自己的未来和希望,关爱、放不下是人之常情。但是,也需要放下:对儿孙的关爱,一要量力而行,二要有度。就体力而言,我们已经老了,不可再逞能,搬搬扛扛、登高上梯的事,就让孩子们去干吧。经济上,给孩子该花的钱要花,不可一毛不拔,但也不可花干用尽,要给自己留点钱以备不时之需。帮着做点家务、带带孙子孙女,不是不可,但要留点时间给自己,享受晚年的生活。有人开玩笑说:"操儿孙的心什么时候完?上八宝山的时候!"其实,既然儿孙的事没完没了,那何不放下?早有俗话在前头:"儿孙自有儿孙福,该放手时且放手。"

至于生死,千百年来,关于这个话题的文字无数。人生悠悠万事,最大的莫过于生死,谁不关心、谁能放下?我以为,放不下又能如何?古往今来,无论帝王将相,还是贩夫走卒,有谁免了生死!既然生死不是我们自己说了算的,又何必纠结不已呢?我们能做的是:坦然面对,顺其自然;高高兴兴,安享晚年。这,也是一种放下。

桃源何处寻?心净,脚下便是乐土!

九、信念如灯

佛在你我中

我这个人生性好动,老来热衷于游山玩水。不知是天性使然,还是与我学的专业有关,我喜欢参观佛寺,也喜欢与僧人——特别是有学问的僧人——攀谈。游览中我发现,无论是千年古刹,还是新建的佛寺,不管是深山中的禅院,还是城市里的寺院,香火都很旺盛。这种状况与今天科学技术的高度发展,形成了强烈的反差,不少人颇觉得奇怪。

在我看来,这种现象说怪也怪,说不怪也不怪。人世间为什么会有佛、佛教?话题可能有点远,但我以为要从根上理解上述现象,恐怕得从这个话题说起。

有 年,我到普陀山的普济禅寺参观,见到了普济寺的长老戒忍大师。大师是全国政协委员,得知我也是全国政协委员,顿增几分亲近;见我对佛学感兴趣,又增添了更多投机。交谈了一阵之后,大师问道:"现在党的宗教政策很好,不知道将来会不会变?"我答曰:"我一个普通干部,无法预见将来的政策。不过我想请教长老,人世间为什么会有佛教?""施主对佛学知道不少,愿听你说说。"我便班门弄斧,谈了自己的看法。

在我看来,只要人世间还有未知世界、还有苦难、还有对死亡的恐惧，就会有宗教。戒忍长老颇认同我的看法，对未来党的宗教政策似乎也找到了答案。

世上，有许多我们未知的东西，大到宇宙、人类，小到个人的命运、日常生活。宇宙深处是什么？现代人的认知还未到达宇宙深处，于是宗教告诉我们，那里有上帝，那里有玉皇大帝和他的仙国，那里有五方诸佛……我们的命运是一个未知数，无法准确知道未来会发生什么，可又很想知道。于是，宗教告诉我们上帝已经为你安排好了一切，佛说你种下什么因就会有什么果……宗教的说法，满足了人们急切希望知道未来的冲动。

我以为，这也是为什么今天烧香拜佛的人特别多的原因之一。记得我在三十年前有一个发言，谈市场经济。发言中说，市场经济由市场来配置资源、调节经济，因此具有很大的不确定性，从某种意义上可以说，市场经济是一种风险经济。这样，未来的经济生活就会有诸多的不可知、不确定，具有很大的偶然性。人力不可及，便会求助于神。于是，烧香拜佛，磕头捐功德，希望佛、菩萨保佑未来成功、平安。

大家可能会问：当今科学技术如此发展，怎么还会有人信佛？不错，当今的科学技术高度发展了。但是，科学技术并没有解决一切未知的问题，这就为宗教留下来空间。而且，如一位学者所言，科学解决、回答的是必然性问题，宗教说的是偶然性问题。必然性是由偶然性开路的，世间有太多的偶然性，科学一时难以说明，于是佛说那是因果、神力、神意。欧美也有那么多人信仰基督教？

人生一世，有太多的美好时光，有欢乐、幸福。但是，人又有生老病死的痛苦，有天灾人祸带来的苦难，有失去亲人的悲伤，有失败的沮丧，有委屈的郁闷……可以说，人生是欢乐与痛苦相伴，如意与失意随行。我们常祝福他人"万事如意"，这是一种良好的愿望，其实有"半事如意"（一半的事如意）就不错了。苦难、痛苦，人之不欲矣，于是便希望有"超人的力量"来救苦救难。这样，诸佛、大慈大悲的观音菩萨等便出现了。人生就是苦难，苦难皆因"六根不净"而起，通过修行，"诸善皆行，诸恶莫作"，净心明性，便可解脱。于是，企求被拯救的人趋之若鹜。

人生悠悠万事，最大莫过于生死。我曾经多次说过，一般人都对死亡怀有恐惧，说白了就是怕死。人死了，将是一去不复返，身边的亲人、财富、名誉地位……从此与你诀别；像掉进了无尽的黑暗深渊，往下坠落，永不到底。怕死，是对不可知、对黑暗的恐惧，是对人生的依恋。而死又是不可避免的，因此人非常希望知道自己死后是什么样。可是，活人不知道，死人不能再说话，总之没有人能告诉你。于是，主告诉你，孩子，不要害怕，你的灵魂将升入天国。佛说，死亡，只是扔掉了"臭皮囊"，是解脱；只要你一心向善，你将进入西方极乐世界……

综上所说，因为人有未知世界、有苦难、对死亡怀有恐惧，才有了宗教。导师说得对，人在人世间迷了路，就会到天堂去寻找出路。说到底，佛并不在天上，而在你我之中：信之则有，不信则无。

其实，佛教中的佛，就是觉悟、觉悟者。当然这种觉悟不是一般的觉悟，而是大彻大悟。按照佛学的说法，就是"菩提智慧"，大彻大悟，明心见性，证得了最后的光明。用我们的话说，就是参透了宇宙万物、人之生死奥秘和真谛的智慧。佛教认为，人人都具有"佛性"，人人都可以成佛。我理解，这即是说，人都具有通过修行，明心见性、大彻大悟的内在可能性，都可以成为觉悟者。

我对佛学知之甚少，甚至对一些佛学观点的理解可能有偏差。我很赞成佛学中人人都具有佛性、人人可以成佛的观点。用我们的话说，就是正常的人都具备"认识事物、求得真理的能力"，成为觉悟者。当然,我们讲的觉悟,与佛教说的觉悟,有所不同。我们讲的觉悟,就是对世界、事物、人生,有正确的认识。觉悟,大到对宇宙的认识,小至对具体问题的理解。

就拿上面说的宗教产生、存在的三条原因来说吧。关于未知世界,宇宙、世界万物是无限的,虽然人的认识也是无限的,但永远也不可能穷尽对世界的认识。因此,总会有未知的事物。要认识未知事物,只有依靠认识的不断深入,宗教对未知世界的说法,最多是一种猜想,不能代替对世界的认识。冷静地想想,千百年来,科学揭开了宇宙、世界一个又一个的奥秘,而宗教除了千年前的说法,告诉了我们新的什么?

世界上的事,是相反相生、相比较而存在的。从总体上说,人生有欢乐就会有痛苦,有幸福就会有灾难。既如此,生老病死的痛苦等等乃是不可避免的。明智的做法是尽量减少痛苦,趋福避祸,遇上了苦难尽快解脱。安慰是需要的,但什么样的安慰也代替不了自我解脱。就连佛教也认为,佛、菩萨只是给众生指明了解脱之道,解脱还得靠自己。

至于人死后是什么样,人有无灵魂,这个问题争论了千百年,可能还会继续争论下去。我相信"人死如灯灭",随着肉体的灰飞烟灭,感觉、思想、意识也统统消失了。有谁见过天国、西方极乐世界?活人不可能见,死人"死无对证"。天国之说,一种临终关怀而已。要说我对死亡不怀恐惧,那是骗人的鬼话。但既然无人可以幸免,怕又有何用!我的态度是过好眼下的生活,享受人生;何时西去,听天由命。

如果我们能正确认识、正确对待这些问题,也算得有所觉悟吧。故我说,佛就在你我中。

有点敬畏好

我不信仰佛教。但是,我赞成有些人信佛,甚至主张给有些人讲点佛家的道理。有人可能会说,你一个共产党员、曾经的机关干部,这种主张也太说不过去了吧?我有这种主张,不是一时心血来潮,而是有些想法和认识的。

人的行动是受大脑支配的,其实也就是受意识和思想支配的。从这个意义上说,先有了想法,后才有行动。具体的行动受具体的思想、想法支配,而人的一生是由信仰引领的。信仰和理想,是人生的灯塔、目标,前进的根本动力。因此,信仰问题是一个根本性的问题,不能等闲视之。

不错,马克思主义是我们的指导思想,共产主义是我们的奋斗方向,这不仅写进了中国共产党的党章,也写进了中华人民共和国的宪法。我们的信仰应该是马克思主义、共产主义,这是毋庸置疑的。但是,平心静气而论,要求每一个中国人都信仰马克思主义,现实吗、可能吗?我认为不可能,当然也就不现实。

这一点并不奇怪,因为在现实社会中,人们的思想觉悟、文化水平、认知能力、道德修养,是参差不齐的。如果用文化程度打个比方,那么既有学者、研究生、大学生,也有中学生、小学生甚至文盲半文盲。我们历来主张实事求是，一切从实际出发。既然人与人之间有如此之大的差异，那么在信仰问题上就不能同一个标准，对人的思想引导和教育，应该因人而异。

严格地说，信仰马克思主义、共产主义，是对共产党员的要求。马克思主义是科学的、先进的思想、理论和世界观，共产主义是人类历史上最伟大、壮丽的事业。只有工人阶级、劳动群众、知识分子中的先进分子，才能建立对马克思主义、共产主义的信仰，并立志为实现共产主义奋斗终生。历史和现实生活都证明了这一点，建立坚定的马克思主义信仰，绝非易事，只有少数先进分子可以做到，多数人是做不到的。

针对大多数群众，中央提出了社会主义核心价值观，这无疑是很正确的。社会主义核心价值观，既体现了马克思主义基本原理的指导，又切合现今社会生活和广大群众思想的实际。提倡核心价值观，不仅群众反映良好，也收到了很好的效果。

虽然如此，可还是有不少群众烧香拜佛。我以为，这不奇怪，人的进步、社会的进步是一个艰难、漫长的过程，不能急于求成。更不应该反对和禁止，宪法规定了宗教信仰自由（其实，大多数烧香礼佛的群众，并不是佛教徒）。而且我以为，人总是要有信仰的，信佛比什么都不信好。佛教是什么？赵朴初老有一个题词："诸善奉行，诸恶不作，是为佛教。"虽然佛教讲的善恶与我们讲的善恶不完全是一回事儿，但有基本的共同点。劝导大家多行善、莫作恶，有百利而无一弊。

至于极少数作奸犯科、坑蒙拐骗、制假贩假之徒，法律的惩罚、行政法规的管制是十分必要的。群众对这类现象、这类人深恶痛绝，纷纷反映现在对这些人的打击、处罚太轻了，应该从严、从重处置。我以为，打击、处罚只是一个方面（很重要、不可缺少的一方面);另一方面,如果希望从根上解决问题,那就要防患于未然,尽力减少出现这类人。如何防患于未然呢?加强法规建设,加强管理,减少这类现象发生的社会土壤,必不可少。不过,我以为,事情总是人做的,做坏事是因为人"坏"了,所以对人的教育、引导,于治本非常重要。

怎么教育、引导这些人呢?给他们讲马克思主义?讲社会主义核心价值观?给他们讲这些,无异于对牛弹琴!对牛弹琴,是对听琴者的批评、讽刺,又何尝不是对弹琴者的批评、讽刺呢?说明弹琴者耳不聪眼不明、不识对象,做了蠢事。对于牛,弹琴是没有用的,有用的是鞭子和吆喝。对这类人,不如冲着他们大喝一声:别作恶、别干坏事,恶有恶报,善有善报,不是不报时候未到!

要让这些人心中有所敬畏!敬畏对于人的思想和行为,是一种无形的约束。如果人的心中完全无所敬畏,恶念就会泛滥,什么坏事都可能干出来。

有人可能会说,不讲马克思主义,而去谈佛教的因果报应,境界太低了吧?这样做境界的确不高,可是,对人的教育,不仅要讲究高低,更要讲究合适、有针对性。大学的课本水平高,可你拿给幼儿园的孩子读,行吗?做这类恶事、坏事、不良事的人,大多是思想、道德上的刁民,需要对他们进行怎样做人的基础教育。

再一次说,我不信佛教。但是,据我观察,佛教的因果报应说、地狱说,对那些企图干坏事,或者已经做了些坏事的人,是有威慑作用的。有人告诉我,这类人有两怕:一怕坐牢、杀头;二怕遭报应、死后下地狱。

人不同,心中的敬畏也不同。但不管怎么说,做人,有点敬畏好。

拜佛莫如别作恶

我大概生性好动，只要有机会就想出去到处走走，尤其愿意去山水泉林间逛逛。有人说，和尚道士最会找地方，把好山好水都占了，此话不假。我所到之处，见名山多有古刹，幽处常有名观。因为如此，游名山大川，就少不得看一番古刹、名观。

近些年，我去参观寺庙，所见令人感慨。寺庙之中，香烟缭绕，烛火熠熠，钟磬声声，善男信女熙熙攘攘。佛祖宝座前，观音莲台下，磕头礼拜者络绎不绝，一个个闭目垂眉，神情肃然。更有甚者，拜佛或五体投地，或头叩地面咚咚有声。功德箱前，功德簿旁，众人纷纷解囊。有的老年人颤颤巍巍地用双手将大票投入箱中。从衣着看，他们大多并非富有者。睹这般光景，我常想，如今日子好了，大多数人已经衣食无忧，为何礼佛敬神者越来越多呢？大概是如今的社会生活、经济生活充满变数，风险重生，使人感到自己不能主宰自己的命运，转而相信冥冥之中有主宰者。诚如先贤所言，人在人世间迷了路，就会到天堂去寻找出路。如果说这种现象尚能找到某种解释的话，另一种现象在我心中却是大惑不解。

一次，我和几个朋友同游一座佛教名山，青山巍巍，泉水淙淙，林涛阵阵，红墙黄瓦掩映在高山丛林之中，真名不虚传。在一座古刹中,一老僧向我等介绍寺中之佛如何灵验,并且说,××一次就向寺中捐了十万元人民币,×××曾冒大雪来寺中进香。我听后虽然面色依旧,但心中却着实愕然:××已因受贿罪被判刑了,×××也被留置,他们为何如此烧香拜佛？出寺之后,我向朋友们道出了自己心中的疑问。朋友们七嘴八舌地说了许多:"干了坏事去拜佛的人不少,大概是一种赎罪吧!""也许是良心发现,拜佛以求一种心安吧!""非也! 烧香拜佛,是为了求神保佑其免受惩罚!"我以为,这些人拜佛,动机可能有种种,但主要的动机是消灾,求神保佑其干的坏事不败露,免受惩罚。

一段时间,我就此想了很多,难道烧香礼佛就能让干了坏事的人免受惩罚吗？思来想去,我的结论是:不能!

佛家是主张善有善报、恶有恶报的,因果报应说,是佛家的一个极其重要的观点。有什么样的因,就会有什么样的果。"种瓜得瓜,种豆得豆",此乃常理。故佛家要人们广种佛田,多行善事。终身行善,生则得福,安享天年;逝则进入西方极乐世界,逍遥自在。如果善行多多,加之得悟禅机,明心见性,还可以跳出三界外,免受轮回之苦。佛家要人莫作恶,戒杀生,杜淫乐,勿取不义之财,甚至要人不嗔不怒,不打诳语。若是作了恶,天网恢恢,天理昭昭,必然受到惩罚。恶小轻惩,恶大重罚,神灵有验,锱铢不紊。大恶之人,即使生时未得报应,死后也要下地狱,并要被打入畜道,来世不得为人。

既然如此,作恶者礼佛何用呢？只要作了恶,不烧香会报应,礼佛也会报应,反正报应只是早晚的事。如果烧香礼佛就会保佑恶人免受惩罚,因果报应岂不成了一句空话! 这样的神又成了什么样的神呢？岂不成了恶行、恶人的保护神？若如此,天道何在？天道不存,还会有神吗？

可能有人会问:佛家不是有"放下屠刀,立地成佛"的说法吗？

293

不错！佛家是有这个说法。不过我以为，第一，恶人拜佛真的"放下屠刀"了吗？一个腐败分子，难道仅仅凭他烧香拜佛、捐献功德款，就说明"放下屠刀"了吗？非矣！若是真的"放下屠刀"，就应该立即到有关部门坦白自首，彻底交代罪行，干净地退赃，争取宽大处理。如果仅仅烧点香、捐点钱，就算"放下屠刀"，那岂不太轻松了吗？更何况这些人烧香拜佛，是为了逃避惩罚，与"放下屠刀"何关？罪而逃罚，错而避责，本身就是一种罪过，与"放下屠刀"风马牛不相及，更谈不到成佛！

第二，对于"放下屠刀、立地成佛"，我心存疑问。若果真如此，那何必要人们一辈子辛辛苦苦地禁欲持戒、苦修苦炼呢？何必要人们经年累月不懈地积德行善呢？何必要人们终生礼佛参禅、诵经悟性？若果真如此，那还不如先恣意妄为、寻欢作乐，到时候再来个放下屠刀，岂不轻松愉快，享乐成佛两不误！我想，这绝非佛家的本意。这个说法，我以为是佛家给有恶行的人指一条出路，劝人改恶从善。佛教是教化人从善的宗教，旨在普度众生。众生，当然包括做过错事、坏事的人，包括恶人。恶人只要真正弃恶从善，还是有出路的，也可以明心见性、与佛有缘的。我以为，劝众生弃恶从善，不要继续作恶，乃是此说法的真义。不可忘记，佛家还有惩恶扬善的说法，既有西方极乐世界，也有诸般地狱。

神佛不会保佑恶人免受惩罚，香也白烧，拜也枉然，捐钱也无用。拜佛莫如别作恶、多行善。特别是作为一名领导干部，应勤奋工作，一心为民，严守节操，两袖清风。当然，这说来简单，要做到却非易事，需要有在诸多变幻、冲击、矛盾面前泰然不动的坚定信仰；有威武不能屈、富贵不能淫、贫贱不能移的品格；有抗拒诸多诱惑的毅力。做人本来就难，做好人当然更加不容易。但若能如此，虽然生活清贫一些，却心中坦然，不为风急云变所动，不因雨骤霜重而惊;淡泊身外之物,不为荣辱进退、利害得失所累,怡然自乐,安享天年。人生得如此,佛在心中矣。许多长者,有的甚至是革命战争年代九死一生过来的耄耋老人,他们神采奕奕,谈吐自如,心怡神爽,其乐融融,真颇具"仙风道骨"!吾见之,钦佩、赞叹、仰慕不已!他们何以如此?一生向善矣!

已有恶行之人,又当如何呢?我以为,佛性本在自心,求诸外不如求诸内,求神救不如自救。那就是真正从内心幡然悔悟,投案自首,彻底交代,以求一个重新做人的机会。当然,要做到这一点,是很难很难的。俗话说"学坏三天,学好三年","上贼船易,下贼船难"。之所以有痛改前非之说,是因为改前非需要痛下决心、经历痛苦的。你的正人君子形象会在众人面前轰然坍塌,为人所指;花天酒地、醉生梦死、前呼后拥的生活会突然而逝,家财万贯变成一贫如洗,门庭若市变成门可罗雀……这一切焉能不痛!但若不改前非,一朝败露,岂不更惨!即使侥幸逃脱,然成天生活在担心被捉的恐惧、惊恐惶之中,如丧家之犬、漏网之鱼,那又是什么日子呢?改前非虽然痛,但却是一条自救之路。不自救而求神佑,那是枉然的。据说,有恶行而求神佛庇佑者,迄今仍然不断。呜呼!神佛若有灵,真不知会为此类蒙昧之举感到何等悲哀!

善在心中,恶在心中。心中有佛,心贼不生。心中有贼,只当自除。心贼既除,善心依然。

净心以净行

某些媒体报道说,有的中国游客在国外的景点乱刻乱画,有的游客在洗脸盆里洗脚,有的游客随地乱扔垃圾……前些年,我看了这样的报道很生气:会这样吗?在中国人脸上抹黑,别有用心!这几年,再见此类报道,我心中则有点底气不足了:可能吧,我们有些人也太不争气了!为什么会有这样的变化?因为我见到了不少令人痛心的事。

一次,我和几个朋友到四川甘孜藏区草原旅游。那是一片山间牧场,"蓝蓝的天上白云飘",四周高高低低的山一片葱绿。牧场很辽阔,绿茵茵的草地上开着好多野花,红的、蓝的、紫的、黄的……东一簇,西一片。走在牧场上,口鼻中涌进一股股清新,胸中好像有什么在涌动。牧场上正在举行景区开园庆典活动,公路边停满了各式车辆,草地上三三两两系着鞍的马自由自在地游荡着。牧场中心地带搭了好几个大大小小的帐篷,帐篷间还拉了许多彩幡,扩音器里播放着优美的草原歌曲。好多的人,大多是男女青年,也有老人孩子,或在草地上嬉戏,或在野花丛中拍照,或在帐篷里用餐。不时,几位身着鲜艳藏族服装的少女穿行在人群中,像几朵彩云从蓝天飘过。我们也加入到人群中,直到活动结束。

人群陆续散去，牧场空旷了。我放眼一看，不经意间心被猛地扎了一下：草地上这里散落着空易拉罐、矿泉水瓶、方便面盒儿，那里飘着塑料袋儿、废纸……一片狼藉。老伴儿感慨："多美的地方，怎么糟践成这样！"几位朋友议论纷纷："唉，可惜啊！""可惜什么？""可惜了这蓝天白云绿草地！可惜我们有些人心灵不美！""恶习难改呀！"我说不出什么话，只觉得一阵阵心痛。

无独有偶，我们经过一个高山观景台，下车观看对面远方的雪山。观景台上已经有些人。远方的雪山被翻滚的白云托着，显得洁白、庄严、神圣。可是，一看观景台的地面，那就太惨不忍睹了：满地散落着各种垃圾，风吹来，塑料袋、果皮、纸屑四处翻滚。可是，就在不远处的路边，醒目地放着两个垃圾箱。我走近垃圾箱看看，垃圾箱里只有很少垃圾。我心里好不得劲儿：谁干的呀？怎么就不肯多走两步，把垃圾扔到垃圾箱里？

回到家里，不时就想起这件事。想着想着，不知为何联想到一些似乎与此风马牛不相及的其他事情。

退休了，外出时我经常乘坐地铁、公共汽车。北京的人真多。不管什么时候乘车，尤其是乘地铁，几乎都很拥挤。车上人多，老人、带孩子的妇女很难，东晃西悠的，有时候连站都站不稳。车上的广播一遍又一遍地播着："各位乘客，尊老爱幼是中华民族的传统美德，请把座位让给那些需要帮助的人。"可是，我发现很少有人让座，不知道是根本没听广播，还是置若罔闻。许多人在埋头看手机，有的人抬头看了一眼跟前的老人孩子，又若无其事地继续玩儿他的。看见此类事，我心中总有一种说不出来的滋味。我们这代人也年轻过。我们年轻的时候，在车上给老人、孩子让座，被认为是理所当然的事。现在怎么啦？

在机场候机，在火车站候车，候机室、候车室常常人满为患。有人站着,甚至背着大包袱或者抱着孩子站着,老半天找不到一个座位。可是有人把大堆行李放在座椅上,有人甚至躺在座椅上蒙头呼呼大睡。也有人说:"请你给这位抱小孩儿的大嫂腾个座吧!"这话有时候管用,有时候对方"没听见",有时候甚至换回一句话:"多管闲事!"

我自认为不是"今不如昔"论者。但面对现实细细想来,不能不承认,我们在取得巨大进步的同时,有些方面的确倒退了,上述现象就是例子。其实,此类现象还可以列出许多。这些现象与社会的进步形成了强烈的反差,因此也特别引人注目。应该说,此类现象不是社会风气的主流,但并不鲜见、绝非个别。这种状况不但使许多有识之士深感忧虑,也引起了群众的强烈不满。有病就得治,欲治须寻根。我在想:此类倒退现象的病根何在呢?

思来想去,我以为上述现象虽然看起来有点互不相关,但是病根相同:因为种种缘由,一部分人的心中只有自己,完全没有别人。不是吗?只图我方便,垃圾随手一扔,至于对环境有何影响、别人感觉如何,与我何干?只要我坐着舒服,别人怎么难受,关我什么事?恕我直言,如今只顾自己不管他人的现象,实在是很不少。我颇疑惑:怎么会是这样?

从传统讲,先人提倡厚德载物,亲人之亲,敬人之敬,尊老爱幼,扶危济困。我们是文明古国、礼仪之邦。为何中华民族的优良传统在一些人那里荡然无存呢?这些人是心中金钱打败了道德,还是坠入了人不为己天诛地灭的魔圈?是我们忘记了"两手都要硬"的教导,还是我们把优良传统当作糟粕扔掉了?如果没有了优良传统,何为千年华夏、优秀的中华民族?想起来令人有些脊梁发冷。

退一万步讲,以人这种高等动物论,人是群居动物。人类之所以能够形成、繁衍、昌盛,群居是不可缺少的条件。洪荒之时,离群索居的原始人,是无法生存的。即使进入了文明时代,像鲁滨逊那样独自离群生活,也是十分困难的。我以为,即使是为了生存也不能无视他人的存在。如果人人心中只有自己、只顾自己,是无法形成群居的。没有群居、没有社会,那人将不人了。

故我认为,心中只有自己,有悖民族优良传统,有悖人类生存和发展的需要,是人心的一种病态。

对于上述种种不文明现象,有关部门和很多媒体注意到了。不仅建立了专抓精神文明建设的机构,还做了许多具体工作。不少媒体也在积极倡导继承优良传统、建设社会主义精神文明。这些是很必要的,也收到了一定的成效。但是,上述种种不文明现象为何仍然不绝,甚至有愈演愈烈之势呢?我以为重要的原因之一是我们没有抓到"根"上。人的行为,是受思想支配的。行为不文明,是思想不文明的反映。既然上述种种行为上的不文明,是"心病"的表现,那么欲净行就须先净心。我们应该下力气治治"心中只有自己、完全没有他人"的心病了。

当然,存在决定意识。要想从根本上治疗"心中只有自己"的心病,还需在经济生活、社会生活中注重公共利益、集体利益,让奉献者、助人者不仅光荣,而且真正得益;让自私者不仅为众人所不齿,而且得不到任何好处。

啊，救世主

妻子的病已经到了晚期，西医认定为不治，中医也无良方。可是，总不能坐以待毙呀。家人、亲友提出了许多建议，一个建议就是一条路。这些路，有地上的，也有天上的。

我自认为是一个唯物主义者。但是，在事关亲人生死的时候，我充分尊重了大家的"信仰自由"。

妹妹的女儿认识一位精通周易的人。据说此人身怀绝学，用推演周易的方法，准确地预测了多位绝症患者的病情发展并指导人就医，挽狂澜于既倒。她问我要不要去找此人算算，我说，去算算吧。她亲自登门拜访那位身居陋室的奇人，报上了我妻子的生辰八字。据说，经过两个晚上的精心推算，有了结果。那奇人说，我妻子当年犯"太岁对冲"，有性命之忧，但若熬过当年，待来年春暖花开之时，当转危为安。亲人们焦急地盼着艳阳天。但是，大雁从南方归来了，我妻子却走了！

有一位风水大师登门，把我家里里外外仔细看了一番，时而凝目沉思，时而仰头冥想。然后道：卧室中的衣柜颜色太深，摆放位置也不对，须挪走；卧室窗帘颜色太深太重，要换成浅色的。如果这样做了，病当好转，若能熬到来年开春，就无大碍了。

大家一一照办。衣柜全部搬出卧室,放进了餐厅。虽然显得有些不伦不类,换洗衣服也诸多不便,但只要有利于治疗,我们心甘情愿。妹妹们去"浙江村"挑窗帘,跑了一家店又一家店,终于选中了一款。淡绿色,图案雅致。上半段,柔嫩的柳丝带着叶芽苞随风飘逸;下半段,几只燕子呢喃追逐。都是经过几多冬去春来的人,可今冬大家热切盼望着春天早些到来呵!

春天姗姗而来了,妻子的病情却每况愈下。春天走了,她跟着春天去了!

我一位老同学的夫人笃信主。她说将天天为我妻子祈祷,也让我妻子自己天天祷告。我妻子很听她的话。不时坐在床上做祷告:"主呵,请宽恕我的罪过,拯救你的羔羊,阿门!"看着妻子那份虔诚,感受着她从心中迸发出的强烈求生欲望,我很心酸!愿主保佑!可是,主呵,你为何没有拯救你的孩子?是没在家,还是太忙了?可你是万能的呀!

有人推荐,说四川阿坝有一位藏传密宗的活佛,神通十分广大,曾经救过诸多明星、某某"大人物"的命,皈依他的弟子众多,你们不妨向他求助。众人连忙行动。但是,这位活佛居无定所,云游四方,时而去上海开会,时而去杭州为人排忧解难,时而去西藏、青海做法事……很难找到。

经过多方努力,在一位活佛弟子的帮助下,终于跟这位活佛通上了电话。我妻子在电话中尊活佛为上师,表示愿意皈依,请求施救。活佛慈悲,愿意施救,并引领着她念了一段经文,嘱咐今后时常念诵,念的遍数越多,功效越大。此后,每天晚八点,我妻子、大儿子,有时我也参加,盘坐床上,手捻念珠,闭目诵经:"班扎尔萨埵吽……"不能坐了,她就躺在床上念,天天如是。袅袅佛乐之音依旧,而她的念佛之声越来越弱,直至消失天外。

301

大儿子曾经练过一段气功。练功时认识了一位高人,曾让全身粉碎性骨折的人康复如初,也治过一些疑难杂症。儿子求他给妈妈看看,他让其夫人——当然也是气功高手——登门诊治。这位女士很侠气,不收分文,尽力发功治病。几次之后,她自己累得病了一场。她表示,病人的病太沉重,凭她的功力只能稍起缓解作用,无法治愈。

后又有人推荐一位挂牌开诊所为人治病的气功大师。据说这位大师功力非常了得,颇有些来历。他幼年因体弱多病,出家为僧,得名师真传,练就一身独门功夫,后还俗,云游四海为人治病。大师五十开外,正值功力盛、有经验的黄金时期;慈眉善目,体态魁梧,有几分仙风道骨,像德高望重之人。

我同意请来一试。但随闻这位大师的出诊费"天价",我便不赞成了:"治病救人,为何这等敛财!真有大本事的人应该德高才对。"两个儿子与我发生了激烈争论。大儿子说:"无论多少钱,我出!"我道:"不是钱的问题!""哪是啥问题?"小儿子问。我答:"如此敛财,我疑为圈套。""出家之人,不打诳语,恐有几分道行。""我担心上当!"小儿子急了:"就是上当,我们也要试试!妈就这一线生机,难道你要断了不成!"我胸中梗石,无言以对。

这位大师先一周来一次,后一周来两次,有时带着徒弟来,有时独自来,全由儿子接送。大师做得很认真,右掌在我妻子腹部十来公分的上空来回运气,然后从病灶处用力一抓,又使劲往地上一甩,往返数次,有时还捏拿按摩。他每次做完,大汗淋漓。大师对我们讲:"放心吧,病灶已经被控制住了,下一步是让病灶逐步缩小。"闻此言,大家似乎从漆黑的乌云缝间看到了一丝亮光。

一边治,妻子的病情一边加重。我问大师这是为何?大师答道,治病就是这样反反复复,不可能一路向好,要有耐心。我认为他言之有理,便耐心等待着。终于有一天,大师悄悄对我们说:"恐怕快不行了,做点准备吧!"我急了:"你不是说病灶被控制住了,在逐渐好转吗?"大师心平气和:"那是对患者的安慰和鼓励,总不能让病人丧失信心吧?""那你该给我们说实话呀!""给你们说了实话,你们就会从情绪、神态上表露出来,那岂不影响患者吗?"

我的天啦!原来是这样!

大师不再来了!大儿子究竟花了多少钱,至今不肯告诉我,我当然无从知晓。

救世主,东方的、西方的,天上的、地下的,妻子和大家都虔诚地求过了。可是,妻子还是走了!我们不仅悲痛,也深感有诸多遗憾。亲人们以为,唯一的一丝安慰是妻子在最后的日子里未受剧痛的折磨。

书中载、医生言、众人传,患胰腺癌是万分疼痛的。晚期时,痛到让人无法忍受,痛不欲生。为了减轻痛苦,吃止痛药、打点滴直到注射杜冷丁或吗啡。而我妻子,连止痛片也未服一粒,是一个"奇迹"。医生说,可能是一个万分之一的例外。有人说,是主、是菩萨显了灵。也有人说,是气功发挥了作用……而我在想,也许是她超乎常人的坚强,不想让亲人撕心裂肺;也许是某种药物的作用;也许是儿子、妹妹们夜以继日的搓揉、按摩;也许是浓浓的亲情……

也许是,也许都不是。

茫茫冥冥之中真有救世主吗?若没有,为什么会有那么多人信仰?难道他们都是群氓?这个世界,有太多的痛苦,太多的不平,太多的无奈,故太容易让人迷路了!真有吗?我妻子这两年走过的路,更加重了我的怀疑。我妻子临终说的话是:"我一生行善,从来没有做过坏事,为什么会是这样?老天爷对我太不公平了!"她说得对,老天爷对她太不公平了!我越发认为,即使在现实世界之外还有一个"彼岸世界",那"彼岸世界"同样充满不公平!

真有救世主吗?救世主啊,你在哪里?

说命道运

"命运",是我们常挂嘴边的词语,是很多人耿耿于怀的事情。

"命运"二字经常连在一起,成为一个概念。其实,要细说起来,命和运是既有联系又有所区别的。常有人感叹自己命不好,而很少有人说运不好;许多人埋怨自己不走运,而没有说不走命。我曾经就命与运的联系和区别,请教过一位夫子。夫子告诉我,命,指的是一个人的境遇、得失、贵贱、寿夭等;运,是实现这些的动态过程。

许多人认为命运是"上天注定的",一个人生下来,他一生有什么经历、结局,就已经被注定了。俗话常说,"好命赖命,天注定","能与人争,不可与命争","是福不是祸,是祸躲不过","阎王让你三更死,不会让你到五更"……这些说法,就是命运天定的通俗表达。

我是不相信命运天定之说的。如果命运真是天注定的,不可改变的,反正好坏已经天定了,那么我们还要奋斗、劳作干什么?吃了睡、睡了吃,坐等命运实现不就得了!可是,在现实生活中,天上掉馅儿饼的事,从来没有发生过。

其实,根据我的理解,佛教也不认为人的命运是天定的。佛教认为,所谓人的命运,是由一个人前世、今生的所作所为,因果报应而形成的。善有善报，恶有恶报。种瓜得瓜、种豆得豆，是对这种观点的通俗表达。佛教认为因果报应是一条铁律，谁也无法改变。决定一个人命运的，不是天、不是地、不是他人，而是自己！

我赞同佛教"命运非天定，而是人定"的观点，但是，我对佛教的说法有点疑问。新中国的诞生，改变了亿万人的"命运"，难道这亿万人都种下了相同的"因"？我家多少代人没有进过学校门，难道我的先人们都没有善因？不对呀，起码我知道我的父母亲都是很善良的！如果真有命运的话，我认为，人的命运是人自己决定的，但与"大势"有关，先有国家、民族、群体的命运，后有个人的命运。

在半封建半殖民地的旧中国，国家积贫积弱，面临被列强瓜分的危险，中华民族灾难深重。在这样的情势下，个人的命运好得了吗？无数仁人志士、革命者经过艰苦探索，抛头颅洒热血，最终在中国共产党的领导下，推翻了压在中国人民头上的"三座大山"，建立了新中国。国家的命运改变了，千千万万老百姓的命运也随之改变了。有国运、民族的命运，方有个人的命运，这是再清楚不过的了。

在"史无前例"的十年中，知识分子成为"改造"对象，人们戏说是被排在地、富、反、坏、右、叛徒、特务、走资派之后的"臭老九"。忙不完的运动，开不完的会，写不完的检讨，做工、种地改造思想……在这样的情势下，对于大多数知识分子而言，个人会有好命运吗？拨乱反正、实行改革开放，才改变了广大知识分子的命运，使知识分子获得了解放。我和身边的许多朋友、同志，就是受益者。改革开放以后，有的进了科研单位，有的进了大专院校，有的进了机关。一些年后，有人成了知名专家、学者，有的著作颇丰，有的成了领导干部。大家在为国家、人民作出贡献的同时，实现了自己的人生价值。事实说明，群体的命运决定了个人的命运。

我这样说，并不是否定个人在决定自己命运中的作用。在顺应大势的前提下，个人的价值取向、品格精神、认知水平、努力程度等，对于自己的命运关系很大。同样的大势条件，个人的发展、成就差异很大，其中个人的状况是重要原因。以我们当年报考研究生为例，大家都面临同样的机遇，可有人考上了，有人没考上，为何？个人的基础、平时是否坚持看书学习、有无毅力决心等，起了很大的作用。同样读了研，可后来的发展大不同，所以如此，个人的原因不可忽视。

综上所述，我以为，首先是国家、民族、群体的命运，决定个人的命运；个人的信仰、理想、艰苦奋斗精神等，是决定自己命运的重要因素。命运不在天，命运在人。

其实，这不是什么艰深的道理，大多数人也懂得。既然如此，为什么还有那么多人相信命运天定呢？我认为，原因很多，但偶然性是一个极为重要的原因。偶然性给人生带来了许多的不确定和变数。我们说偶然和必然是辩证的统一，偶然中有必然，必然通过偶然表现自己。话虽这样说，可有的事情说得清楚，有的事情很难说得清楚。

走进考场，有人得中，有人名落孙山。看上去很偶然，但只要做一番调查研究，就不难找到原因：个人基础、心理素质、临场发挥等等。显然，偶然中有必然。同样外出打工，一些年后，有人成了技术能手，有人成了小老板甚至企业家，有人还是在做原来的工作。这些人命运大不同，看上去很偶然；可只要做一番了解分析，就不难找到其中的原因，看似偶然，其实有明显的必然性。这类事情，是说得清的。

有些事情就很难说得清了。都去买彩票，那么多人都没中，为什么偏偏张三中了？成千上万人坐飞机都没事，为什么偏偏李四坐飞机出了事？这样的事，谁说得清？反正我说不清楚，大概就是人们常说的"纯属偶然"吧！一时说不清楚的偶然，就为"神""老天爷"留下了空间：这是天意，命中注定。

由于有一时说不清的偶然，命运天定之说恐怕还会征服一些人。我虽然说不清，但我认为这类偶然是"小概率"事件。命乎、运乎；天意乎、人力乎？人各有各的信仰，各有各的活法。我宁可"随大流"，而不把人生系于"小概率"的偶然。

赤条条来去

"人非圣贤,孰能无过",此言得之。一生一世,无论古人,还是今人,有谁能一错不犯呢?我以为,人的错误有些情有可原,有的甚至因势而在所难免,然而有两种错误不可饶恕:贪财与迷色。

贪财者,或贪污受贿,或损公肥私,或巧取豪夺,财欲无边。迷色者,或养"小蜜""二奶",或诱人妻女,或出入花街柳巷,色欲难填。此二者与认识水平高低无关,与情势所迫无缘,与知识多寡无涉,完全是人格、品质问题,故我认为不可饶恕矣!

此二者又以贪财为首恶,许多迷色者乃因"财多"所致。人说"男人有钱就学坏","一个腐败分子的背后,总站着一个风流的女人"。此话虽然不甚严密,却也道出了一种事实。

钱的魔力是巨大的,钱的诱惑力是很强的。故虽然党和政府对腐败毫不手软,严惩不贷,然仍有人为钱前仆后继,对于金钱的态度,常常成为走向崇高或坠入罪恶深渊的十字路口。

记得当年江泽民同志为告诫党员干部廉洁自律,曾几次说过人"赤条条来去"无牵挂。江泽民同志的话语重心长,以古喻今,由浅说深,值得我们好生思索一番。

赤条条,本指裸体,身无片丝,引申为一身之外,别无所有。据查,"赤条条来去"之意,初出于佛家。《传灯录》和《续传灯录》是记录佛教高僧事迹与言论的著作。后者记载,无准禅师将圆寂,"其徒以遗偈为请,乃执笔急书云:来时空索索,去时赤条条"。我以为,此处"空索索""赤条条",皆有一身之外别无他物之意。

佛法主张:"凡所有相,皆是虚妄。若见诸相非相,即见如来。"(见《金刚经》如理实见分第五)一切有形的、具体的东西都是虚妄的,连躯体都是一副"臭皮囊",更别说钱财之类的身外之物了。我以为,佛家认为"赤条条来去",意云人赤身从空无中来,赤身到空无中去,除一心所悟之外,无物可需牵挂。

我并不信佛,然而认为佛学中有许多于人有启迪、有教益的智慧之见。佛家要人"不住于相",认为有相就是有限,无相才能永恒。若将这个思想理解为,有形的、具体的事物有限的,而世界是无限的,人的认识不能局限于有形世界、事物具体形态,而应深入本质,那就很有道理了。我以为"不住于相",含有这样的意思(当然,唯物主义与佛学对世界本质的认识是对立的)。若"不住于相",当然不应该执着于身外之物,就应该"赤条条来去"无牵挂。

我孤陋寡闻,不知道家是否有关于"赤条条来去"之类的说法,但劝人不要看重身外之物的说法是有的。《红楼梦》开篇第一回"甄士隐梦幻识通灵,贾雨村风尘怀闺秀"中,一位跛脚道人(大概就是那位渺渺真人)对甄士隐唱了一支《好了歌》。歌中唱道:"世人都晓神仙好,唯有功名忘不了!古今将相在何方?荒冢一堆草没了。世人都晓神仙好,只有金钱忘不了!终朝只恨聚无多,及到多时眼闭了……"羽化成仙,是道家的最高追求。世人也期长生不老,得道成仙。然而,期求神仙的逍遥长生,又迷恋于功名、金钱,岂非痴人说梦!金钱何物?生不带来,死不带去,不可为之所累。无累才能逍遥自在,这个大概是《好了歌》要劝世人的吧!

我不信道教。但我认为道家的一些思想是有道理的,例如主张"道法自然",有与无,永恒与短暂,富有与贫困,祸与福,高贵与低贱,都是相对的,不为身外之物所累,许多事不可强求,应顺其自然。

当然,共产党人讲"赤条条来去",只是借用了一句话,并且摒弃了这句话中的唯心主义成分,境界要比佛、道高得多。

不要太看重身外之物,不可为名利金钱所累,这是共产党人讲"赤条条来去"与佛家、道家的相同之点,也正是借用此语的原因。不看重身外之物,看重什么呢?在这方面,我们与道家、佛家则迥然不同。佛家追求悟空成佛,道家追求得道成仙,共产党人讲求什么?我以为:

一曰信仰。我等信仰马克思列宁主义,坚信未来必定实现共产主义,莫要说我们一无所有,我们将拥有整个世界。今天,有人的信仰可能动摇了,有人可能觉得理想社会遥不可及,因而迷茫。然我等从今天建设中国特色社会主义取得的巨大成就,听到了向理想社会前进的脚步声。看看社会的进步,看看今天大家住的、吃的、穿的、用的,社会主义的生命力勃然显现。比起全人类的解放和进步,个人的名利、地位、金钱又算得了什么呢?

二曰气节。伟大的理想,决定了共产党人崇高的气节。前辈们,特别是那些倒在战场上、敌人刑场上的先烈,威武不能屈,贫贱不能移,富贵不能淫。作为他们的后来者,岂能做金钱的奴隶!古之贤者尚能不为五斗米折腰,何况今天的共产党人!做人不能没有人格。无人格不足以立于世,不能"立"于世,又与四足之物何异?做共产党人,不能没有气节,无气节何言高尚,不高尚何言先进?

三曰奉献。共产党员并不是清教徒,也不是苦行僧,有七情六欲,追求美好的生活。他们的特殊在于把大众的福祉放在第一位,"先天下之忧而忧,后天下之乐而乐"。党和人民为党员创造了基本的(甚至可以说是很好的)工作、生活条件。共产党员也要吃饭、花钱,只不过不是为吃饭、金钱活着,他们的价值是为人民、为社会奉献。

今天,讲诸如此类的话少了,一些人听起来可能已感陌生,殊不知这些正是一代又一代共产党人的灵魂。这灵魂使前辈战胜了无尽的艰难险阻,铸就了辉煌的新中国。这灵魂将使后来者在权力与金钱面前,保持共产党人的本色。

君或会曰:"信仰、气节、奉献,那是先进分子的事,我等仅仅是芸芸众生耳。"我是一名中国共产党党员,也是芸芸众生之一。我尝思之,金钱之于人若何?

而今,于市购物非钱不可,没有钱是"万万不能的"。衣、食、住、行、生、老、病、死,哪一项离得开钱?于尚未温饱之人而言,金钱简直是性命攸关。党和政府下大力气使贫困者脱贫致富,就根本而言,即要使群众手里有点钱。于多数人而言,全面建成小康社会的首要之义,我以为即是使大家的钱袋更鼓些。

于已经小康,甚至已经比较富裕的人而言,金钱又如何呢?一些人可能"终朝只恨聚无多"。只要合法,诸君聚吧!不过,金钱几多为多呢?若为钱殚精竭虑,伤身折寿,值得吗?更何况若是"及到多时眼闭了",岂不是竹篮打水一场空吗?

我也算衣食无忧,我不因己无能聚财而偏执恨钱,只要是劳动所得,来者不拒。然也无强烈之"钱欲"。不知是否因为我出身贫寒,一辈子脱不了"小家子气",聚财无术,花钱也"无方"。用于吃吗?吃惯了大米饭、回锅肉、滚豆花,反觉得那些山珍海味不对胃口,何况减肥之事已提上了日程。用于穿吗?随便惯了,着西服革履,总觉得喉头气急、手足别扭,何况一身好衣服,也不是一年半载穿得坏的。用于玩吗？带着老伴儿看看祖国大好河山,虽然也是一笔开支,但还能承担。留给儿女吗?"儿孙自有儿孙福",钱于今世有用,于身后无用矣,够花就可以了。过上今天的日子,我很满足了。

当然,这仅仅是就钱论钱,人生一世,仅仅有钱是不够的。"千金难买是精神",作为人,总是要有一点精神的。

钱的魅力极强,钱的诱惑力巨大。我以为,在金钱面前,重信仰、气节、奉献为上。若不得为上,读点佛、道之书,也无甚不好。明白"赤条条来去",于治贪欲、解钱迷有补。

善不思报为上善

真、善、美,是文学艺术追求的目标,我以为,也应该是人生追求的目标。

善,是伦理学的一个基本范畴,是对符合一定社会的道德原则和规范的行为或事件的肯定评价。在阶级社会中,道德原则和规范当然是有阶级性的。

在现实生活中,善比"非恶"有更广泛的含义,具有吉、美、良好等意义,善在世人的观念中,还有一些只可意会、难以言传的含义。

古往今来,对"善"为何义,阐释者多多。对善之源的探讨、争论不绝于史。但是无论有多少、多大的分歧,大家一致认为善是一种应该提倡、褒扬的美好德行。对于善,学者有学者的理解,市井百姓有百姓的理解,但都在追求。

吾以凡夫,然求善之心一矣。同情弱者,乐于助人,多做好事不做坏事,嫉恶如仇,虽然做得不尽如人意,但终身竭力体行。可是,此中也多有烦恼,总觉得未达到一个高的境界,大概出于"追求完美"之故。吾常思之:善当有层次,高低不等,那么,何为"上善"?

记得老子在《道德经》中,有"上善若水"之说。水乃四处可见之物,为何被视作"上善"?吾搜索枯肠,似悟似迷。水虽极普通,然而乃生命所需,它能使枯木逢春,荒山披绿,解人干渴,为人血液。水从高处往低处流,绕峻峰穿深谷,或涓涓石上吟淌,或滔滔大江东去,顺其自然。水柔弱,却能淹没任何顽石,包容无数生或非生之物。更重要的是"水善利万物而不争"。水滋润万物,然而默默无语,不争高下,不求回报。吾道根浅薄,读书不多,难解其中玄奥,但从"上善若水"中受到启迪:"上善"并非一定是惊天动地之举,善无论"大小","不思报答"即为上善。

我曾经问一僧人,佛家以善为本,以慈悲为怀,何为善?答曰,善行多矣,布施、不杀生、扶危济困、劝人不作恶……然而,无论做了什么事,都心安理得,方为"上善"。吾听后颇觉不解,有些杀人不眨眼的恶魔,杀人如麻仍心安理得,其为善吗?僧人道,杀人者夜寐噩梦不断,终日担心他人报复,风声鹤唳,杯弓蛇影,其心安理得吗?吾若有所悟。做坏事、有恶性的人,是无法心安理得的。那么,只有做了好事而心安理得,方称得是"上善"了。此乃布施而不"住"于布施,行善而不"住"于善的上上境界。如是说来,佛家也主张"善不思恩、不求果报"为"上善"了。

道家、佛家之说,当然谈不到阶级观点,也常为统治阶级所利用。但是,若取其精华,对今天处理人际关系不无裨益。这里说的人际关系,指人与人之间日常的相互交往,而非个人与事业、与群众的关系。

一个共产党员、一名干部,对于党的事业,对于人民群众,讲的是奉献,奉献自己的聪明才智,奉献自己的青春,直至生命。这种奉献是自觉的、自愿的、无私的。共产主义事业是人类历史上空前伟大壮丽的事业,共产党员、干部对共产主义事业的奉献岂是一个"善"字能概括得了的!这较之人际关系,是更高层次的问题,二者不能混为一谈。

党员、干部生活在现实社会之中,食人间烟火,人际交往是免不了的。吾及身边诸君,不时有所感慨:"某某某困难之时,我曾倾力相助。如今我诸多不顺,他连一句安慰的话都没有,叫人心寒!""为某某某的工作调动,我费了九牛二虎之力。现在,他见了我绕着走,真不可思议!""某某有难处时,恨不得一天找我三次。如今时过境迁,年节假日连个电话都不打了,此一时彼一时呀!"如此种种,总之,感慨有些人受人之恩却不思报答。

吾曾施人以恩,也曾受人之惠,深感此中之话得分两头说。

知恩图报,是人的一大美德。古人曾有"滴水之恩,当涌泉相报"的说法。人与人之间的互相帮助,见诸有形者为物质上的,见诸无形者是一种感情。感情需要往复交流,才能不断加深。人施惠于你,是一种感情的付出。所谓报答,首先是一种感情上的回应,是对助人感情的一种肯定,有力者可涌泉相报,无力者一声道谢、几句问候足矣。如果受惠者于感情上毫无回应,则人家有义,而你无情了!人不能感情用事,但不讲感情那还是人之所为吗?子女之于父母,除了血缘关系之外,难道在感情上没有报恩的成分?养育之恩,不是我们常说的吗?

感情的付出、回应,这种交流循环往复,能促进互相帮助蔚然成风,能加深人与人之间的感情,增强一个群体的凝聚力、向心力。为此,知恩图报,值得提倡!

作为施惠者,则应有善不思报为"上善"的境界。见人有难,慷慨解囊;遇人罹困,为之奔走;路见不平,拔刀相助……皆因按君之道德观念、品行修养,认为该帮、该助,故而为之。君助人之时,可曾想过受助者的报答?据吾之体味和观察,大多数人在助人之时并没想过他人之回报。这正是此类帮助的可贵之处——是无私的,故可谓"上善"。既然助人之时未思回报,事过之后他人无回报之举,君也应心安理得,无怨无悔。若如此,不仅善始,而且善终耳!"上善"始终,善莫大焉!

君若在助人之时,已想到他人之回报,则情中有私矣。助人虽为善,有私则使善蒙尘,故称不得"上善"。若君在助人之时,着眼于他人来日厚报,则无异于感情"寻租"。此行是否为善尚有疑问,当然与"上善"无缘了!

助人贵在奉献,感情珍于无私。感情之无私,似白玉之无瑕。无瑕之玉为上品,无私之情为"上善"。

我多年虽有求善之心,然未臻"上善"之境。修养非一日之功,为助修养,我有一笨法:助人之事,干完即了,忘之脑后;受人之惠,默记在心,待图报之。我本来天资愚钝,记忆欠佳。如此减少了需记之事,觉得轻松了许多!

我信共产党

我信什么？我不信救世主，不信神仙皇帝，我信中国共产党。信共产党，当然也就信仰它的指导思想马克思主义，以它的理想共产主义为理想。年届八旬，经过冬去春来、寒来暑往，过了一些桥，历过狂风暴雨，走过坎坷小路。作为一名老党员，我曾经说过错话，做过错事，有过委屈、痛苦，但是，我的信仰确立之后就从未动摇过，我从未跟党离心离德。

今天说这话，有人可能认为是冠冕堂皇的大话、空话，有人可能觉得不合时宜。我可以负责任地说，我说的是真话、心里话。我信仰的确立，有感性的根据，有理性的认识。

共产党给了我一切。我家多少代人没有进过学校门，是党使我成为我们家的第一个学生。党把我从一个贫家子弟培养成一名大学毕业生。又是党给了舞台，使我从工人、教师成为一个干部，能为人民做点事情，为建设国家尽绵薄之力。人非草木孰能无情！党对我有解放之情，再造之恩，焉能无动于衷！信仰的感性根据，从我对党感恩开始，从我的经历产生。

上了中学，年龄大了，逐渐懂得了一些道理。特别是上了大学之后，我进的是党一手创办的中国人民大学，学的专业是马克思主义哲学,懂的道理更多、更深了。

晚清以来,内——封建王朝日暮途穷,摇摇欲坠,对人民残酷统治、压榨;外——列强入侵,企图瓜分中国,中国逐渐沦为殖民地半殖民地。怎样拯救民族危亡?如何救人民于水火?先人们做了许多尝试。君主立宪,试过了,此路不通。建立民国,换来的是军阀混战,走马灯似的"城头变幻大王旗",百姓流离失所,民不聊生。共产党诞生了,选择了新民主主义革命的路,走通了,实现了国家独立、民族解放,中国人民从此站了起来。

中国共产党成立之初,仅有几十名党员,面对比自己强大千万倍的反动势力,几经灭顶之灾,牺牲了成千上万的党员,成为了有几千万党员的执政党,这是为什么?党的武装诞生于革命者被屠杀的血泊之中,就那么一点点儿人,有穿军装的、有穿长衫的,破衣烂衫,枪炮少得可怜,大多数人拿着近乎原始的火铳、大刀、长矛,而对手是几百万正规军。但是,就是这样一支共产党领导的军队,经历几次残酷的"围剿"而不灭,过雪山草地极度艰苦卓绝而不散,在抗日的血与火中壮大……最后打下了江山,这又是为什么?只有一个答案:共产党手中有真理,顺应了历史潮流,得民心者得天下。

二十世纪八九十年代,苏联解体,东欧剧变,"高天滚滚寒流急","万花纷谢一时稀"。社会主义还行不行,中国往何处去?中国共产党没有动摇,坚定不移往前走,开辟了中国特色社会主义道路。改革开放已经四十多年,我们在这条道路上取得的成功,连我们的敌人都惊叹不已!今天一些西方国家千方百计地打压我们,从另一个角度说明了我们的成就——已经威胁到他们对世界的霸权统治。

当然,我们还面临诸多的困难和挑战,社会生活中还存在很多矛盾。我们对社会、对生活可能还有诸多的不满意,甚至不乏牢骚。可是,我冷静地一想,今天我们吃的、住的、穿的,几十年前能想得到吗?当年老岳父身为十七级干部,全家近十口人,住一个四五十平米的两居室,被称为"豪宅"(当时、当地难得的砖瓦房),放在今天,只能算"蜗居"了。过去多少人连火车都没有坐过,坐飞机更是极少数人的奢侈享受。今天如何?看看长假吧,火车、飞机运送旅客人数动辄以千万计甚至上亿。我的家乡是川南长江边的一个小县城,过去全县只有几辆吉普车,就更别说小轿车了;可如今凡是有点空的地方,都停满了私家车,群众对路上车太多、四处拥堵反映强烈。再看看我曾经熟悉的城市,规模扩大了多少倍,高楼林立,大道纵横,人车如流,几乎已经不认识了……乡村,青山绿水,再不见了世代居住的茅草房……

这两年,新冠病毒肆虐全世界,欧美发达国家死亡人数众多,患者更是数目巨大。中国如何?世界有公论,中国是控制新冠肺炎最好的国家。新冠患者的治疗费用全部由国家负担——我们还是发展中国家啊,中国是二〇二〇年唯一的经济实现正增长的大国。中国何以能如此?因为中国是共产党领导的社会主义国家!

不管还有多少不满意,但只要冷静想想,前后左右比比,谁能否认这些天翻地覆的变化?这一切说明了什么?说明中国共产党的英明、伟大!看自己身上、身边发生的事,想当年和今天的巨变,事实胜于雄辩,我坚信中国共产党!

我说了,信党,当然也就信仰党的指导思想马克思主义。马克思主义是一个丰富的思想宝库,想要读完马克思、恩格斯、列宁的著作,那是一生也不容易做到的。我读过些导师的著作,也听过老师的讲授,但也就是在马克思主义的知识海洋里吸了几滴水。不过,这几滴水让我明白了一些基本道理。

万事万物都在运动变化,社会是不断前进发展的,资本主义不是社会发展的终极点。它一定会被更优越的社会制度所代替,这个更优越、更先进的社会制度就是社会主义(它的高级阶段是共产主义)。劳动创造了世界,那么劳动者就应该拥有这个世界,成为世界的主人。这是不可抗拒的历史必然。

建设社会主义,最后实现共产主义,是一个长期的、艰难曲折的过程,需要多少代人的奋斗,中间还可能出现挫折甚至倒退,但是我坚信,"International"一定要实现。占人类绝大多数的劳动者,追求解放、幸福的斗争,势不可挡。劳动者有能力创造世界,就一定有能力成为世界的主人。

恕我直言,如今谈论信仰,有人可能是装潢门面,有人可能是无病呻吟,有些人说自己信仰马克思主义、相信共产党,可让人听起来总觉得有点言不由衷。不管别人怎么说、怎么看,我说的是心里话。我一个八旬老者,还有什么功利,还有多少顾忌?我已经用不着赶时髦,也用不着取悦谁,说了心里话,一身轻松!

十、晚霞绚丽

乐要自己找

追求欢乐、快乐,是一种天性,连动物也有打闹嬉戏,何况万物之灵的人呢!乐,是人类的"七情六欲"之一,人生若是没有了欢乐,如同天天嚼蜡,日日阴雨,那将是一种灾难。

对于人而言,不同的年龄,孩子、青年、老人,快乐的内容和寻求快乐的方式有所不同。儿时的欢乐时光,伴随着孩子成长,给人生留下了难忘的记忆。青年人,有甜蜜的爱情,奋斗的激情,成功的欢欣。人老了,进入了人生的晚秋。秋天虽然硕果累累,是收获的季节,充满丰收的喜悦,但进入晚秋,凉风阵阵,落木萧萧,又容易产生"悲秋"情绪。故对于老年人而言,乐便显得格外重要。老人若是没有了欢乐,将会度日如年,是人生的一大悲剧。

老人需要欢乐,这是众人皆知的道理。有许多老人老有所乐,晚年生活其乐融融。也有些老人,或者无乐可乐,或者乐不起来。闷闷不乐,长此以往,后果不堪设想。老年人怎么乐起来,成了老年生活的一大问题。与朋友们常常谈到这个问题,我们的认识几乎一致:老人,乐要自己找,要善于从日常生活中寻找、创造乐趣。

我的晚年生活还算充实、快乐,谈不上有什么经验,不妨说说我是怎么过日子的吧。

儿孙绕膝，享天伦之乐。我这个人，大概生性喜欢热闹，也可能始终在人多、热闹的环境里生活，所以与家人一起生活不嫌"闹腾"，反而觉得有生活热气。跟儿子讨论佛、道，观点相同时哈哈一笑，认识不一样，"唇枪舌剑"，另有一番趣味。向儿子学习用电脑、玩儿手机，觉得从古代进入了现代。跟孙女讲我儿时的故事，讨论如何写作文，偶尔来个"脑筋急转弯"，孙女捧腹大笑……

几十年来，不管是身为"白丁"，还是顶着小小的乌纱帽；无论是年轻的时候，还是上点年纪，我都做家务。年轻时，还做家具、修家里的自行车。做饭，一做就是几十年，虽然做不出美味佳肴，家常饭菜却也不犯难。现在老了，不但工作上退休了，家务活儿也退休了。让孩子们操心去吧，留点时间给自己。不过，我偶尔还是要干点家务活儿，不是家人要我干，而是我自己乐意为之。做点家务，我觉得自己还有用，体现了一种存在的价值，心里不无几分得意。

几十年的工作，基本上是在跟书打交道。但是，在岗位上时，让我看的书，大多不是我想看的；我希望读的书，又没有时间读。退休了，有了属于自己支配的时间，于是，我开始读一些多年想读而没有读的书。小说，经典的、武侠的、市井的……《易经》及有关著作、佛学书……杂七杂八，想读就信手拿来。读书，觉得明白了些道理、弄清了一些事、长了些见识，时而豁然开朗："啊，原来是这么回事儿！"时而峰回路转："到底怎么了？"古人说："书中自有黄金屋，书中自有颜如玉。"不再做事，老来清闲，自然没有了什么黄金屋；满脸沧桑，老态龙钟，颜如玉于我已无意义。但是，书中有乐趣！

不妨做个"老顽童"。五十九岁那年，眼看就要退休了。我想，退了休难免要四处溜达溜达，看看风景，会会朋友，不会开车多不方便啦。于是，我决定学开车。家人、朋友都不赞成我学开车，说年轻的时候不学现在学，不是半路出家，简直是老来做和尚。再说老年人反应慢,也不安全。我想的不同:年轻的时候没条件学,现在有条件了,为啥不学?正因为老了,才要学点什么,以减缓衰老。反应迟钝些,只要不怕"老头儿面",慢慢开不就安全了吗?我坚持学了,而且一开就是近二十年了。开车跑在路上,觉得自己还没有那么老,颇有几分得意。

我的家乡在长江边,溪流纵横。小孩儿都贪玩儿,十来岁时,我就和小伙伴儿们砍竹子,拴上一根线,结上鱼钩,在地里挖几条蚯蚓,到江边、溪里钓鱼。钓鱼既有趣又有收获,我们玩儿了,父母也不反对,实在不错。离家到了北方,读书、工作、操持家务,忙得不亦乐乎,没有时间钓鱼了。退休了,有了闲暇,几个老朋友相约:"走,钓鱼去!"于是,"返老还童",又操起了儿时的玩意儿。春风拂柳,秋色送爽,在水边一坐,两眼盯着浮漂,静等鱼儿上钩,忘却了烦恼,仿佛偌大世界就剩下了青山绿水一钓翁,别提有多惬意!鱼儿上钩,你呼他叫,笑声飘得老远,仿佛又回到了童年!

我小时候就喜欢音乐,特别是喜欢玩儿乐器。我生长在川南偏僻的小镇,家里又很清贫,买不起乐器。我自己做笛子、造胡琴,虽然吱吱嘎嘎音不太准,更谈不上音色,但从此开始了学乐器。几十年,稍有空闲,便来上一曲。尽管水平不高,却也自得其乐。不过,这么多年没有摸过洋乐器,我始终觉得很遗憾!儿时连一支竹笛子都买不起,更别说买洋乐器了。而今有了时间,也有了经济条件,我便想了却心愿,玩儿玩儿洋乐器,而且玩儿就玩儿大的:学弹钢琴。

听说我要学钢琴,孩子们大吃一惊,有朋友更是差点没笑掉大牙。是呀,连五线谱都不识,七老八十了还想碰"乐器之王",的确有点不可思议。不过我想,学弹钢琴,左右手并用甚至"一心多用",对手脑的反应、协调能力是很好的锻炼,可以预防老年痴呆呀。更何况我又不希望学到多高水平、上台演奏,自娱自乐而已,有何不可学!

　　说学就学,买了琴,"拜了师",从《幼儿钢琴教材》开始。学钢琴本来就是一件苦活儿,一般是从幼儿开始练童子功,老头儿学琴的确太不容易了。刚学琴、练琴,很枯燥也很累。我没有放弃,一个音一个音地弹,一小节一小节地练,一次一次又一次……当我能弹奏简单曲调的时候,我觉得好开心,仿佛年轻了不少!

　　钓鱼、学开车、学钢琴,老伴儿说我"老不正经",我自称"老顽童"。不管怎么说,我找到了乐趣。

　　人人都想乐。乐在哪里?只要你用心找,就能找到。

无奢望少烦恼

有人说,希望,是人生道路上的灯,如果希望之灯熄灭了,那人生将陷入茫茫的黑暗之中。这个颇具诗意的说法有道理。我以为,希望是人前进的动力,甚至是人存在的基础。没有了希望,一天到晚茫茫然而不知其可以,等于"心"已死了,而哀莫大于心死!人是不能没有希望的。

可以说人的一生,是在一个个希望的产生、期盼、实现或破灭的过程中度过的。希望有多种多样。希望之大者,就是理想,其他如追求美满婚姻、事业成功、阖家安康……直至企求做成一件事、获得一杯酒、一壶饮……我以为,若以希望与自己的主客观条件的关系论,与条件基本相应者,是"现实的"希望,超出甚至大大超出自己的主客观条件者,是不现实的希望——奢望。奢者,过分之谓也。希望超出甚至大大超出这些条件,那就是过了分,也就是奢望了。

人不能没有希望,但是不可有奢望,起码不可有太多的奢望。因为奢望超出甚至大大超出了自己的主客观条件,所以一般是无法实现的。不能实现,就是失望,失望是对人的打击,起码会带来烦恼。奢望越多,失望越多,烦恼也就越多;奢望越大,打击越大。我所经历的、看到的、听到的纷繁世事,使我明白,很多烦恼、痛苦、折磨,乃因为奢望无法实现而生。

有一段时间,我经常和爱人发生冲突,互相责备:这件事情没做好,那件事情"不通情达理",那天"不解人意"……家里不时硝烟弥漫,我烦恼,她不快,甚至闹到气不打一处来,谁也不理谁。后来细细一想,之所以如此,是因为我对妻子的要求太高了,希望她像学者那样高水平,像传说中的日本妇女那样温良恭俭让,希望她样样能干……简直就是要求妻子是一个完人。世间哪有完人?更何况自己都不是?自己怀有奢望,才有了对妻子的失望。想通了道理,彼此都从实际出发,于是冲突大大减少了,也就少了烦恼,多了欢乐。

有一位同志,经常唉声叹气。我问他为何,原来是因为孩子的学习。据我所知,他的孩子是很不错的,学习成绩也很优秀。可是,这位同志认为孩子学习不行,没有排上年级的前多少名,将来上北大、清华无望,故此忧心忡忡。知道了他的想法,我以为他是在受奢望的折磨。北大只有一所,清华只有一个,几百万高中毕业生都去清华、北大,可能吗?再说,不是每一个孩子都具备上北大、清华条件的,为什么就一定要求我们的孩子非清华、北大不可呢?

一位同事,有一段时间情绪很低落。我找他聊天儿,问道:"怎么啦,像霜打了的茄子似的,蔫了?"他回答:"你知道的,我犯错了!""你不是已经改了吗?知错能改,善莫大焉!""改是改了,可毕竟犯过错,有污点了呀!"这位同事希望自己不犯错误,当然是好的;可是,不容许自己犯半点错误,一旦犯错,哪怕已经改了,也长时间耿耿于怀,甚至痛不欲生,这就有毛病了。有朋友把这种毛病称之为"道德洁癖",我觉得很生动、贴切。生活中的洁癖,讲卫生、爱干净到了极端的程度,稍有不净,就天塌了似的。"道德洁癖",容不得在道德上有丝毫污点,有了污点,日子就没法过了。

"道德洁癖",从一个角度上说是做人的标准过高,达到了奢望的程度。世界纷繁复杂,人生之路艰难曲折,不知道要经多少风霜雨雪,过几多高山大河,历几多困苦危厄。古人说得好,"人非圣贤,孰能无过","知错能改,善莫大焉"。怎么能要求自己一点过错不犯呢?珍惜自己在道德上的洁白无瑕,是一种高尚的情操,但如果成了"道德洁癖",那就会活得很累,甚至可能因为一些本来不大的事,走上厌世之路。

有一位女士,挣钱不多,总希望能多有些钱,最好过上财务自由的日子。她听说参加×××群,在老师指导下炒指数收益很高,于是倾其所有跟人进群炒指数。一开始,还真的赚了点钱,她喜出望外。可是,某一天突然爆了仓,她连本带利全部亏光!痛心疾首、追悔莫及,已经无济于事。谁不希望多一点钱,谁不希望过上更好的日子?这种愿望本来无可厚非。可是,一旦产生了暴富的奢望,就可能希望越高,失望越大,甚至带来严重后果。

不少人一生虽然曲折,但仍波澜不惊、快快乐乐,安度晚年。问其何以能如此,答曰:做人做事听其自然,无奢望,故也少失望;得之不喜,失之不忧,怡然自得。

这是难得的心境。少奢望,说来容易做到难。几十年来,我时刻提醒自己:你就是一个出身贫寒之家的凡夫俗子,对人生不可有太高的奢望。谈不上座右铭,我跟自己定了一条做人的原则:"凡事尽力而已,得之不忘形,失之不丧志。"年届八旬,一路走来,有过委屈、痛苦、郁闷,但乐多悲少、心宽体胖,没有太大、太多的失望,因为我对自己本来就没有什么太高的希望——奢望。

养生无经,三分傻气难得

俗话说穷人不怕死,富人求长生。穷人日子难过,度日如年,活着比死强不了多少,甚至生不如死,故不怕死。富人锦衣玉食、养尊处优,自然不愿意舍此而去,故怕死。当然,此乃相较而言,一般来说人都有求生的欲望。

如今,经济发展了,群众的生活有了改善,虽然还算不上十分富裕,但很多人已经过上了衣食无忧的好日子。于是,大家倍加热爱生活,珍惜生命,追求长寿。而欲长寿就得注意养生。因此,眼下养生成了热门话题,谈养生的书籍汗牛充栋,传授养生之道的文章连篇累牍。各式各样的"养生经"更是漫天飞,让人眼花缭乱,道家的、佛家的、儒家的、自家的,众说纷纭,莫衷一是,甚至互相矛盾。

我这个人有点另路,认为养生无经。环顾我身边长寿的人,很难从他们身上总结出什么养生经来。一些年前,《北京日报》对北京的百岁老人做过一次调查,发现这些寿星生活习惯大相径庭,爱吃红烧肉者有之,喜食咸者有之,抽烟喝酒者有之……养生虽然无经,但无论是各种养生说法,还是《北京日报》的调查、我的观察,有一点是共同的:长寿者皆心情舒畅、神清气爽。

看来,欲长寿就须心情舒畅,这是大家的共识。那么,怎样才能心情舒畅呢？对于这一点说法也不少。我以为欲心情舒畅,就得有三分傻气。有人可能认为我的说法本身就是冒傻气,而我至今不悔。

何为傻？其含义在众人心中不言而喻。词典上解释为头脑糊涂,不明事理；死心眼,不变通。就词义而言,这不失为一种简练的解释。我以为,从细处说来,傻有真傻、假傻之分。真傻又有两种：其一,由于智力障碍或疾病、外伤等原因,造成反应迟钝甚至浑浑噩噩。其二,如季羡林先生所说,认为别人都是傻瓜的人,自己才是天下最大的傻瓜。假傻也有两种：其一,比谁都精明,心里阴暗,工于算计,却装出一副大大咧咧、懵懵懂懂的样子；争爵于朝,争名于世,争利于人,锱铢必较,却装出一副什么都不在乎的样子。其二,心里什么都清楚,但忍辱负重、忍痛割爱,不露声色,给世人一种麻木、呆傻的印象。这种人内心是十分痛苦的。

我想说的三分傻气的傻,既非上述的真傻,也非上述的假傻。说非真傻,是因为我心目中有三分傻气的人,心中是非清楚、善恶分明、知人知己；说非假傻,是因为他们的傻不是装出来的,也不是强忍出来的,而是大彻大悟之后的大智若愚,是一种解脱之后的"潇傻"。

养生需要心情舒畅。心情舒畅的对立面是什么？是烦恼、郁闷、痛苦。人乃血肉之躯,自然有七情六欲。世上万物,相生相克、相辅相成、此消彼长。多一分烦恼郁闷,就少一分心情舒畅。因此,欲要心情舒畅,就要减少、最好消除烦恼郁闷。如果把烦恼郁闷当做一种病,那么治病有治标、治本两途。治标,即烦恼郁闷产生之后,使之尽快减轻、消除。治本,即找到烦恼郁闷产生的原因,尽量使之不发生。

世间为何有烦恼产生？对此,佛教有许多论说,提出了不少精辟的见解。从某种意义上说，佛教就是企图帮助世人解脱烦恼、痛苦的宗教。我不是佛教徒，也并不信仰佛教，但我敬畏佛学中的智慧，认为佛学中的不少观点是对人世间生活的理论概括。我以为，人的烦恼主要来源于佛家将之列为"三毒"的贪、嗔、痴。"三毒"又称"三垢""三火"。佛家认为"三毒"残害人的身心，为恶之根源。

贪，词典上释为爱财、贪污，欲望总不满足，片面追求。我以为，贪最基本的含义是欲壑难填，无休止地追求财、色、名、利。患贪病的人，因已到手的财、色、名、利来路不正，整日担心机关败露遭到"天谴"，为躲避他人寻仇惶惶不可终日。患贪病的人，为满足无尽的欲望，挖空心思，机关算尽；若不能如愿，轻则怨天尤人，重则四处出击，甚至自奔黄泉。这样的人，能活得轻松、心情舒畅吗？

人要生存，基本的物质条件不可少；趋利避害几近人之本能。但若能"君子爱财取之有道"，不取不义之财，明了人生一世本"赤条条来去"，"良田万顷黄土一抔"，"广厦千间一床而已"，那么庶可有欲而知足，心胸坦荡。如果能更进一步，"凡事尽力而已，得之不忘形，失之不丧志"，尽人力顺天意，那就不会怨天尤人、牢骚满腹、郁郁寡欢了。这样的人与世无争，看上去有几分傻气，但却能心情舒畅。

嗔，对人对事不满发怒生气之谓也。经常发怒生气之人，岂能心情舒畅！然而不怒、不气并非易事。古往今来就有不少人将"制怒"二字挂在墙上，时刻提醒自己，足见制怒之不易。因为人乃血肉之躯，受到刺激本能地会做出反应。但是，人与其他动物不同，人有理智，可以通过理智调节，乃至控制本能反应。欲少怒甚至不怒，最重要的当知怒有害无益。任你如何发怒，问题不会减少半分，有问题只能面对、设法解决；发怒时容易不理智，做出错误决定，使问题更加复杂化；发怒伤身，是自己伤害自己。既然发怒有害无益，当然少怒、不怒为好。

在日常生活中,据我观察,许多人生气、发怒,是因听闻他人说了自己的坏话甚至骂了自己。我以为,听见他人说自己的闲话、坏话,不妨冷静想想。如果自己确有不当之处,不妨择善而从;如果确是他人无理,也不必太在意。古往今来,无论帝王将相还是草根百姓,有几个人人都说好的?脑袋扛在别人肩上,嘴巴长在别人头上,你管得了别人想什么、说什么吗?一位长者告诉我,对待他人的闲话,他的态度是:扪心自问,自己问心无愧即可,别人爱说什么让他说去好了。这样的态度似乎有点傻甚至有点"阿Q",但落了个少生气,多了一份好心情。

痴,词典释为傻、愚笨;极度迷恋。傻、愚笨,多为生理原因使然,对他人无害,没有理由将之列入"三毒"。我以为,被佛家列入"三毒"的痴,当指极度迷恋、过分执着。极度迷恋财、色、名、利,则必贪。关于贪,上文已经说过几句了。

我以为,极度迷恋长寿、过分执着生死,也是痴的重要表现。人是从自然界产生又独立于自然界的万物之灵。追求与自然界一样永恒常在,是人类内心的强烈冲动。但古往今来有长生不老的人吗?一个人的寿命是多种因素决定的,只能尽人力顺天意。如果极度迷恋长寿,或这个不吃、那个不喝,或今天吃这个补品、明天服那个"仙丹",天天担心这里有病,那里有灾,这样活得有多累!能心情舒畅吗?

人有生就有死,这是人人都明白的。恐惧死亡,乃人之常情。但惧有何用?既然人人都不可免,不如坦然面对。季羡林先生的座右铭是:"纵浪大化中,不喜亦不惧。应尽便须尽,无复独多虑。"我深钦佩。人生悠悠万事,最大莫过于生死。对生死如此无所谓,似乎有点傻。但正是这三分傻气,使人生过得潇洒。

窃以为,如上对待贪、嗔、痴,虽有三分傻气,然得到的是心情舒畅、洒脱人生。我并未大彻大悟,但我有心向贤者学习;虽然刚刚年届八十,算不得高寿,但我希求为长寿尽人力。我这里之所以讲三分傻气而非十分,其一,因这种傻虽非假傻但亦非真傻,只能以三分言之;其二,我是仅就日常生活、养生而言,在民族大义、国家利益、善恶底线等大是大非面前,是犯不得半点傻的。

仁者寿

一位知名学者说过，人是从自然界分化而形成的主体，又是自然界的一部分。因此，追求与自然界同在，像自然界一样永恒，是人类内心最强烈的冲动和愿望。故古往今来，求长生不老、寿比南山者众。然，得之者无。长生不老虽不可得，而相对长寿却是可能的。因此，长寿是众人坚持不懈的追求。不过，只有少数人实现了长寿的愿望。于是，探索长寿的奥秘，便成了一个热门话题，尤其是在生活大大改善的今天。

一些人为什么能长寿？说法很多，答案林林总总。从科学研究中得出的说法，从实践统计中找到的答案，应该都有一定的道理。记得一些年前，全国人口普查统计之后，有人访问了北京市百岁以上的寿星，将访问所得撰文发表在《北京日报》上，题为《生活习惯大相径庭，亲亲之情大同小异》。文中讲到，百岁老人的生活习惯差别很大，几乎找不到共同点，有人甚至好吃肥肉、喜味重等等，但有一点是共同的：家庭和睦，上慈下孝，亲情浓厚。此文使人大开了眼界。我很认同此文的说法，浓厚的亲情，是人长寿的重要原因。

年届八十，思几十年之见闻，我以为从深层次上说长寿似乎还有一个原因:仁,仁者寿。仁,是儒家学说的核心概念,其含义有诸多解释,最经典的解释当是"仁者爱人"了。圣人之言,专家学者之语,定然不虚。不过,依我愚见,仁当还含有一义:不苛求。不苛求于世,不苛求于人,不苛求于己。这大概就是所谓宅心仁厚吧!吾曰仁者寿之"仁",主要就不苛求而言。

某同志的奶奶,是一位九十多岁的寿星。这位老人耳聪目明,思敏言畅,生活能自理,常与人谈笑风生。有人向她请教长寿秘诀,她笑道:知足而已。又问:你知足的标准是什么呢?老人答曰:床上无病人,牢里没犯人。即是说,家中无人病卧在床,没人犯罪在狱中,她就满足了。这在一些人看来,标准也太低了甚至简直不成其为标准。可据老人的亲友讲,老人家的确笑口常开,从不唉声叹气,似乎不知愁为何物。其实,若吾辈确以老人家的话为知足的标准,那么,就不会因职务没有升迁而心中愤愤然,不会因一笔钱未赚到手而唉声叹气,不会因一时面临困难而愁眉苦脸……真如此,那会少几多烦恼而添几多欢乐!不苛求于世者,知足而常乐矣。长乐则心舒气畅,焉能不增寿!

有一位老领导,战争年代就参加了革命,走南闯北,在几个地方、不同的机关任过职。论资历,吾辈望尘莫及。他从基层做起,从普通干部做起,经历过大风大浪,有很丰富的工作经验,很强的组织领导能力。论才能,吾辈不可与之同日而语。他襟怀坦荡、耿直无私、推功揽过。论德行,堪称吾辈之楷模。就是这样的一位老同志,官至局长便稳定多年不动了。在此期间,与他资历差不多、德才在伯仲之间的同事被提拔了,有人甚至做了他的领导。又过些年,比他年轻、许多方面无法与他相比的部下,也有被提拔了的。对此,了解他的人,不平者有之,惋惜者有之,感叹者有之。而他很坦然,常曰:一个人干什么,不全是自己的条件决定的,得之不喜,失之不忧。

在我看来,对于命运,他不苛求,处之泰然。

这位老同志长期在领导机关的部门主政。有单位领导在工作上出了大差错,他批评很严厉,督促改正错误的措施很扎实。但到处理人时,他变得很宽容了。他常说,一个人工作上出错,有很多主客观原因,换了我们,也未必就能避免。因此,处理时不能简单化,要治病救人。

这位长者今已年过八旬,仍精神矍铄,健步虽未必如飞,但可令许多跟随的年轻人气喘吁吁。他至今仍然坚持天天做社会工作,风雨无阻。更令人惊叹的是,他先后两次被车撞成重伤,竟奇迹般康复如初。有人请教过他的养生之道,他总是笑而不答。我以为,不苛求于人,起码是这位长者健康长寿的重要原因之一。不苛求于人者,定然朋友众,得善意回应多多,人际关系和谐。人生活于和谐环境,犹如树木处风调雨顺、四季分明之地,能不枝繁叶茂、百年长青?

有一位亲戚,八十多岁患绝症,做过手术,也曾有过转移。不少比他年轻的病友、比他患病晚的病友纷纷走了。他今年也是九十三岁高龄,仍能日进三餐,举步走动,神态安然,且几乎天天读书学习。他为什么能如此?众人认为乃因他真正看透了生死,不怕死。我以为然。他自己从医多年,也算得是一位名医。自己看各项检查结果,完全知晓自己的病情,了解这种病的凶险,所以处之泰然,将生死置之度外矣。但如果追问一句:他为什么能悟透生死呢?答案会很多,诸如世界观、人生观如何之类。不过据我观察,仁者的心态,是一个重要原因。他不苛求于世,以为社会待他不薄,已经心满意足了;不苛求于物质生活,经年粗茶淡饭,习以为常,至今不改;不苛求于亲人,自感妻贤子孝,一家其乐融融;不苛求于己,一生没有白过,尽力做了对社会有益的事,无怨无悔。自觉年过九旬已是长寿,多活一年便是多获

337

一份胜利。故怡然自得。若没有这一切而能在生死面前心平气和、处之泰然，那岂不是太怪了吗？

　　我不敢说有不苛求的仁者心态就一定能长寿，但是，我所见到的寿星，大都怀有仁者心态。故我以为，欲求长寿，养生固然重要，但养心亦不可少甚至更为要紧。

珍惜每一天

有些道理,我恨自己真正知道得晚了,"要珍惜光阴",就是这样的道理之一。

回忆起来,要珍惜时光的说法,最早是从父母那里听到的。父母亲总是起得很早,从不睡懒觉。我曾经问父亲,干吗天不亮就起来。父亲说:"儿子,早起三日当一工。"我不大明白,母亲在一旁见状,说道:"早起来可以早干活、多干活,早起三天就等于多干了一天的活呀!"我似乎懂了,父母亲早起,是为了多做些活;可是心里又想,时间一天一天有的是,干吗那么紧赶慢赶呢?

过了十来岁,我觉得时间有点不够用了:要念书,要帮着做家务,还想着玩儿。孩子都是贪玩儿的。有时候玩儿疯了,耽误了做功课。母亲不止一次对我说:"儿子,一寸光阴一寸金,寸金难买寸光阴,小孩子要多读书,少贪玩儿!"我似懂非懂,知道母亲是要我抓紧时间多读书;至于寸金、寸光阴之类,不得要领。

从小学到中学,功课越来越紧张,埋着头忙完一天又一天,日子就那么一天一天地过,没有怎么想过要珍惜光阴。到了特别困难的那几年,吃了早饭就盼着吃午饭,吃了晚饭就盼着第二天的早饭,盼呀盼呀,只恨日月的步子走得太慢了,哪里谈得到珍惜时光!到了一九六三年,日子好过些了,又要准备高考了,有那么多功课要复习,那么多习题要做,方觉得时间紧迫,要充分利用每一天。

上大学、参加工作、成家立业,我逐渐懂得了时光的可贵。特别是人到中年,单位上工作担子重。家里上有老——父母、岳父母,年事渐高,我和爱人都是家里的老大,不能不多尽些心;下有小——两个年龄相差两岁的儿子,幼儿园、小学,离不开人。那时候真觉得时间不够用,恨不得一天当作两天用。我自以为没有虚度光阴。但是,进入老年,我才发现自己并未真正懂得珍惜时光。

就拿夫妻之间来说吧,不时就闹点矛盾。闹闹也就罢了,矛盾的普遍性嘛,舌头牙齿那么相好还有咬着的时候呢。可是,有时候矛盾闹大了,彼此赌气,十天半月谁也不理谁。现在想来,这就太不值得了。人生说长也长,说短也短。一年三百六十五天,就算长寿活到一百岁,也就是三万六千五百天。夫妻在一起的日子比这更少。而且,人生的日子是减法,过一天就减少了一天。一天过去之后,你就是用万两黄金也买不回来了!夫妻十天半月闹别扭、彼此不理,等于白白浪费了人生的十天半月。闹了一次又一次,一辈子浪费了多少宝贵时光!别扭一天,就少了一天欢乐,实在太愚蠢了!

有时候,情绪不好,做什么都没有心思,东晃晃、西晃晃,一天什么都没做就过去了。当时不觉得什么,现在回想起来,也是浪费了光阴啊!

人生的光阴在做减法,到了老年,光阴被减掉的越来越多,剩下的越来越少,悲观地说是来日不多。物以稀为贵,老人的人生时光少了,故特别珍贵。对于老人来说,"一寸光阴一寸金、寸金难买寸光阴",再现实不过了。这珍贵的光阴应该怎么度过?我以为,珍惜人生,就要珍惜每一天;珍惜每一天,就要从当下做起。有人说得好:过去不可追,未来不可期,过好当下的每一天。我深以为然!

老人生活了几十年,都有不短的过去。过去,既有成功、辉煌、得意,也有失败、郁闷甚至悲哀。老人喜欢谈论过去,口头禅是"想当年"。这也难怪,因为他们的骄傲、自豪都在过去。想想当年指点江山激扬文字、"春风得意马蹄疾",没啥不好,可以增添几分豪情,加深对生活、生命的热爱。不过,民间也有另一句话,"好汉不提当年勇"。不管多么辉煌,毕竟也是过去,无法重新再来。这大概是"往事不可追"的含义之一吧。

过去,也有恩恩怨怨、是是非非。在我看来,老人还是少想这些为好。事情已经成为历史,好多是非、恩怨,当年都没有分清、了结,今天能如愿么?何况成为历史的东西,已经深深地刻进了岁月的记忆,再也无法更改。既然如此,想过去的恩怨、是非,除了徒增烦恼,还有什么意义?这大概是"往事不可追"的另一层含义吧。

老人往事不可追,往前看又如何呢?往前看,除了一刻刻减少的光阴,一天天稀少的白发、增添的皱纹,就是人生的归途。人有生就有死,有青春年少就有年迈衰老,这是老话,也是冷冰冰的铁律,既然为人就无法避免。意料之中的事想之无用——人皆如此;走上归途,实属无奈,避之唯恐不及,当然不会"期"。此外,未来还可能会发生些什么事,无法预料,也不可"期"。

既然往事不可追,未来不可期,那么,最现实、最可行的,就是过好当下。我以为,一个人,有无大智慧,就看他对此理解的深浅。天天去想那些不可追的往事,纠结不可期的将来,不去做现实能做的事,享受当下的好生活,起码是不明智的。

我偶尔也想想当年,感叹明月清风的归途,但更多的是"傻呵呵"地过好当下每一天。读点想读的书,做点有乐趣的事,趁着精力尚好、腿脚灵便,四处走走,看看祖国的大好河山,探亲访友,天南海北、天上地下神侃一番……可能有人会说:你这是得过且过!我不

341

以为然！我以为，好多事情当年想做而没时间做，如今有了属于自己支配的时间，做点自己想做、喜欢做的事，享受生活、人生，岂不美哉！当年也曾有鸿鹄之志，也曾拼搏奋斗，没有虚度人生；老来得过且过，此生也不是什么庸庸碌碌！

人生是由一天一天构成的。老了，珍爱生命、热爱生活，就要珍惜当下的每一天，让每一天充实、舒心、快乐。

群居与独处

群居与独处,是老年生活面临的一个大问题。

人是群居动物。远古人类群居,是为了获取食物,抵御猛兽、自然灾害。进入文明社会,特别是有了家庭,群居就不仅是生存的需要,也是交往、情感的需要了。当今的生活,人与人之间的联系更是不可或缺。据说,如果把一个人单独关在一个与外界完全隔离的密闭空间里,天长日久,不疯癫,也会患上抑郁症。多年前,我看过一部日本电影《婉公主》,说的是一个被灭国的王族家庭,被关闭在山野里圈出的一片地方,与世隔绝。过了若干年,家族里有人丧失了人性,一身兽性。这些大概是说明,人不可脱离社会,不能没有他人,完全脱离社会,人将不成其为人。

一般人如此,老人更甚,老年人最怕孤独。怕孤独怎么办?我以为,一是要善于与人相处,二是要学会、安于独处。

居家养老,就要与家人相处。好多老人,与子女一起生活,儿孙绕膝,衣食无忧,起居有人关心,其乐融融。我问过一些这样的老人,请他们交流经验。他们的经验归纳起来,要者是:摆正位置,少管闲事,互相关心。对于他们的说法,我不少感同身受。

我们曾经是一家之主,大事小情我们一锤定音。至于子女,他们就是小孩儿。当年这没错,而今就需要想想了。虽然在父母面前,儿女永远是孩子,可毕竟他们已经长大成人了。我们家的两个儿子,多年来在我眼中就是孩子,幼稚懵懂,总不放心叫他们做什么事,对他们呼来唤去。有一次,爱人的家族众人聚在一起,追思逝世二十周年的岳父大人。在追思会上,儿子的一番发言,让我大吃一惊:一个孩子,居然说出这么一番颇有思想、条理清晰、声情并茂的话!这一惊,惊醒了我:儿子长大了,已经不再是小孩儿了。细细想来,是我迟钝,太不觉悟了。儿子已经进入中年,已经做了父亲,在单位已经是独当一面的骨干,我怎么仍然把他们当作不懂事的小孩儿呢!

觉悟了,便开始改变做法。我虽然仍是一家之主,但多发扬民主,遇事跟他们商量着办。再到后来,家庭生活琐事,我干脆彻底不管了,让他们当家。这样一来,他们有了更多的责任感,不比我管得差多少;我则真正解放了,想去哪儿玩玩儿,抬腿就走。而且,家里更加和谐了:少了我的训斥,就少了不快;我尊重他们,他们更尊重我了……

老人,出于责任感,另外也是"闲"的,所以爱管事。这没有错。不过,以我和一些朋友的感受而言,如果希望家庭多些和睦,自己少些烦恼,那么老人管事,需对"事"分分类,管那些该管的事,不要去管那些不该管、可管可不管的事。老人管闲事,最不应该、最容易产生矛盾、最吃力不讨好的是:对第三代关爱不当!

老人特别疼爱第三代,因为他们是我们生命的一部分,是我们生命的延续,也因为我们退休了,有了更多的时间和精力去爱亲人。我还说过,特别疼爱第三代,是夕阳对朝霞的眷恋。这种情感自然而珍贵。既然如此,那么家里为什么常常会在第三代问题上发生争执甚至矛盾呢?原因之一是我们与儿女在如何教育下一代的认识上有较大分歧,更重要的原因是我们企图"隔亲代"——包办代替,在第三代的教育问题上按我们的想法办。

我的意见是"隔代亲"可以,但千万不要"隔亲代"。我们经历过许多风霜雨雪,对生活有比较深刻的认识,于孩子教育可能有独到的见解。但是,我们毕竟老了,离现实社会生活有了一定的距离;而子女们正在生活中滚打,他们对生活、对子女教育会有自己的认识。客观地说,不敢保证我们的看法都对、都比子女的主张高出一筹。因此,我们可以提提建议,供他们选择,不要把我们的认识强加给儿女。再说,责、权、利应该统一,教育第三代是儿女的责任,第三代将来怎样,后果是儿女承担,应该把教育第三代的权利交给他们。如果我们硬要"隔亲代",除了产生冲突、自寻烦恼,不会有其他结果。

我们抚育了儿女,儿女孝顺我们、照顾我们的晚年生活,是他们应尽的责任。不过,为了大家更贴心,我以为我们应该继续关心儿女,体谅他们上有老、下有小的难处,关心他们的工作,照顾第三代能帮则尽力帮,金钱上也不要看得太紧,该花的钱就花点儿。父母对儿女的爱是永恒的。父母与子女,彼此互相关心、互相体谅,形成亲情的良性循环,这样相处会很和睦,我们晚年的日子会亲情浓浓、有滋有味。

老来能与家人融洽相处,与亲人、朋友往来不断,过着群居生活,当然很好。但是,老人总会有独处的时候。即使夫妻都健在,各人有自己的爱好、兴趣甚至有自己的交往圈子,也不可能时时刻刻在一起。我有一位朋友,夫妻俩退休后收入不俗,儿女都很出色,也非常孝顺,住着大房子、开着车子,什么都不缺。可是,他们矛盾不断,家里"战火连天"甚至闹到要分开另过。为什么会这样?丈夫喜静,愿意在家待着,或者到公园里散散步;而妻子喜动,在家待不住,喜欢和同伴们唱唱歌、跳跳广场舞、走走时装秀。这样，经常是丈夫独自一人在，他越待越烦，越烦越对妻子不满意，于是"战争"不可避免。在我看来，所以如此，主要是因为我的那位朋友不习惯、不善独处。

如果"失伴"成了孤鸿，我主张有条件的可以续弦。我以为，这并不是薄情寡义，失去的另一半深深地刻在我们心中，谁也代替不了，永远忘不了，但日子总得过呀，孤独是健康的无形杀手。续个伴儿，不仅对自己的生活、健康、安全有利，也减轻了孩子们的负担。如果没有条件续伴，或者不愿意续伴，那就一定要学会、善于独处。

或者有人会说，没有老伴儿，不是还有儿女吗？有儿女当然是好事，不过儿女有他们的事业，有他们自己的小家，白天他们上班、上学了，晚上关上门各进各的屋，我们还得独处。

这样说来，老人或多或少的独处不可避免，那么学会、善于独处，就很重要。如何独处？其中学问不浅，各人有各人的办法，我没有水平和能力拿出什么高招。不过，我以为，使自己的生活充实，多与人交往，恐怕是最基本的。白天、晚上有事做，经常与人联系交流，会大大减少孤独感。我曾经有两句诗"忙碌嫌日短，闲散恨夜长"，乃有感而发。

人说，"活到老、学到老"。老了，善于群居和独处，也是需要学习的一门功课。

莫把衰老当疾病

上点年纪，疾病是一个绕不开的话题。小时候就听父母说："人食五谷，哪能不生病。"的确如此，一生不病的人，恐怕没有。年轻人尚且不能一病不生，何况老人呢！

有了病怎么办？有病就治呗。俗话说得好："衣烂趁早补，病从浅根医。"现在医疗条件好了，比我们年轻时方便了许多。老人有点病不可怕，不少老人小病不离身，可仍然很长寿。据说是因为他们有点小病就治，终未酿成大病。

不过，老年人的有些病，真有点说不清楚，好像也不大好治。拿我来说吧，一些年来，听力有所下降。听力下降，当然是病呀！那就检查吧，看了耳鼻喉科，也看了神经科，查了个遍，也没检查出毛病在哪里，医生说是神经性的。我问医生，有办法治吗？医生笑了笑说，没有什么好办法。另外，这几年觉得爬坡时膝盖费劲，爬得多了还疼。到医院骨科、外科看了看，医生说是膝关节有点磨损。我问，那怎么治呀？医生回答，这不算什么大毛病，注意点、膝关节省着点用就行。妈呀，怎么膝盖病也没法治，难道是不治之症吗？！

这类问题让我纠结了好久，跟朋友聊天儿，也有人遇到跟我类似的问题：过去咋吃也不胖，如今吃得已经够少的了，还是发胖，不

347

知道毛病出在哪里;过去血压一直正常,现在高了些,是不是高血压病呀……

看来,类似的问题不仅困扰着我,也困扰着不少老年人。直到有一天我看了一篇文章,觉得开了点儿窍。文章的题目是《莫把衰老当疾病》。文章中说,老年人出现的一些症状、不适,其实不是什么真的疾病,而是机体衰老的表现。我一想,是呀,就像一台车,已经跑了几十万公里,怎么能跟新车一样一点儿毛病都没有呢!知道了这个道理,我心里释然了。就拿听力减退来说吧,其实就是老了,功能退化。民间早有说法,人老了都会有变化,有人先从腿上老,有人先从牙上老,有人先从眼睛上老……腿脚不好使了,牙松动了、掉了,耳聋眼花了,说是病也是病,因为毕竟是身体或器官的功能差了甚至发生了器质性变化;说不是病也不是病,因为这些变化仅仅是因人衰老所致。

我这个人本来就不愿意看病吃药,这下更"理直气壮"地"讳疾忌医"了。多少年来,一般的小不舒服,我不去医院、不吃药,过去是因为在缺医少药的环境中长大,比较"皮糙肉厚",后来增加了理性。我相信科学家俞梦孙院士的理论。他认为,人的身体是一个复杂、完善的系统,有自我调节、修复功能,有些疾病是可以通过人体的自我调节"自愈"的。另外,我的一位医生朋友告诉我,是药三分毒,药都有副作用,只是大小而已;药,能不吃尽量不吃,能少吃就不多吃。我也亲眼看见吃药的"可怕"。一个同志肝不大好,吃治肝病的药,引发了高血压,又吃降压药,吃降压药又胃疼,再吃治胃疼的药吧,又说对肝不好……我有点不寒而栗:这样循环下去如何得了!

知道了有些毛病是衰老所致,不仅少了跑医院,而且思想上也轻松了许多:不再成天疑神疑鬼,一会儿怀疑这里不对劲,一会儿担心那里有毛病。对于体检、就医查出来的某些指标不正常,找大夫解释，不自作聪明，瞎猜瞎想。朋友告诉我，没有一个人全身的指标完全正常的，就是从运动员里随便抽查一位，也不可能全身指标全部正常。他主张与小疾病"和平共处"，我觉得有道理特别是对老年人。

既然有些毛病是人体衰老所致，那就是自然规律，几乎不可避免。由此，我想到那些无穷无尽的针对老年人的广告：一药治百病，延缓衰老，补钙灵方，高血压手到病除，糖尿病患者不用再发愁……他们好像很关心老年人，要我说其实是关心老人兜儿里的人民币。

我自以为明白了一个大道理，颇有点洋洋自得；谁知与老年朋友们交流这方面的心得，才明白我不过是"井底之蛙"，好多朋友理解得比我更深刻、更透彻，而且早已付诸行动。有人信奉老庄之道，一切听其自然，随日月作息，伴季节起伏，琴棋书画随心所欲，该玩儿就玩儿，想吃就吃，想睡就睡，舒心惬意就好。有人认为人老心先老，要想人年轻，就得心不老，于是，穿新鲜衣服，玩儿时髦手段，或"上班儿"学声乐，引吭高歌，或上健身房出一身透汗，或花间、草地上练瑜伽……

我问他们，你们就没有什么不舒服的？他们的回答很简单，大病上医院，小病随便！看见朋友们的所想、所为，我似乎明白了：老年人，若把衰老当疾病，那你天天是患者，日日是阴雨天；要想活得阳光明媚、潇洒、轻松，就莫把衰老当疾病，老了就是老了呗。

来一台精彩的"压轴戏"

有人说"人生如戏"。若果真如此,那一个人进入老年,就是唱"压轴戏"的时候了。一般的剧场或晚会,"压轴戏"都是最精彩的,以给观众留下难忘的印象和记忆。人生的"压轴戏"也应该是精彩的,也可以是精彩的。

人生几十年,或者百来年,有人曾经轰轰烈烈,有人大起大落,有人大喜大悲,有人平平淡淡,有人凄凄惨惨……不管如何,都有过难忘的经历。我所说的老来的"压轴戏",与曾经的大舞台、大场面、大动作、大风雨有所不同,而是活出了人生价值,活出了火花,活出了舒心。我身边的许多朋友、同学,他们的"压轴戏",在我看来就很精彩。当然,他们多为知识分子,不能代表"广大群众",但起码代表人一部分人吧。而且,我以为对一般人也不无启发,因为人的处境各异,但情理相通。

有一位老领导,也是朋友,小时候就对美术情有独钟。天遂人愿,中学上了美院附中,中学毕业顺利考入了著名的美术学院,大学毕业就职于一家美术出版社。一切都是那么顺风顺水,发展下去,渴望在绘画上有所成就。不料突生变化,大概是因为他除了在美术上的天赋之外,还有另一种天赋和素质,这样他走上仕途。这位领导天生多才，更始终有总想为人民、为国家做点事情的初心，使他"官"也做得不错，有很好的口碑，也有不大不小的成就。不过，他始终为几十年忙得不可开交、没有机会作画而耿耿于怀。

退休了，终于有了属于自己的时间。他说退就全退，没有半点藕断丝连，真正挥手告别了当年的生活，全身心地扑向他钟爱的绘画。到边疆民族地区采风，领略如画山水，领悟风土人情，如痴如醉；入画室创作，水墨丹青，海阔天空，畅抒胸怀……他不仅心情舒畅，而且画艺大进，一些作品被美术馆收藏，画展办得有声有色。

另有一位同学，文学一直是他的业余爱好。上班的时候，解决问题、办理文件、开会、出差、做家务、"扶老携幼"……连出口长气儿都很奢侈，哪有时间光顾文学。退休了，终于"自由了"，想读的作品找来看看。若有点感触，信手写出来。与老伴儿或朋友出游，陶醉于碧水青山、百年古镇、少数民族村寨之余，记下随蓝天白云、潺潺流水飘忽的思绪。朋友得知，曰："老兄的文章，于文采不敢恭维，但的确乃真情实感，既已成文，何不收集起来出一本小书。"这位同学在朋友们的推动下，果然出了一本书。谁知一旦开始，便不可收拾，于今他已经出版五六本书了。朋友们夸他，他谈及感受：几十年平平淡淡，想不到垂暮之年，倒闪了几朵火花，快哉！

另一位同学虽然才华不俗，但生性好动、好玩儿。退休之后，他言道，来到这个"世界"上，却不知道这个"世界"是啥样，岂不遗憾。于是，决定趁身体、精神还好，携老伴儿周游列国。此人说干就干。据说，这些年来，一年之中，他们有三四个月飘荡在天南海北。不时，我们就看到他在群里发的照片，埃及的金字塔、巴黎的埃菲尔铁塔、南美洲的瀑布……简直是神仙般的日子，驾祥云随心所往。我常感慨，人生如此，老来如此，实在不虚此行！当然，这样的玩儿法，不是谁都玩得起的。

351

虽然日月同照你我,日子的过法却可以大不相同。我大学时的老班长,老年生活就有另一番风味。老班长上大学"前夕",娶了一位家乡的"农村姑娘"为妻。那时,大学是不招收已婚高中毕业生的。入学后,老班长为隐瞒已婚的事做过一番检讨。婚后几十年,无论是成功欢乐的时候,还是灾难之中,夫妻俩风雨同舟,恩恩爱爱、不离不弃。一个在外艰苦奋斗,一个在家生儿育女,把家管得井井有条。他们育有一双儿女,都很出息。退休了,放下了无穷无尽的工作,离开了没完没了的是是非非,女儿已经成为大学教授,儿子也有了自己的事业和小家。老两口心无挂碍,过起了田园生活。家门前一个小院儿,虽然不大却很齐全,有菜地、花木、果树。他过不多久就会在群里发些照片,院儿里的花开了,绿油油的青菜,果子熟了,妻子翻地他上树摘果子……同学们称赞不已。老班长不止一次说:"我这一辈子最得意的,是娶了我的这个妻子!"少年夫妻老来伴。有伴儿如此,人生的"压轴戏"当然精彩!

非知识分子、草根的人生"压轴戏",虽然不那么"火爆风光",显得有些平淡,却也可以有滋有味儿。我仅有一个弟弟,虽然排行"老幺",如今已届古稀。弟弟一生,草根得不能再草根了。刚进中学,没上几天课就赶上了"文革"。几年后,一个实际上就是小学毕业的中学生,上山下乡当了农民。后来,接了我父亲的班,子承父业,做起了竹藤手艺。他娶了一个几乎一字不识的乡镇姑娘,艰难度日。弟弟退休了,女儿参加了工作,并且已经成家立业、结婚生子。夫妻俩闲下来了,弟弟有时与三五朋友相邀,到乡下小溪里钓鱼,有时探亲访友,有时跟乡亲们喝茶摆龙门阵,天上地下、古往今来,畅侃一通。弟媳有时打打"大二"(老家的一种纸牌),有时搓搓麻将,有时跳跳广场舞。二人一天到晚乐乐呵呵的,不知愁之所在。弟弟常对人说,当年辛辛苦苦,就是为一个温饱,如今不干活干拿钱(有退休金），衣食无忧，还不求个安逸舒心！

人生一世，就是那么几十、百来年。既然来到人世，当不可虚度此生。年轻时没虚度，老来更要珍惜光阴。七老八十，属于我们的时间已经不再"取之不尽用之不竭"，一天过去，纵然花万两黄金也买不回来了。人到老年，更要每一天都过得值，过得不后悔。

老了，我们已经是夕阳了。不必为人生的夕阳期忧伤，人类社会，就是在"朝阳—夕阳—朝阳"的轮回中前进的。朝阳固然美好，但没有夕阳西垂，哪来朝阳东升？夕阳也应该是美的。"夕阳无限好"，霞光万道，绚丽多彩！